U0449091

隐秘的赛道

THE SECRET RACE

Inside the Hidden World of the Tour de France

[美]泰勒·汉密尔顿 丹尼尔·科伊尔——著

杨敏 杨婕——译

江苏人民出版社

图书在版编目(CIP)数据

隐秘的赛道 /（美）泰勒·汉密尔顿,（美）丹尼尔·科伊尔著；杨敏,杨婕译. —南京：江苏人民出版社,2024.10. — ISBN 978-7-214-29315-2

Ⅰ.I712.55

中国国家版本馆 CIP 数据核字第 2024YR5929 号

The Secret Race: Inside the Hidden World of the Tour de France by Tyler Hamilton & Daniel Coyle

Copyright © 2012, 2013 by Tyler Hamilton and Daniel Coyle

Original published in the United States by Bantam Books, an imprint of Random House, a division of Penguin Random House LLC.

All rights reserved including the right of reproduction in whole or in part in any form. This edition published by arrangement with Bantam Books, an imprint of Random House, a division of Penguin Random House LLC.

Simplified Chinese edition copyright © 2024 by Jiangsu People's Publishing House. All rights reserved.

江苏省版权局著作权合同登记号：图字 10-2018-593 号

书　　名		隐秘的赛道
著　　者		［美］泰勒·汉密尔顿　［美］丹尼尔·科伊尔
译　　者		杨　敏　杨　婕
责任编辑		汤丹磊
装帧设计		潇　枫
责任监制		王　娟
出版发行		江苏人民出版社
地　　址		南京市湖南路 1 号 A 楼,邮编：210009
照　　排		江苏凤凰制版有限公司
印　　刷		南京新洲印刷有限公司
开　　本		890 毫米×1240 毫米　1/32
印　　张		11　插页 2
字　　数		225 千字
版　　次		2024 年 10 月第 1 版
印　　次		2024 年 10 月第 1 次印刷
标准书号		ISBN 978-7-214-29315-2
定　　价		68.00 元

（江苏人民出版社图书凡印装错误可向承印厂调换）

致我的母亲。

——泰勒·汉密尔顿

致简。

——丹尼尔·科伊尔

如果你掩盖真相并将它深埋在地下,它只会不断地发展并积聚爆炸性的能量,直到爆发的那一天,摧枯拉朽地扫清前进路上的任何障碍物。

——埃米尔·左拉

目 录

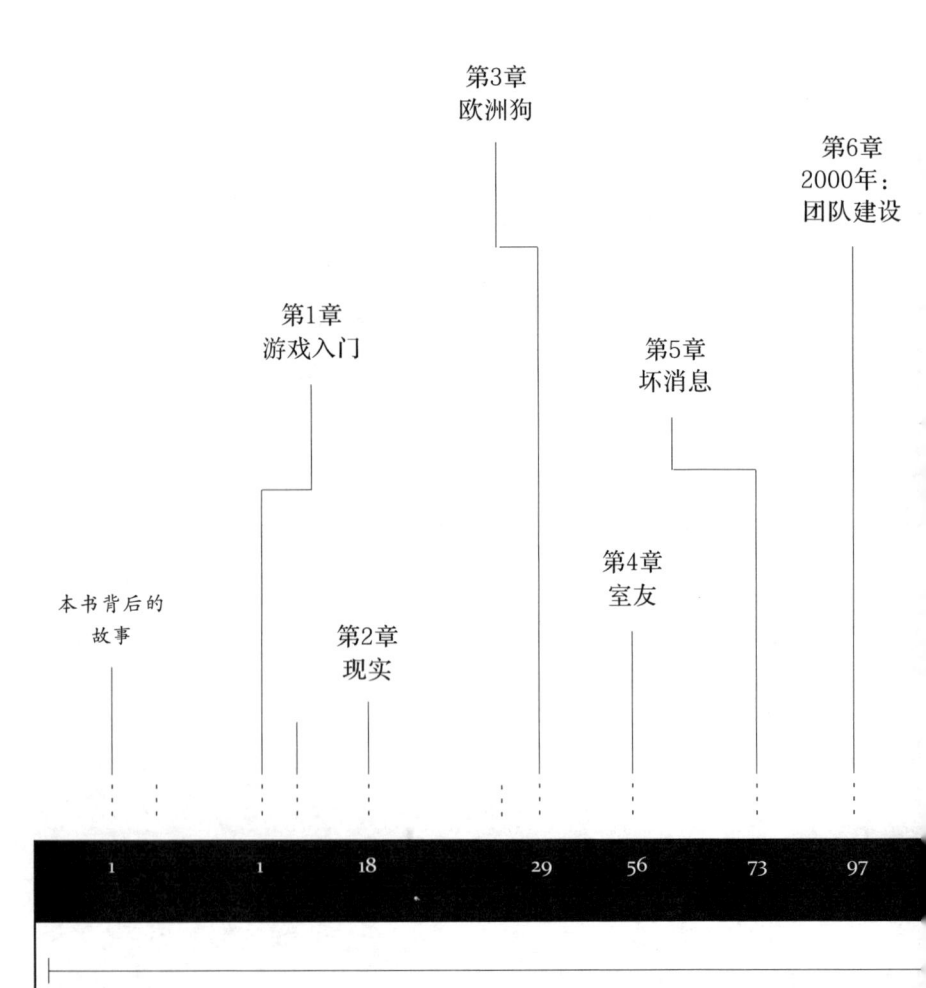

- 本书背后的故事 — 1
- 第1章 游戏入门 — 1
- 第2章 现实 — 18
- 第3章 欧洲狗 — 29
- 第4章 室友 — 56
- 第5章 坏消息 — 73
- 第6章 2000年：团队建设 — 97

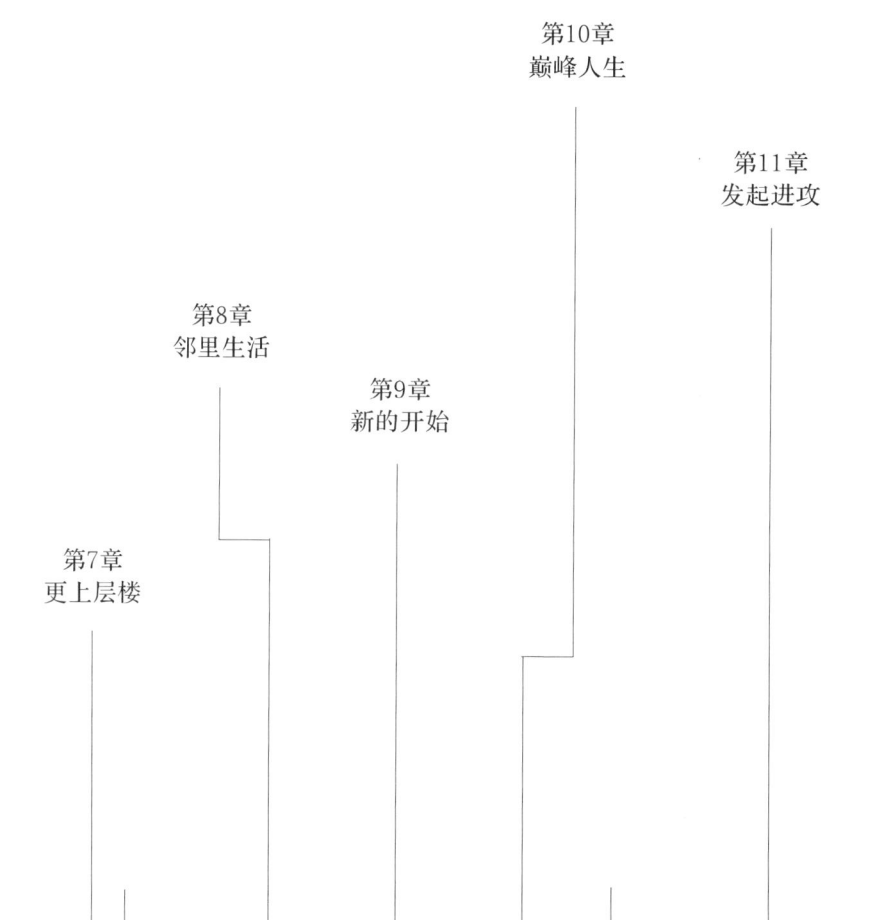

章节	页码
第7章 更上层楼	120
第8章 邻里生活	136
第9章 新的开始	157
第10章 巅峰人生	176
第11章 发起进攻	192

第12章
孤注一掷

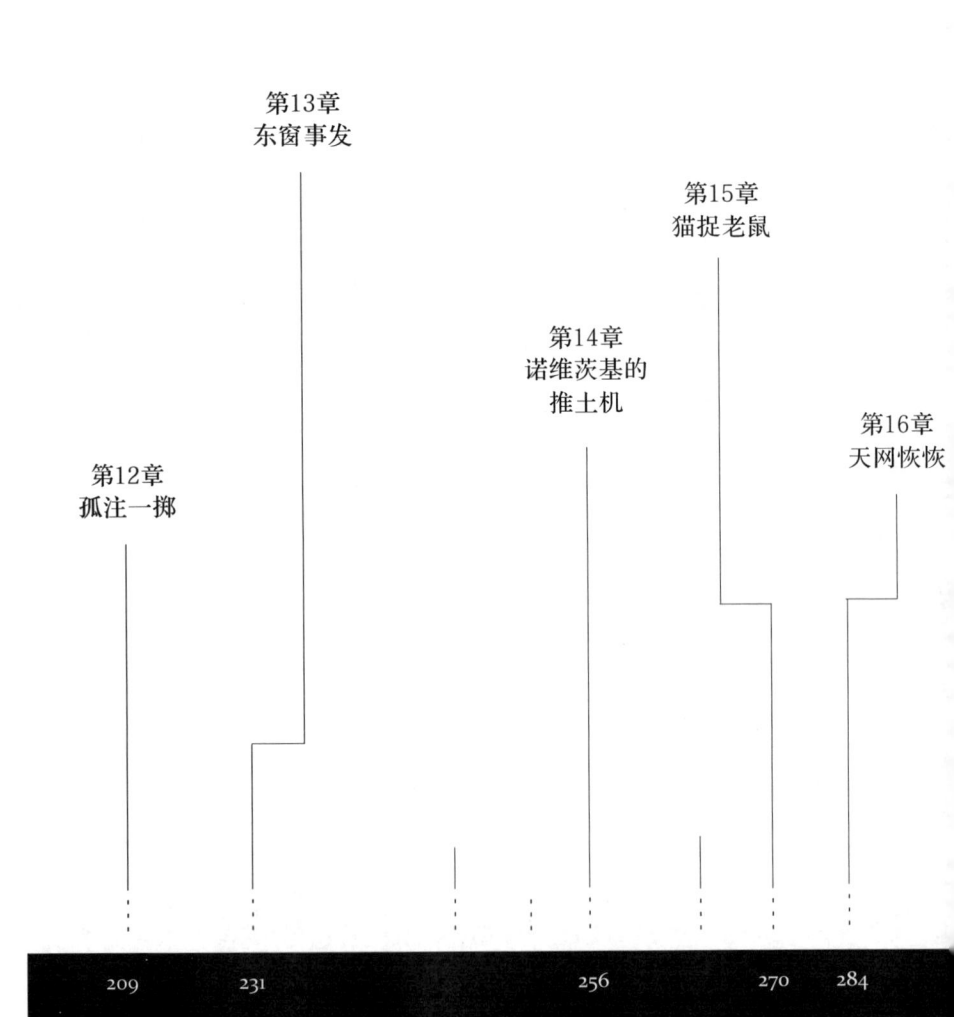

第13章
东窗事发

第14章
诺维茨基的
推土机

第15章
猫捉老鼠

第16章
天网恢恢

209　　　231　　　　　　　256　　　270　　　284

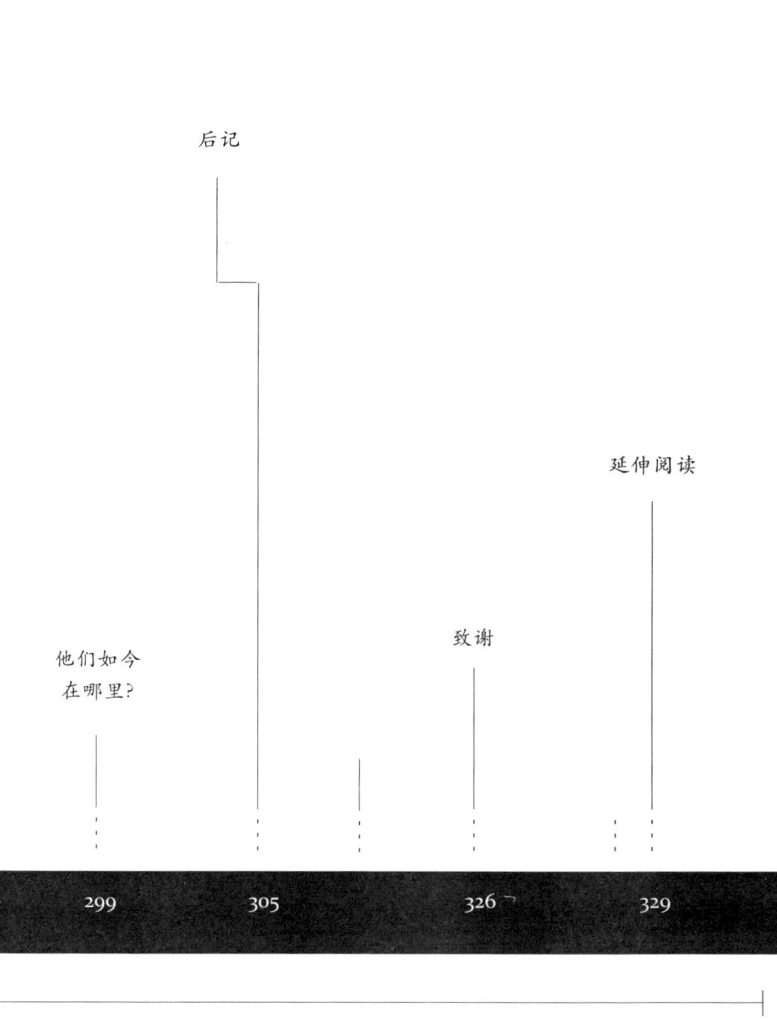

他们如今在哪里？	后记			致谢	延伸阅读
299	305			326	329

本书背后的故事 丹尼尔·科伊尔

2004年,我和家人搬到了西班牙来写一本关于兰斯·阿姆斯特朗试图6次赢得环法自行车赛冠军的书。基于多重原因,这是一个极有吸引力的题材,其中最重要的是事件中心的各种谜团:兰斯·阿姆斯特朗到底是谁?他是否如许多人所相信的那样,是一位真正的、值得尊敬的勇士?抑或像另外一些人所坚持的那样,他是一个服用禁药的骗子?还是他处于两者之间的灰色地带?

我们在阿姆斯特朗位于赫罗纳的训练基地附近租了一套公寓,这里步行10分钟就能到达阿姆斯特朗和他当时的女朋友谢里尔·克罗同住的像碉堡一样的家。我在兰斯星球生活了15个月,与阿姆斯特朗的朋友、队友、医生、教练、律师、经纪人、技师、按摩师、对手、诽谤者都有接触,当然,还有阿姆斯特朗本人。

我喜欢阿姆斯特朗充沛的精力、敏锐的幽默感和领导能力。我不喜欢他的喜怒无常,神神秘秘,也不喜欢他对待队友和朋友的那种盛气凌人的态度,但话又说回来,这不是小打小闹:这是世界上最需要体力和意志力的运动。我尽可能全面地报道了这个故事的各个方面,然后写了《兰斯·阿姆斯特朗的战争》(*Lance Armstrong's War*),阿姆斯特朗的几名队友认为这本书是客观和公正的。（阿姆斯特朗公开表示，他觉得这本书还行。）

在这本书出版后的年月里，人们经常问我，阿姆斯特朗是否服用了兴奋剂。我对这个问题的看法是一半一半，随着时间的推移，这种可能性稳步上升。一方面，你有间接的证据：研究表明，在一项胜负往往只取决于不到一个百分点的运动中，兴奋剂却能使成绩提高10%—15%。事实上，接近一半与阿姆斯特朗一起站在环法自行车赛领奖台上的选手被认定服用兴奋剂，包括阿姆斯特朗的5名美国邮政车队队友。一直以来，阿姆斯特朗与米凯莱·费拉里医生保持着密切的关系，这个绰号"邪恶医生"的神秘意大利人被公认为这项运动最臭名昭著的医生之一。

另一方面，你看到一个事实就是阿姆斯特朗已经通过了成百上千次的药检。这无形中为他自己进行了强有力的辩护，而且在几起备受瞩目的诉讼中他获得了胜诉。另外，在我的内心深处，总会退一步想：如果阿姆斯特朗服用了兴奋剂，那也算是大家公平竞争，不是吗？

不管真相如何，我百分百确定我再也不会写关于服用兴奋剂或阿姆斯特朗的文章了。简单地说，兴奋剂是令人遗憾的。当然，这是一种隐秘的魅力，你越深入，你就会发现内幕越发肮脏和黑暗：各种关于极度不合格的医生、马基雅维利式不择手段的车队总监，还有遭受了深重的身体和心理双重伤害又极度野心勃勃的骑手的故事。这些见不得光的东西，当我在赫罗纳时，因阿姆斯特朗时代最亮的两颗明星的死亡而变得更加晦暗——马尔科·潘塔尼（抑郁症，可卡因过量，34岁去世）和何塞·马里亚·希门尼斯（抑郁症，心脏病，32岁去世），还有另一颗明星，30岁的弗兰克·范登布鲁克自杀未遂。

围绕这一切的,好像一个坚硬的钢铁保护罩,就是缄默法则:当涉及兴奋剂时,职业自行车选手必须保持沉默。缄默法则根深蒂固:在这项运动的漫长历史中,没有一个顶级车手曾坦诚一切。车队非主要骑手和工作人员只要谈到兴奋剂的服用就会被赶出兄弟会并被视为叛徒。由于缺乏可靠的信息,有关兴奋剂的报道格外令人沮丧,尤其是当谈到阿姆斯特朗时,抗癌斗士和公民圣徒的身份既让他受到严密的审查,又保护他免受伤害。在《兰斯·阿姆斯特朗的战争》这本书结束、转向其他项目后,我才满意地看到兰斯星球在我的视野中逐渐远去。

接下来在 2010 年 5 月,一切都变了。

美国政府建立了大陪审团,对阿姆斯特朗和美国邮政自行车队进行了调查。调查的内容包括欺诈、阴谋、敲诈勒索、贿赂外国官员和恐吓证人。这项调查由联邦检察官道格·米勒和调查员杰夫·诺维茨基主导,他们曾经主导调查了巴里·邦兹和巴尔科实验室的案件。那年夏天,他们开始将聚光灯聚焦在兰斯星球最黑暗的角落。他们传唤了证人——阿姆斯特朗的队友、工作人员和朋友们——在洛杉矶大陪审团面前作证。

我开始接到一些电话。消息人士告诉我,这次调查的规模很大,而且有继续变大的趋势:诺维茨基已经发现了目击者,证明阿姆斯特朗运输、使用和分发受管制药物,还有证据表明他可能获得了处于实验阶段的血液替代药物。正如澳大利亚反兴奋剂专家迈克尔·阿申登医生所说,"如果兰斯能逃过这一关,他就是享誉国际的逃脱大师胡迪尼"。阿申登医生曾参与关于兴奋剂服用的几次大型调查。

随着调查的进行,我开始有事务未竟的感觉:这可能是一个发掘阿姆斯特朗时代真实故事的机会。问题是,我无法独自完成这篇报道。我需要一个向导,一个曾经生活在这个世界里并且愿意打破缄默法则的人。事实上只有一个人可以考虑:泰勒·汉密尔顿。

泰勒·汉密尔顿并非圣人。他曾是世界顶尖的著名自行车运动员,奥运金牌得主,直到2004年因服用兴奋剂被淘汰出局,退出了这项运动。他与阿姆斯特朗的关系可以追溯到10多年前,最初是1998年至2001年间他效力于美国邮政车队,是阿姆斯特朗的得力副将,后来汉密尔顿离开邮政车队,去了CSC车队和峰力车队当主将,从而成为阿姆斯特朗的竞争对手。两人恰好是邻居,住在赫罗纳的同一栋大楼里,阿姆斯特朗住在2楼,汉密尔顿和妻子哈文住在3楼。

在跌落神坛之前,汉密尔顿一直被认为是那种20世纪50年代体育记者们设计出的每个人心目中的英雄:说话温和,相貌英俊,彬彬有礼,作风强硬,异常坚韧。他来自马萨诸塞州的马布尔黑德,在上大学之前一直是一名顶级滑雪运动员,后来的一次背伤让他发现了自己内心的真爱。汉密尔顿与一个闪亮的超级明星截然相反,他是一名缓慢而有耐心地登上自行车世界金字塔的蓝领车手。在这一过程中,他以无与伦比的职业道德、低调友好的个性而闻名,最重要的是他卓越的忍受痛苦的能力。

2002年,汉密尔顿在为期3周的环意大利自行车赛中一开始就摔了,导致肩膀骨折。他坚持比赛,为了抵抗痛苦,把11颗牙齿磨到只剩牙根,在环意赛后不得不进行手术治疗。就在这样的情形下他拿到了第2名。"我在48年的职业生涯中,从未见过一个人能像他一样承受如此多的疼痛。"汉密尔顿的物理治疗师奥莱·卡雷·福利这么评价。

2003年,汉密尔顿在环法自行车赛中卷土重来,可是在第1赛段就摔车了并导致锁骨骨折。他继续前进,赢得了一个赛段,并最终取得了惊人的第4名。一名经验丰富的环法赛医生热拉尔·波特称之为"我遇到过最有勇气的榜样"。

汉密尔顿也是车队中更受欢迎的车手之一:谦虚,乐于赞美他人,体贴入微。汉密尔顿的队友喜欢演一个摔伤事故的小品,一个队友假装成汉密尔顿摔倒后躺在路边,另一个队友假装成队医,跑到汉密尔顿身边,非常着急的样子。"哦,天哪,泰勒,"他大喊,"你的腿完全断掉了!你还好吗?"扮演汉密尔顿的队友露出一个安抚的微笑。"哦,别担心,我没事,"他说,"你今天感觉怎么样?"

2004年我和汉密尔顿在赫罗纳度过了一段难忘的时光。大多数时候,汉密尔顿就像传闻的那样谦逊、善良、有礼貌,完全像个童子军。他会帮我开门,为我买的咖啡感谢我3次,在训练他那只兴奋的金毛犬"拖船"时表现出无计可施的可爱。当我们谈到他在赫罗纳的生活,或是他在马布尔黑德的童年,或是他心爱的红袜队时,他有趣,有自己的观点,而且愿意交谈。

然而,当谈到自行车比赛或即将举行的环法自行车赛时,汉密尔顿的性格发生了变化。他俏皮的幽默感蒸发了;他的目光锁定在他的咖啡杯上,他开始用一种你听过的最宽泛、最平淡、最无聊的陈词滥调说话。他告诉我他正在为环法赛做准备,"关注点在每一天的训练,每一场比赛,像做作业一样",并形容阿姆斯特朗是怎样"一个伟大的人,一个强硬的竞争对手,一个亲密的朋友",环法赛"参与便是一种真正的荣誉",等等。就好像他有一种罕见的障碍,一提到自行车比赛就会爆发出无法控制的无趣。

在我们的最后一次谈话中(发生在他服用血液兴奋剂被发现的几周前),我有点吃惊汉密尔顿问我是否有兴趣和他一起写一本关于他自行车运动生涯的书。我说我很荣幸被你邀请,我们应该哪天聊聊。说实话,我只是在敷衍他。那天晚上我对妻子说,我喜欢汉密尔顿,他在自行车运动上的成就令人惊叹、鼓舞人心,但如果要写一本书,他却有致命的缺陷:他太无趣了。

几周之后,我发现我错了。正如接下来几个月和几年的新闻报道所揭示的那样,这个单纯的童子军居然过着只有间谍小说中才有的第二种生活:代号,秘密电话,给一个臭名昭著的西班牙医生支付了数万美元的现金,以及一个名为"西伯利亚"的医用冷冻箱,用来储存在环法自行车赛中使用的血液。后来,西班牙警方的一项调查显示,汉密尔顿绝非个例:其他几十名顶尖车手也在实施类似的秘密计划。然而在所有证据面前,汉密尔顿坚称自己是无辜的。反兴奋剂机构驳回了他的说法;汉密尔顿被停赛两年,很快就从人们的视线中消失了。

随着对阿姆斯特朗调查的加剧,我做了一些调研。有些文章称,汉密尔顿年近四十,离异,现住在科罗拉多州的博尔德,在那里经营着一家小型培训和健身公司。在被停赛后,他曾试图短暂地复出过,但检测结果呈阳性。因为从小就患有抑郁症,所以他一直在服用一种治疗临床抑郁症的非表现增强药物。对此他没有接受采访。一名前队友称汉密尔顿为"谜"。

幸好我还有他的电子邮件地址。我写了一封邮件给他:

泰勒：

我希望你一切安好。

很久以前你问过我关于一起写书的事。

如果你对此仍然有兴趣，我很乐意和你聊一聊。

祝好！

丹

几周后，我飞往丹佛去见汉密尔顿。当我走出航站楼时，我看到他站在一辆银色的 SUV 旁边。汉密尔顿的孩子气经历时光变成了更坚韧的东西；他的头发更长了，还有些斑白；他的眼角有着又细又深的皱纹。当我们开车离开的时候，他开了一听咀嚼烟草。

"我一直在努力戒烟。我知道这是一种不良习惯。但是现在压力很大，它还是有帮助的。或者至少感觉上是这样。"

我们去了一家餐厅，但汉密尔顿觉得它太拥挤了，于是就选择了同一条街一家更空的餐厅。汉密尔顿挑了一张靠后的皮沙发座椅，桌子上点着两根蜡烛。他看了看周围，那个能忍受任何痛苦的男人，一个把牙齿磨到只剩牙根也不愿放弃的人，突然看起来好像要哭了。不是因为悲伤，而是因为解脱。

"对不起，"几秒钟后他说，"终于能谈谈这件事了，感觉真好。"

我从一个很大的问题开始：为什么汉密尔顿以前在自己服用兴奋剂

的问题上说谎?汉密尔顿闭上了眼睛。当它们又睁开时,我看到了悲伤。

"对,我说谎了。我以为它造成的伤害很小。你站在我的角度想想,如果我说了实话,一切都完了。车队赞助商会退出,50个人,50个我的朋友,将失去他们的工作。他们都是我在乎的人。如果我说实话,我会永远和这项运动无缘。我的名声就毁了。你也不能有所保留地说,哦,就我自己,就这一次。真相太惊人,牵涉太多的人。你要么百分之百坦白,要么就什么都不说。没有中间地带。所以我选择了撒谎。我不是第一个这样做的人,也不会是最后一个。有时候你说谎多了,你就会开始相信它。"

汉密尔顿告诉我,就在几周前,他被调查部门传唤,宣誓作证,在洛杉矶出庭。

"在我出庭之前,我想了很久。我知道我不能骗他们,不可能。所以我决定,如果我要说出真相,就把一切都说出来。百分之百,毫无保留。我下定决心,没有任何问题能阻止我。我就是这么做的。我作证了7个小时。我尽我所能地回答了他们的一切问题。他们一直在问我兰斯——他们希望我指证他。但我总是先指证我自己。我让他们明白了整个系统是如何运作的,这些年是如何发展起来的,以及你根本没有办法将某个人孤立出来。所有人都有份。每个人。"

汉密尔顿卷起他的两只袖子,举起手掌,伸出双臂。他指了指肘部的弯曲处,沿着血管的蜘蛛状疤痕。"我们都有这样的伤疤,"他说,"这就像是兄弟会的文身。当我晒黑时,它们就会出现,我不得不撒谎,只能告诉别人我的手臂在摔车时划伤了。"

我问他这么多年来是怎么避免检测呈阳性的,汉密尔顿干笑。

"这些检测很容易通过，"他说，"我们已经远远走在了检测的前面。他们有医生，我们也有，而且我们的医生水平更高，当然薪水肯定会更高。更何况，UCI（国际自行车联盟，自行车运动的管理机构）也不愿意抓住某些人。为什么？因为这会让他们付出利益代价。"

我问他为什么要现在来讲他的故事。

"我已经沉默了这么多年，"他说，"我把它埋在心里太久了。我从来没有从头到尾真正地讲过，也从来没有正视过它或者感知这个过程。所以一旦我开始说出真相，就像一个巨大的水坝瞬间在我的内心崩塌了。这种感觉太棒了，我甚至无法形容这种感觉。我觉得这个巨大的包袱终于从我的背上卸下了，当我感觉到这一点时，我知道我做的是正确的。无论是为了我自己，还是为了这项运动的未来。"

第二天早上，汉密尔顿和我在酒店房间里见了面。我列出了 3 条基本原则。

1. 没有什么话题是不能谈的。
2. 汉密尔顿需要给我看他的日记、照片和资料来源。
3. 如果可能，所有的事实都必须得到独立证实。

他毫不犹豫地同意了。

那天，我采访了汉密尔顿8个小时——这是60多次采访中的第一次。那年12月，我们在欧洲逗留了一周，拜访了西班牙、法国和摩纳哥的一些关键地点。为了核实和证明汉密尔顿的叙述，我采访了许多独立的知情人，包括队友、技师、医生、配偶、团队助理和朋友，以及8名前美国邮政车队车手。他们的陈述也被收入本书；他们中的有些人是第一次站出来。

在我们的合作过程中，我发现不是汉密尔顿讲述自己的故事，而是故事呈现了他。他有着异常精确的记忆力，他的回忆被证明是准确的，这也许可以归功于原始经历的情感强度。汉密尔顿对疼痛的忍耐力也派上了用场。在这个过程中他没有放过自己，不遗余力地鼓励我与那些可能对他不利的人交谈。在某种程度上，他变得沉迷于揭露真相，就像他曾经痴迷于赢得环法自行车赛。

采访过程持续了近两年。有时我觉得自己像一个聆听忏悔的神父，有时我觉得自己像个心理医生。随着时间的推移，我看到叙述逐渐让汉密尔顿改变了。我们的关系对我们俩来说都是一段旅程。对汉密尔顿来说，这是离开秘密走向正常生活的旅程；对我来说，这是前往一个从未见过的世界的中心的旅程。

事实证明，他讲的故事与兴奋剂无关，而是关于权力。它讲述的是一个普通人通过自己的努力一路爬到了一个不平凡的世界的顶端，他学会了在人类身体极限状态下玩一场关于战略和信息的见不得光的象棋比赛。它讲述的是一个腐败却又带着奇怪的侠义精神的世界，在那里你可以光明正大地使用任何化学物质去让自己更快，但如果你的对手碰巧摔车了,你会等他起来。它讲述的最重要的是过着不可告人的秘密生活所带来的让人难以忍受的压力。

"某一天,我是一个正常人,过着正常的生活,"他说,"第二天我就站在马德里的街角,拿着一部秘密电话,胳膊上有个洞,浑身都在流血,希望自己不会被逮捕。这太疯狂了,但这似乎是当时唯一的办法。"

汉密尔顿有时担心阿姆斯特朗和他强大的朋友们会对他不利,但他从未对阿姆斯特朗表露过任何仇恨的情绪。"我能共情兰斯,"汉密尔顿说,"我知道他是谁,他在什么位置。他做出了和我们同样的选择,成为其中的一员。从他开始赢得环法赛,一切就失控了,谎言也变得越来越大。现在他别无选择。他必须不断地说谎,不断地试图说服人们向前看。他不能回头,也不能说出真相。他已入困境。"

阿姆斯特朗没有回应就这本书接受采访的请求。但是,他的法定代表人明确表示,他否认任何关于他服用兴奋剂的指控。阿姆斯特朗在 2012 年 6 月 12 日美国反兴奋剂局(USADA)指控他、他的教练费拉里医生和他的 4 名邮政车队同事使用兴奋剂后发表声明说:"我从未使用过兴奋剂,而且和许多指控我的人不同,我作为一名耐力运动员已经参加了 25 年的比赛,从未发生状态突然爆发的情况,我还通过了 500 多次药检,没有一次不合格。"

几名被 USADA 指控的阿姆斯特朗同事也坚决否认参与使用兴奋剂,其中包括前邮政车队总监约翰·布鲁内尔、路易斯·德尔莫拉尔医生和费拉里医生。德尔莫拉尔在接受《华尔街日报》采访时说,他从未向运动员提供过违禁药物或进行过非法手术。布鲁内尔在他的网站上发表声明说："我从来没有参加过任何服用兴奋剂的事情,我是清白的。"在一封电子邮件声明中,费拉里表示:"我这一生从未被发现拥有任何促红细胞生长素或睾酮类的药物。我也从没给任何运动员注射过促红细胞生长素或睾酮。"佩德罗·塞拉亚医生还有德尔莫拉尔医生的助手佩佩·马蒂,也受到了 USADA 的指控,但没有发表声明。对于本书的采访请求,他们五人没有做出任何回应。2002 年至 2003 年担任 CSC 车队总监的比亚内·里斯发表了声明:"对于这些关于我的指控,我感到非常痛心。但这不是第一次有人试图抹黑我,不幸的是,这可能也不是最后一次,我将对这些指控完全不予评论。我个人认为我在自行车运动的世界里应该占有一席之地,我为加强这项运动的反兴奋剂工作做出了自己的贡献。对兴奋剂,我已经做了自白,我一直是创建生物护照的关键参与者,而且我管理的车队有明确的反兴奋剂规定。"

"问题是,兰斯总是与我们不一样。"汉密尔顿说,"我们都想赢。但兰斯必须赢。他必须百分百确定自己能赢,而且每一次都要赢,在我看来,这使得他做出了一些越界的事情。我知道他为很多人做了很多好事,但这仍然是不对的。他应该被起诉吗?应该为他的所作所为进监狱吗?我不这么认为。但他应该赢得 7 次环法赛吗?绝对不是。所以我认为人们有权知道真相。人们需要知道这一切是怎么发生的,然后他们可以做出自己的判断。"*

---

* 在接下来的章节中,我将通过脚注为汉密尔顿的叙述提供背景和评论。

第 1 章 游戏入门

我对付疼痛很有一套。

我知道这听起来很奇怪，但这是真的。在生活的其他方面，我只是一个普通人。我不是一个聪明人，我没有超人的反应能力。我身高 5 英尺 8 英寸，浑身湿透也就 160 磅。如果你在街上遇见我，我一点也不显眼。但当被逼到精神和身体的极限的时候，我有一种天赋。无论怎样，我都可以继续下去。事情越棘手，我做得越好。我并不是受虐狂，因为我有自己的办法。我的秘诀就是：你无法阻止痛苦，你必须全心接受它。

我认为这部分源于我的家庭。汉米尔顿家很坚强；我们一直都是这样。我的祖先是叛逆的苏格兰人，来自一个好战的部落。我的爷爷们是喜欢冒险的人：滑雪爱好者和户外爱好者。卡尔爷爷是最早从华盛顿山滑雪而下的人之一；亚瑟爷爷曾在一艘去南美洲的拥挤不堪的不定期货船上当船员。我的父母是在塔克曼峡谷野外滑雪时认识的，那是东北地区最陡、最危险的地方——那是他们眼中最安静而浪漫的约会。我父亲在马布尔黑德附近开了一家办公用品店，那是波士顿北面的一个有两万人口的海滨小镇。正如亚瑟爷爷常说的那样，他的生意时好时坏，我们从吃牛排变成了吃汉堡。但我父亲总能找到一种逆袭的方法。在我小时候,他常跟我说打架不在于狗的大小,重要的是狗的斗志。虽然我知道这是句老生常谈,但我全心相信这一点,至今仍然坚信着。

我们住在高街37号的一所黄色方形老房子里,这是城市中产阶级居住的区域。我是家中3个孩子中最小的,有一个哥哥叫杰夫,还有一个姐姐叫珍妮弗。在我们住的这两个街区里有20多个年龄相仿的孩子。那时候还没有什么育儿术,所以我们可以整天无拘无束地到处玩耍,只有吃饭和睡觉的时候才回家。和童年时光相比,这更像是一个没完没了的赛季:夏季是街头曲棍球、帆船和游泳;冬季是滑雪橇、溜冰和滑雪。我们还总是爱搞各种恶作剧,比如潜入富人们的游艇并将它们当作俱乐部会所,在邓恩巷的陡坡上进行障碍滑雪赛,发明了一项名为"沃尔特·佩顿跳树篱"的新运动——其实就是你选择有着最高树篱的最漂亮的房子,而你像沃尔特·佩顿跳所有防守队员一样跳过它,当主人出来的时候,迅速逃之夭夭。

说实话,我的父母并没有对我们提出太多要求,只是要求我们无论怎样都要说实话。我父亲曾告诉我,如果我们有家族徽章,它只会印着一个词:诚实。这就是爸爸经营生意的方式,也是我们经营家庭的方式。尤其是我们犯错误的时候,只要我们勇于面对真相,我的父母就不会生气。

这就是为什么在每年夏天的某个特殊日子里,我家都有在自家后院举办"山羊疯狂槌球邀请赛"的传统。山羊邀请赛只有一条规则:强烈鼓励作弊。事实上,你可以做任何事情,只要不到捡起对手的球并把它扔进大西洋那样的程度（现在想想看，可能已经发生过好几次了）。这比赛非常好玩，获胜者总是因为作弊被取消资格，而我们的朋友可以享受玩笑：看到那些以诚实著称的汉密尔顿家的人在无所不用其极地作弊。

当我还是一个孩子的时候，我很争强好胜，总是想要跟那些比我高大的人比赛。到我 10 岁的时候，我就有了很多受伤的经历：缝针、骨折、阑尾破裂、扭伤等等（急诊室的护士开玩笑地建议我父母买一张就医卡——就医 10 次，第 11 次免费那种）。这些伤是由很平常的事件引起的：从栅栏上掉下来，从高低床上跳下来，骑自行车上学时被一辆雪佛兰撞倒。但每当我受伤时，妈妈就会在那里用一条温热的毛巾擦拭我的伤口，给我包扎一下，再亲我一下，然后就把我踢出门外。

爸爸和我很亲密，但妈妈和我之间有一种特殊的纽带。她本身就是一名出色的运动员，我小时候常常想模仿她。每天早上她都会在我们的起居室里做例行的锻炼：15 分钟的杰克·拉兰内式健美操。我会早早起床，偷偷溜下楼，和妈妈一起做运动。我们真是一对配合默契的母子：一个 4 岁的孩子和他的妈妈一起做俯卧撑和开合跳。一二三四，二二三四……

这并不是我和妈妈亲近的唯一原因。从我记事起，我就一直有这个问题。我可以找到最贴切的形容就是，它是生活在我心灵边缘的一种黑暗，一种异乎寻常的沉重，它的来去都无法预测。它出现时，就像黑色的波浪，压迫着所有的能量从我体内挤出来，压迫着我，直到我感觉自己像是在 1000 英尺深的冰冷黑暗的海底。小时候，我觉得这很正常；我以为每个人都有过几乎没有精力说话的时候，也有过几天一言不发的时候。当我长大后，我发现这种黑暗有个名字：临床抑郁症。这是来自遗传和我们家族的诅咒：我的外祖母因此自杀，我的妈妈也患有这种病。现在我用药物控制它；小时候，我有妈妈。当黑暗之波席卷我时，她会在那里，让我知道她感同身受。这并不是什么大事；也许她会给我做一碗鸡汤面，或者带我去散步，或者让我坐到她的腿上。但这对我来说有很大的帮助。那些时刻把我们紧紧地联系在一起，给我动力，让我心中有一种无尽的渴望，想让她为我感到骄傲，想让她知道我的能力。直到今天，当我回想起成为一名运动员的最深层的原因时，我认为很大一部分都来自一种强烈的渴望，那就是让她感到骄傲。看，妈妈！

　　11 岁左右的时候，我有了一个重要的发现。那时我们每个冬天周末都要去新罕布什尔州的野猫山滑雪。野猫山是一个著名的滑雪圣地：山坡陡峭，冰天雪地，有着陆地上最恶劣的天气。它位于怀特山脉，山谷的正对面是华盛顿山，人们在那里记录到有史以来北美地区的最高风速。这次又是典型的一天：可怕的风，刺痛的雨夹雪，冰冷的雨。我和野猫滑雪队的其他人一起坐上缆车，然后滑下由竹竿标出的雪道，一遍又一遍。直到不知为什么我突然有了一个奇怪的想法，几乎是一种冲动。

　　不要坐缆车了，直接走上山。

　　所以我下了缆车，开始步行上山。这并不是一件容易的事。我不得不把我的滑雪板扛在肩上，用沉重的滑雪靴的靴头在冰上行走。我的队友们坐在缆车里,低头看着我,就好像我疯了一样,从某种程度上来说他们是对的:一个瘦骨嶙峋的 11 岁孩子正在和缆车赛跑。我的一些队友加入了,和我一起步行。我们是约翰·亨利对抗蒸汽机;我们的腿正在和那个巨大的旋转马达抗衡。我们就这样一步一步地跑起来。我记得腿上的疼痛在不断加剧,感觉我的心都要从喉咙里跳出来了,还有一种更深刻的感觉:我意识到我可以继续前进。我没有必要停下来。我能感受到痛苦,但我一点都不在乎。

那天唤醒了我的内心。我发现当我全力以赴,把 100% 的精力投入一项艰巨的不可能完成的任务时,我的心脏会激烈地跳动,乳酸在我的肌肉中嘶嘶作响,那时我的感觉非常好,身体达到了完美的状态。我相信科学家会解释说,这是内啡肽和肾上腺素暂时改变了我大脑的化学成分,也许他们是对的。不过我自己知道,我越是强迫我自己,我的感觉就越好。压力是我逃避的方式。我认为这就是为什么我总能跟上那些更高大、更强壮、在生理测试中得分更高的人。因为测试无法衡量每个人承受痛苦的能力。

让我来总结一下我早期的运动生涯。首先,我是一名地区和全国排名靠前的滑雪运动员,有望参加奥运会。我在休赛期参加自行车比赛来保持体型,在高中的时候还赢得了一些同年龄组的比赛——我是一名不错的自行车选手,但肯定不是国家级的。接下来在科罗拉多大学读大二的时候,在滑雪队的旱地训练中我摔伤了背部,而不得不结束了滑雪生涯。在恢复的过程中,我将所有的精力都投入自行车中,并有了第二个重大发现:我喜欢自行车比赛。自行车比赛结合了滑雪的刺激和国际象棋的策略性。最重要的是（对我来说），我承受痛苦的能力有了用武之地。对于这项运动，你承受的痛苦越多，表现就越好。一年后，我获得了1993年全国大学生自行车赛冠军。到了第二年的夏天，我已经是全国最优秀的业余车手之一，美国国家队队员，并可能参加奥运会。这很疯狂，令人难以置信，但是感觉就像找到了自己的归属。

到了1994年春天，生活真是美好得简单。那年我23岁，住在博尔德的一所小公寓里，靠拉面和沿边涂着花生酱的波波利现成比萨饼糊口。国家队只支付很少的津贴，所以为了维持生计，我开了一家运输公司，名叫熨斗运输，公司的资产包括我自己和一辆1973年的福特平板卡车。我在《博尔德每日镜头》上刊登了一则广告，上面的口号做我的运动座右铭也可以："事无小，事无难。"我拖过树桩、废金属，还有一次从别人后院拖出来一吨像狗屎的东西。尽管如此，我还是觉得自己目前的处境很幸运：我知道自己现在就站在自行车赛巨大阶梯的底部，向上望去，猜测自己能爬多高。

就在那时我遇到了兰斯。那是1994年5月的一个阴雨绵绵的下午，我在特拉华州威尔明顿参加一场叫作环杜邦赛（Tour DuPont）的自行车比赛：为期12天，全程1000英里，共有112名车手参加，其中包括世界前9名车队中的5支车队。兰斯和我年龄差不多，但我们想要的东西不同。兰斯参赛只是为了赢，而我就想看看自己是否能跟得上大佬们。

兰斯已经是个大人物了。去年秋天他在挪威奥斯陆赢得了单日赛世界冠军。我把那一期有他照片的《速度新闻》保存了起来，将他的故事熟记于心：他是个无所畏惧的得克萨斯人，一个十几岁的单亲妈妈所生，曾是铁人三项赛的天才，后来才转为自行车运动员。这些文章都用"厚颜无耻"和"傲慢无礼"来形容他的个性。我见到阿姆斯特朗在奥斯陆比赛终点是怎么庆祝的：飞吻，挥舞拳头，在人群中各种卖弄。有些人——好吧，几乎所有人——都认为兰斯很自大。但我喜欢他的活力，喜欢他直接的风格。当人们问阿姆斯特朗他会不会是第二个格雷格·莱蒙德（Greg LeMond）时，他会说："不，我是第一个兰斯·阿姆斯特朗。"

兰斯的很多故事到处流传。有一个是关于世界冠军莫雷诺·阿尔真廷（Moreno Argentin）的，他不小心把阿姆斯特朗名字误叫为兰斯的队友安迪·毕肖普（Andy Bishop）。阿姆斯特朗气炸了。"去他的，恰布奇（Chiappucci）！"他怒叫，也故意用阿尔真廷队友的名字来叫他。另一个发生在去年的环杜邦赛上。一名西班牙车手试图把美国人斯科特·默西埃挤到路外侧，而阿姆斯特朗赶过来保护他的同胞，冲到了西班牙人面前，让他走开。那个西班牙人只能照做。所有的故事都是一样的结论：兰斯就是一个任性的美国牛仔，像风暴一样冲进了欧洲自行车世界。我很喜欢听这些故事，因为我也梦想着冲破那些城堡的壁垒。

比赛开始的前一天，我四处走动，盯着那些我在自行车杂志上见过的面孔。奥运金牌得主、俄罗斯车手维亚切斯拉夫·叶基莫夫（Viatcheslav Ekimov），留着摇滚明星的发型，一脸苏联式的皱眉扮相。墨西哥运动员劳尔·阿尔卡拉(Raúl Alcalá),就是这个沉默的杀手赢得了去年的这个比赛。乔治·辛卡皮是一个身材瘦长、睡眼蒙眬的纽约人,他被认为是下一个最厉害的美国车手。甚至还有3届环法自行车赛(Tour de France)冠军格雷格·莱蒙德,那是他退役前的最后一年,他看起来依然神采奕奕而且年轻。

你可以通过臀部的形状和腿部的血管来判断车手的身体素质,这些选手的臀部比我以往见过的都要小而有力。他们的腿部静脉看起来就像高速公路地图。他们的手臂像牙签那么细。在他们的自行车上,他们可以在最密集的车群中全速穿过,只用一只手扶着车把。看着他们就令人热血沸腾;他们就像赛马一样。

看看他们,再看看自己——那是一种截然不同的感觉。如果他们是纯种马,我就是一匹小矮马。我的屁股很大;腿上也看不到血管。我的肩膀很窄,大腿像滑雪运动员那样,粗手臂塞进运动服的袖子里,就像塞进肠衣里的香肠。我骑自行车的时候就像土豆捣碎机一样用力,因为我身材偏小,要稍稍向后仰着头才可以越过其他车手看到前面,所以有人说这样让我看起来有点奇怪,好像我不太确定自己在哪里一样。说实话,我在环杜邦赛并没有什么真正的目标。我没有足够的能力、经验或自行车操控技巧来与欧洲职业选手们竞争,更不用说在12天内击败他们了。

但是我确实有一个机会:序幕赛——每个车手单独比赛,与时间赛跑。这是一个短距离的赛段,只有2.98英里长,有坡,而且有几段很糟糕的鹅卵石路,弯道的角度也很小,需要用你经常在滑雪比赛中看到的干草堆来缓冲。虽然距离很短,但这被视为衡量能力的重要标准,因为每个车手都在尽力把自己的潜能发挥到最大。比赛前一天,我在赛道上骑了6次,检查了每一个弯道,背住了入口和出口的角度,闭上眼睛,想象自己正在比赛中。

序幕赛的那天早晨,开始下雨了。我站在起跑线附近,和我的国家队教练克里斯·卡迈克尔聊着天,他今年32岁,总是一副笑容可掬的样子。他性格很好,比起教练更像是一个啦啦队长。他喜欢一遍又一遍地重复着他喜欢的口号,就像它们是流行歌曲的歌词一样。在序幕赛开始之前,克里斯用他的最全金曲专辑——"努力骑行,保持自我,别忘了呼吸"——为我壮行。

不过,我并没怎么听他说话。我正在想着下雨,想到下雨会把小鹅卵石冲刷得像冰一样光滑,还想到我的大多数对手都在担心如何安全通过弯道。我在想,我可能是一个新手,但我有两个优势:我知道如何进行滑雪比赛,而且我没有什么可输的。

我从起点的斜坡上冲下来,全速切入第一个转弯,卡迈克尔跟在一辆队车里。我一直竭尽全力地骑着,坚持着。当我在嘴里尝到血的味道时,我知道自己已经到了身体的极限,这就是我坚持比赛的方式,总是将自己逼到体能极限。这是我爱上自行车比赛的原因:神秘的惊喜在你拼尽全力时随时可能发生。当你拼到你的绝对极限的时候——当你的肌肉在尖叫,当你的心脏快要爆炸,当你感觉到乳酸已经渗透进了你的脸和手时——再让自己更拼一点点,再拼一点点,然后事情就会发生变化。有时你会小宇宙爆发;而有时你到了那个极限,却无法更进一步。但有时你超越过它,下一个阶段那种疼痛加剧的过程会让人完全无法继续。我知道这听起来有点禅意,但就是这种感觉。克里斯曾经告诉我保持本心,但我一直不明白那是什么意思。对我来说,最重要的就是忘却自我,一次又一次让自己更努力,直到抵达一个新的顶峰,一个以前几乎无法想象、以为无法到达的地方。

我加速着像赛车一样进入弯道,在鹅卵石上打着滑,居然保持直立,没有摔倒,不需要干草堆来保护。上坡时,我拼命地骑着;在平路上,平趴在车上骑着。我能感觉到乳酸在我身体里聚集,在我的身体内游走,它填满了我的腿,我的胳膊,我的手和指甲缝下——太棒了,新鲜的痛感。还有最后一次从鹅卵石到人行道的 90 度转弯。我完成了它,直直向底线冲去。当我越过终点时,我瞥了一眼时钟:6 分 32 秒。

第 3 名。

我眨了眨眼睛。又看了一遍。

第 3 名。

不是第 103 名。不是第 30 名。第 3 名。

卡迈克尔惊呆了,完全震惊了。他拥抱了我,说:"你这个疯子。"然后我们就站在那里看着其他车手通过终点,预想着我的时间会被更多的人超越。但随着骑手们一个一个越过终点,我的时间还是名列前茅。

叶基莫夫——落后我 3 秒。

辛卡皮——落后我 3 秒。

莱蒙德——比我早 2 秒。

阿姆斯特朗——落后我 11 秒。

当最后一名车手完成比赛时,我排在第 6 位。

当选手们从威尔明顿出发开始第 1 赛段的比赛时,我在想会不会有职业选手来跟我说句话;也许只是打个招呼,说句友好的话。但是没有一个人——没有阿尔卡拉,没有叶基莫夫,没有莱蒙德。我很失望,也如释重负。我不介意默默无闻。我提醒自己,我只是一个业余车手,一个勤恳的小兵,一个无名小卒。

在比赛进行了大约 10 英里的时候,我感到有人友好地拍了拍我的后背。我转过身,看到兰斯的脸就在离我两英尺远的地方。他直视着我的眼睛。

"嘿,泰勒,昨天你骑得很好。"

我绝不是第一个发现这一点的人:兰斯说话的方式很有说服力。他喜欢在说话之前停顿大约半秒钟。他只是看着你,观察你,也让你观察他。

"谢谢。"我说。

他点了点头。某种东西在我们之间传递——尊重?承认?不管那是什么,都感觉非常酷。我第一次感觉到这一行可能有自己的一席之地。

比赛仍然在继续,作为职业比赛的一名新手,有点像在洛杉矶高速公路上开车的新手司机:必须跑得快一点,不然就糟了。比赛进行到一半时,不出意料地,我出了差错。我骑到路的一边,意外地卡在了一个欧洲大块头的前面，差点撞到他的前轮，他很生气。不仅仅是愤怒，而且是很夸张的愤怒，他挥舞着手臂，用一种我不懂的语言对我大喊大叫。我转过身想去道歉，但这个动作让我转向更多，也让欧洲人尖叫得更厉害了，骑手们开始盯着我看，我非常尴尬。那个欧洲人骑到了我旁边，这样他可以直接对着我大喊大叫了。

这时有人来到了愤怒的欧洲人和我之间。他把手放在欧洲人的肩膀上，温柔而坚定地推了他一下，发出一个明确的信息：别闹了。在这过程中，他一直用眼神让那个欧洲人软下来，看他还胆敢做什么。我非常感谢兰斯，甚至都想拥抱他。

在接下来的几天，随着比赛的进行，我的表现也退步到和其他业余选手差不多了。兰斯表现得更好了。他在第5赛段结束时躲过了一场潜在的灾难，当时由于交通管制的失误，他差点被一辆驶入赛道的垃圾车撞倒。但兰斯发现卡车冲了过来，并设法在他通过时两边只有一英寸那样狭窄的空隙里侥幸逃脱。那天他败给了叶基莫夫，得了第2名。之后媒体采访他，想要谈谈这有惊无险的事——毕竟他差点没了命。但那不是兰斯。取而代之的是，兰斯只谈了他应该怎样去赢得比赛。简而言之，这就是兰斯：死里逃生，然后为没赢得比赛生气。

总之，我对这个得克萨斯人的印象非常深刻。但真正让我印象深刻的是那年7月。就在那时，我在电视上观看兰斯参加环法自行车赛——这是地球上最艰难的比赛，历时3周，全程2500英里。刚开始的几天，他都表现得不错。直到第9赛段，一场64公里的计时赛：被称为"真相之赛"（the race of truth），是衡量选手真实水平的比赛，每一分钟会有一名选手出发,独自与时间赛跑。我难以置信地看到环法赛冠军米格尔·安杜兰(Miguel Indurain)超过了兰斯。但"超过"这个词不能公正地反映出西班牙人骑得比兰斯快了多少。兰斯近乎"被西班牙人带起的风吹进了沟里"。在30秒钟的时间里,安杜兰从落后兰斯20个自行车长度变成了遥遥领先,他几乎快骑出了电视转播的镜头。兰斯那天损失了6分多钟,很多的时间。几天后他就放弃了——连续第二年没能完成比赛。

我看着发生的一切,心里想着:天哪,真不可思议。在两个月前我看到兰斯有多强大的实力,我也知道他能够承担多少。我亲眼见到他在自行车上做着我想都不敢想的事,但现在安杜兰出现了,他让兰斯看起来像个新手。

我一直听说环法自行车赛很艰难,但那时我才意识到它需要一种超乎想象的体能、韧性和承受力。也就在那一刻,我意识到,我想要当一名赛车手,这个愿望超越了一切。

我本来希望在环杜邦赛上取得的小成绩能引起职业车队的注意,看起来我错了。1994年夏天我仍然是一名业余车手,还在听卡迈克尔越来越乏味的加油助威。不骑车的时候,我就经营着我的运输公司,帮人粉刷房屋,然后等着电话铃响。

10月的一个下午,当我正在给邻居粉刷房子的时候,我的电话铃响了。我冲到房子里，身上还带着新鲜油漆，只好用指尖拿起听筒。电话那头的声音严肃、威严又不耐烦——来自上帝的声音，还带着下床气。

"我们需要做什么才能让你加入我们的车队？"托马斯·韦塞尔说道。

我试图表现得很镇定。我从来没有和他说过话，但每个人都知道韦塞尔的故事：50多岁的百万富翁，哈佛大学毕业的投资银行家，前国家级速滑运动员，自行车大师级选手，绝对的人生赢家。在接下来的10年中，很多CEO从玩高尔夫转成自行车赛车手，韦塞尔是最早的一批。对他来说，生命就是一场赛跑，只有最顽强、最强大、愿意做任何事的人才能赢得胜利。韦塞尔的座右铭是"赶紧把事情搞定"。我现在仍然能听到那个严肃的声音：快去做，给我搞定它。

韦塞尔想要做的是组建一支美国车队，赢得环法自行车赛。正如不止一人指出的那样，这相当于组建一支法国棒球队，试图赢得世界职业棒球联赛的冠军。再说你不能仅仅组建一支车队去参加环法大赛——你的车队必须得到组织者的邀请，而这邀请是基于在欧洲各个大赛中取得的成绩之上。这没那么容易。事实上，韦塞尔的主要赞助商斯巴鲁在去年秋天就抛弃了他，留下韦塞尔独自一人去和全世界对抗。但换句话说，这正是他想要的。

这是一个关于韦塞尔的故事：当他40多岁快50岁时，他决定认真学骑自行车。于是他聘请了奥运队的自行车教练、美国自行车赛的教父埃迪·博里塞维奇（Eddie Borysewicz）。* 韦塞尔每周两次从旧金山飞圣地亚哥，和埃迪一起训练，每次训练从上午10点到下午5点。在冬季，韦塞尔将他主要竞争对手的照片钉在他健身房力量室的墙上来"提醒我为什么我这么努力训练"。韦塞尔赢得了3个年龄组的世界大师锦标赛和5次全国公路自行车赛冠军。

"这值得吗？"一个朋友后来问道。

"当然，但那只是因为我赢了。"韦塞尔说。

韦塞尔的个性与兰斯很相似（后来，在邮政队里，我们骑手经常会把他们两人的声音搞混淆）。事实上，早在1990年，兰斯只有19岁，韦塞尔就聘请他参加了他的职业赛车队斯巴鲁-蒙哥马利。他们两人相处得不太好；大多数人认为这是因为他们性格太相似了。韦塞尔让阿姆斯特朗离开了车队，3年后，阿姆斯特朗成了世界冠军——这是韦塞尔让自己的情感凌驾于商机之上的一个罕见例子。

韦塞尔告诉我他是如何签下其他优秀的美国自行车手——达伦·贝克（Darren Baker）、马蒂·杰米森和内特·赖斯（Nate Reiss），并聘请埃迪担任教练的。这支车队被命名为蒙哥马利-贝尔。他问我

---

* 博里塞维奇以将东欧国家的训练方法引入美国而闻名——这包括一些有很大问题的国家。1984年奥运会前，博里塞维奇在加利福尼亚州卡森的华美达酒店为美国奥运自行车队安排了输血。这支队伍接连赢得了9枚奖牌，其中包括4枚金牌。虽然当时输血在技术上并没有违反规定，但美国奥林匹克委员会谴责了这一行为，并称输血"对于美国奥委会而言是不可接受的、不道德的和非法的"。

丑闻和随后的公众舆论似乎已经把博里塞维奇吓坏了：汉密尔顿和队友安迪·汉普斯滕（Andy Hampsten）都一致认为，埃迪·博里塞维奇在1995—1996年担任总监期间车队是清白的，他也经常警告他们不要"卷入那些破事"。

一年想要多少钱,我犹豫了一下。如果我报价太高,可能会失去这个机会。但我也不想报得太低。所以我给了一个中间价,3万美元。

"成交!"韦塞尔咆哮道。我使劲儿地感谢了他,然后才挂了电话。我打电话给我的父母告诉他们这个好消息:我正式成为一名职业自行车赛运动员。

韦塞尔实验的第一年进展很顺利。1995年的大部分时间我们在美国进行比赛,有几次去欧洲参加一些小型比赛。这支车队是一个混合体:大部分是年轻的美国人,也有零星的欧洲中等水平选手。虽然埃迪的计划一般有点乱(我们经常在去比赛或者回来的路上迷路;比赛的日程不断变化),但这种疯狂使比赛变得很有趣,也帮助车队变得更加团结,此外,我们大多数人也不知道正确的方式是什么样子。一天下午,一名团队助理给我打了第一针。这是完全合法的——铁和维生素B,但看到针头戳进我的屁股,我还是有点不安。他告诉我这是为了我的健康,因为我一直在参加比赛,所以体力消耗殆尽。毕竟,自行车比赛是世界上最艰难的运动,它让你的身体失去平衡,而维生素有助于恢复你所消耗掉的。他说,就像宇航员一样。

再说了,我们车手还有更重要的事情需要操心。我们比赛看谁能对埃迪的波兰口音模仿得最像,其中"你"是布鲁克林口音的"你们",还有每一个动词都是复数。"你们现在必须发起进攻!""你们现在必须发起冲刺!"韦塞尔经常出现在大型比赛中,几乎是我们另一个教练。当我们获胜时,他会热泪盈眶地拥抱每个人,就好像我们刚刚赢得了环法自行车赛一样。当我们前往荷兰参加一场小型比赛时,我可能又把他弄哭了,这场比赛叫环泰利福赛(Teleflex Tour),我最终赢得了冠军。虽然这不是很大的比赛,但感觉很好——表明我可能就属于这项运动的另外一个迹象。除此之外,我还需要钱:我看中了科罗拉多州尼德兰的一所房子,尼德兰是位于博尔德郊外的一个宁静小镇。房子没有什么特别之处,只有1500平方英尺,有一个可以看到群山的小门廊。这对我而言意味着一种永恒,一个属于我自己的地方。

1996年初,韦塞尔聘请了前奥运金牌得主马克·戈尔斯基(Mark Gorski)担任总经理。几个月内,戈尔斯基发布了一则重大消息:美国邮政署答应和我们签署一份为期3年的合同,成为我们队的冠名赞助商,同时增加了预算,以便团队发展壮大。韦塞尔和戈尔斯基忙着为车队储备更多的年轻车手,和安迪·汉普斯滕签约了,他是格雷格·莱蒙德这边最有成就的美国自行车选手。汉普斯滕赢得了环意大利赛(Tour of Italy)、环瑞士赛(Tour of Switzerland)和环罗曼蒂赛(Tour of Romandie)的胜利。

1996—1997年的计划是获得邮政车队去欧洲的参赛资格。我们将参加更多的大型比赛,希望到1997年能受邀参加韦塞尔最向往的环法自行车赛。我们活在韦塞尔的坚定信念中。我们感到一片乐观,浑身都充满了干劲,尤其是在汉普斯滕的带领下。那个1996年的春天,我们乐观地前往欧洲参赛。我们知道过程很艰难,但我们会找到办法完成。

我们真是毫无概念。

第 2 章 现 实

起初,我们告诉自己这是时差的原因,还有天气、饮食习惯甚至我们的星座等等原因。我们找出各种理由来逃避面对 1996 年欧洲大型比赛中我们邮政队失败的真相:我们输得很惨。

这并不只是关于输了,而是我们失败的方式。你可以给自己在比赛中的表现打分,就像你在学校里给考试成绩打分一样。如果你在领先集团中冲过终点线,那么你就获得了 A;你可能没有赢,但你从来没有落后。如果你在第 2 集团,你得到的成绩是 B,虽然不是很好,但是并不太差;你只是落后了一次。如果你在第 3 集团,你得到一个 C,以此类推。每一场比赛实际上都是由一些小规模的比赛组成,比赛总是有两个结果:你要么跟上,要么跟不上。

作为一个团队,邮政车队的得分是 D 和 F。我们在美国表现得相当不错,但是我们在欧洲大赛中的表现似乎遵循着同样的模式:比赛开始后,速度会加快,接着越来越快。很快我们就只能拼命追赶。我们称之为:充数。因为我们唯一的功能就是让主集团的尾部人数更壮大。我们没有机会获胜,没有机会去发起进攻或者用有意义的方式去影响比赛;我们只是庆幸能坚持完成比赛。这是因为其他车手都强大得令人难以置信。他们完全违背那些物理学和自行车赛的基本定律。

他们做的事情我都闻所未闻,甚至都未曾想象过。

例如,他们可以单独发起进攻,并在数小时内抵挡住冲锋的主集团。他们可以用令人眼花缭乱的速度爬坡,即使是那些看起来对爬坡不在行的大块头。他们可以日复一日地保持最佳状态,避开竞赛水平的起伏。他们是如马戏团表演一样强壮的人。

对我来说,最引人注目的是比亚内·里斯,一个身高 6 英尺、体重 152 磅、绰号"老鹰"的丹麦人。里斯有一颗大大的光头,一双炯炯有神的蓝眼睛很少眨一下。他话很少,神秘难懂。他的注意力非常集中,有时看起来就像在发呆一样。但到目前为止,关于里斯最奇怪的事情就是他职业生涯的轨迹。

在他职业生涯的大部分时间里,里斯都是一名不错的赛车手:技术扎实,但并不是大型比赛的有力竞争者。接着在 1993 年,27 岁的他突然从普通人变成了不同凡响的人。他在 1993 年的环法自行车赛中获得第 5 名,并取得了其中一个赛段的胜利;1995 年,他获得了第 3 名。到 1996 年,一些观察人士认为他甚至可以击败这项运动的霸主——环法五连冠的米格尔·安杜兰。

我记得第一次近距离看到他是在 1997 年的春天。我们正在一段陡峭的山路上艰难地爬坡,里斯也像我们一样在人群中奋力前行,只除了他好像在奋力踩着一个巨大的变速器。我们其余的人还是像往常一样以大约每分钟 90 转的速度骑着,而面无表情的比亚内,以大约每分钟 40 转的速度骑着,踩着一个我无法想象的变速器。我意识到:他正在训练。我们其余的人都在全力以赴,无论是想赢得比赛还是坚持下去，而他却在训练。当里斯经过时，我忍不住和他说话。我说："嘿，你怎么样？"我想看看他是否会回应。他看了我一眼，继续向前骑。

看看里斯，还有几十个像里斯那样的人组成的主集团，你禁不住想知道这到底是怎么回事。我的意思是，我是新手，但我并不傻。我知道一些自行车赛选手服用禁药。在网络普及前的时代，关于这方面我有限的了解来自《速度新闻》的网页上读到的。我听说过类固醇（这让我当时感到很困惑，因为自行车运动员根本没有大块肌肉）；我听说有的骑手会服用安非他明，还有的把注射器藏在运动服的口袋里。最近我听说了促红细胞生成素（EPO），有人说这种血液促生器通过使身体产生更多携氧红细胞来让人的耐力提高 20%。*

---

* 历史记录：从自行车这项运动诞生以来，兴奋剂就和自行车运动交织在一起了。在 20 世纪上半叶，自行车选手使用刺激大脑的兴奋剂（可卡因、乙醚、安非他明），来减少疲劳感。在 20 世纪 70 年代，像类固醇和肾上腺皮质激素等新药专注于人体的肌肉和结缔组织，来增加力量并缩短身体的恢复时间。但真正的兴奋剂突破发生在将关注的重点转移到血液上——特别是增强它的携氧能力。促红细胞生成素（erythropoietin），简称 EPO，是一种自然产生的激素，可刺激肾脏产生更多运输氧气的红细胞。EPO 是 20 世纪 80 年代中期为了帮助透析和患有贫血症的癌症患者开发的一种商用药，但它很快就被运动员采用了——而且有很好的理由。《欧洲应用生理学杂志》（*European Journal of Applied Physiology*）刊登了一项为期 13 周的对业余自行车手的研究，结果显示 EPO 使骑手的最大输出功率提高了 12%—15%，耐力（以最高速度的 80% 来骑行的时间）提高了 80%。著名的"体育科学"网撰稿人罗斯·塔克博士估计，对于世界级运动员来说，EPO 可以将成绩提高约 5%，这大致相当于环法自行车赛的第 1 名和中间选手的差距。EPO 的一个早期风险是致死的可能性增加。EPO 被认为是 20 世纪 80 年代末 90 年代初十几名荷兰和比利时自行车手死亡的"幕后黑手"：当他们的心脏无法继续泵动被 EPO 增厚的血液时，他们心脏停止了跳动。那个时代也有些故事说，有些车手会设置半夜的闹钟，这样他们可以起来做一些增加心率的健美操。

让我印象深刻的不是谣言，而是速度——那无情又残酷如机械运转般的速度。我并不是唯一有这样感觉的。安迪·汉普斯滕恢复了与前几年相同的竞技状态，前面几年他赢得了不少大型比赛。现在同样的身体状态，他只能竭尽全力试图不掉出前50名。汉普斯滕坚定地反对使用兴奋剂，并选择了32岁时就退役而不是使用兴奋剂来继续比赛下去。对于赛场的这些变化，他的观点很好。

安迪·汉普斯滕：在20世纪80年代中期，当我参加比赛时，有车手使用兴奋剂，但我仍有可能和他们一起竞争。要么是安非他明要么就是合成代谢物——两者都很强大，但也都有缺点。安非他明让车手变得很愚蠢——他们会发动一些疯狂的进攻，耗尽自己所有的能量。合成代谢物使人浮肿、变重，长期使用会带来更多的伤害，更不用说那些可怕的皮疹了。天气凉爽时，在短距离的比赛中，使用药物的车手会非常厉害。但在一个漫长而炎热的赛季，合成代谢物会拖累他们的表现。所以总而言之，一个干净的车手还可以在3周那样的长比赛中和使用药物的选手进行竞争。

EPO改变了一切。安非他明和合成代谢物与EPO相比什么都不是。突然之间，所有车队的速度都快得惊人；突然之间，我连达到规定完成时间都很困难。到1994年，这一切变得越来越荒谬了。我在爬坡时会拼尽我的全力，我的体重和功率都和以前完全相同，但在我身边都是这些大个头，他们会像如履平地一样自如地聊天！ 这简直太疯狂了。*

随着1996年赛季的结束，餐桌上的气氛变得紧张起来——每个人都知道发生了什么，每个人都在谈论EPO，每个人都可以看到墙上写的东西。他们想让我给他们一点指导。但是我能说什么呢？

没有人一开始就想要服用兴奋剂。我们热爱这项运动，因为它是纯粹的；只有你自己，你的自行车，道路，比赛。当你进入一个世界并开始感觉到兴奋剂的存在时，你的本能反应是闭上眼睛，用手捂住耳朵，更加努力地训练。依靠自行车比赛的古老秘诀——拼到自己的极限，然后再拼一点，因为谁知道呢，也许今天状态更好。事实上，我知道这听起来很奇怪，但一开始其他人服用药物的想法确实激励了我；它让我觉得自己很高尚，因为我是纯粹的。我会胜利，因为干净让我变得更加强大。事无小，事无难。

保持这种态度很容易，因为兴奋剂根本没有被讨论过——至少没有被正式讨论过。我们会在餐桌上或是骑车时悄悄地谈论它，但绝不会与我们的车队总监、车队经理或医生讨论。每隔一段时间，一篇文章可能会出现在外国报纸上，引起短暂的骚动，但大多数情况下，每个人都假装这些疯狂的比赛速度是正常的。就好像你正盯着某人随便

---

* 从1980年到1990年，环法自行车赛的平均速度为每小时37.5公里；从1995年到2005年，它增加到平均每小时41.6公里。在考虑到空气阻力的情况下，这意味着总功率增加了22%。

第2章 现实

用一只手随意举起一千磅重的杠铃过头一样，而你周围的每个人都表现得好像这只是办公室里普通的一天。

尽管如此，我们还是忍不住表达了我们的担忧。人们常说起一件事，1996年我和马蒂·杰米森找到邮政队医生普伦蒂斯·斯蒂芬，讨论现在比赛的速度有多快。斯蒂芬说马蒂暗示车队应该开始提供一些非法的医疗支持，而我就站在那里，也是支持的态度。我得说，我不记得有这件事，但我可以肯定地回忆起那种担忧的感觉，想知道为什么这些家伙能那么快，想知道他们吃了什么。*

也许你可以想象得到，韦塞尔比我们更不喜欢失败，而且他的情绪也因为这项运动的运作架构变得更加强烈。在棒球或足球比赛中，联盟给每支球队带来稳定性。而职业自行车赛则遵循着一种更达尔文式的模式：车队由大公司赞助，通过竞争进入大型比赛。没有任何保证；赞助商可以随时离开，比赛可以拒绝车队参加。带来的结果就是一系列无休止的紧张情绪：赞助商很紧张，因为他们需要成绩。车队总监很紧张，因为他们需要成绩。车手很紧张，因为他们需要成绩来获得合同。

韦塞尔完全明白这个模式。这是他参加环法大赛的机会，而且他并不是那种输了以后会拍拍你的背说"别担心，明天我们会打败他们

---

* 这件事多年来经斯蒂芬在媒体上讲述了无数次之后，变得众所周知。斯蒂芬坚称杰米森在暗示服用兴奋剂。杰米森说，他对斯蒂芬坚持给邮政车手只服用阿司匹林和口服维生素感到沮丧。杰米森说："我知道有合法的静脉注射维生素和氨基酸，我就对斯蒂芬施加压力，质问他为什么我们不能这样做。""在那一刻，我可以诚实地说，我没有考虑过服用兴奋剂。我从来没有听过'EPO'这个词。但是，这种情况很快就会改变了。"

的"的人。不，韦塞尔是那种如果输了比赛就会非常生气的人。在1996年，我们看到他从愤怒到白热化，再到5级戒备。我们开始看到他和埃迪在比赛后争吵。我们开始听到咆哮声。

"我们最好明天能看到好成绩，否则就会有人滚蛋了。"

"你们要动作快点好好表现，从现在开始！"

"真该死的可悲。你们究竟怎么回事？"

6月的为期9天的环瑞士赛是我们获得自我救赎的机会。我们很有希望；汉普斯滕和达伦·贝克两人为双主将，前者还赢得过1988年的比赛。韦塞尔计划在重要的赛段飞过来和埃迪一起坐在队车里。这将是我们证明自己的大好机会。

我们输得很惨。我们开始几天还能跟上，但当比赛形式变得很严峻时，我们一败涂地。最能说明问题的时刻出现在第4赛段，当我们攀爬巨大的格里姆瑟尔山口之时。这是一段山路，长达26公里，高1540米，坡度为6%，止于一个名副其实的叫"死亡之湖"的地方。在缓坡上，主集团开始加速，而我们就像自行车被抛锚了一样远远地落了下来。汉普斯滕是坚持到最后的那一个，在一个20人集团中顽强地坚持着，努力向山上骑着。韦塞尔和埃迪大声地鼓励他，但没有用——汉普斯滕已经用尽全力，但其他人就是更加强壮。主集团拉起速度，把汉普斯滕留在了后面。

看着领先的赛手们消失在远处，韦塞尔变得坐立不安。比赛规则要求队车必须跟在车队的领先车手后面，以便在补给和机械问题方面提供帮助；违反这条规则是不可想象的，相当于一个纳斯卡车赛中的

第 2 章 现 实

工作人员在比赛中途离开了他们的岗位。但韦塞尔已经没有耐心了，对规则，对任何事都没有了耐心。他命令埃迪别管汉普斯滕，开车绕过他，赶上领先的骑手们，这样他就可以看到烟花了。韦塞尔想为1997年的车队物色新的车手。发动机加速了；汉普斯滕难以置信地看着邮政队的车消失在路上。这很明确地告诉他：韦塞尔不会等着输家。

两天后，在苏斯滕山口（路程长约17公里，坡度为7.5%），另一名主将达伦·贝克爆胎了。我把我的车轮给了他，当我换好新的轮胎时，就剩下我独自一人。我拼尽全力地骑着，但是没能赶上。我独自一个人骑了一整天，努力想在规定时间内完成比赛。我记得曾经看到过绝望的骑手挂在后视镜上，搭着顺风车。我当时就告诉过自己，永远不会那样做。最后我错过了比赛截止时间，第二天我坐在回家的飞机上思考着，我是否有能力继续从事这项运动。

环瑞士赛的经历让我重新思考这项运动，思考为什么我愿意为了一项一无所获的运动这么拼命。如果自行车比赛是我生命中唯一的事情，我可能会忍不住放弃。但它不是。你看，在那场比赛的前几周，我刚刚坠入爱河。

她的名字叫哈文·帕钦斯基，那年春天我们在美国环杜邦赛上认识的。她是比赛的志愿者，负责在酒店的餐厅检查名牌。她长得很漂亮，身材娇小，黑色的头发，笑容可掬，淡褐色的眼睛似乎在阳光下闪闪发光。和她说话我有点紧张,所以我请队友马蒂·杰米森的妻子吉尔介绍我们认识,吉尔在邮政队做公关工作。原来,哈文住在波士顿,在一家广告公司希尔霍利迪担任客户经理。我开始每天在餐点前很早赶到餐厅,再喝上四五杯咖啡,只是为了找个借口和她待在一个空间里。我们开始聊天,调情。我的心在怦怦直跳,不是因为咖啡。

兰斯称霸了那年的环瑞士赛,他所表现出来的能力比以往任何时候都更强大。* 但是在比赛后期的一个赛段中,我发现自己处于领先集团,而且我感觉自己很有力。有趣的是,自行车比赛的状态很大程度上取决于你的情绪;我对哈文的迷恋就像是火箭燃料一样。距离终点还有大约4公里时,我发起了一次单人进攻,在主集团几乎赶上我之前到达了终点。我赢得了当天最积极车手奖,并被叫到领奖台上,被授予了一束美丽的鲜花。那天晚上,我把花送到了哈文的房间。一开始她认为是什么误会,后来她把这些点串联起来就明白了,还打电话来感谢我,我们聊了一个小时。比赛结束时,我们参加了晚会,会后我送她回房间,给了她一个晚安吻——一个吻,没有更多,也没有更少——从那一刻起我们在一起了。

我们是契合的一对。哈文对自行车比赛不感兴趣,也不太了解自行车运动,但我很喜欢她这样。她了解商业、广告游戏和政治,那是我一直错过的更广阔的世界。

---

* 阿姆斯特朗于1995年秋季开始与意大利医生米凯莱·费拉里合作。当他在1996年赛季出现时,队友们对他的强壮感到惊讶。阿姆斯特朗的胳膊变得非常粗壮,而不得不剪掉比赛服的袖子才能穿上。斯科特·默西埃开玩笑说他为达拉斯牛仔队(美式橄榄球队)效力。

我们新关系的真正考验是哈文去我的老家马布尔黑德做客,参加我家后院里举办的山羊疯狂槌球邀请赛。哈文很快融入了我家,以实际行动来证明她可以和我的家人愉快相处。后来她还给我的父母寄了一张感谢卡片,说她从来没有意识到槌球是一项身体全接触运动。我的家人很喜欢她;当我不在家时,他们经常和她见面吃晚饭。我们曾经开玩笑说,就我的比赛日程,他们与哈文的约会时间比我还多。

哈文的父母不太看好我们的关系,也许是因为"有抱负的自行车赛车手"听起来不怎么样。但在那年7月,他们来到马萨诸塞州菲奇堡观看了一场自行车赛,而我很幸运地赢了那场比赛,所以他们明白了,虽然他们的女儿可能只是在和一个自行车赛车手约会,但至少这个人水平还不错。那年12月我离开了科罗拉多州尼德兰,搬到了波士顿的哈文家里。我们没有告诉她的父母,而假装我只是来探望她的。

当我回首往事,那可能是我最快乐的日子。那年我才25岁,拥有和哈文刚刚开始进入正题的恋爱关系,一只名叫"拖船"的活泼金毛犬幼崽,如果我可以不断进步,也许还有作为职业自行车赛车手的未来。这感觉就像魔法一样——我一边使劲努力着,一边被这快乐、有趣又充满挑战的生活围绕着。

在欧洲,也有一些迹象表明这些运动员强壮得不正常的情况快要终结了。1996年里斯在环法自行车赛中获胜,他在比赛中多次展现了超人般的统治力。人们都在窃窃私语,议论服用兴奋剂的事情。例如,在大爬坡的关键时刻,里斯做了别人从没见过的事情:他回过头去看其他竞争者,几乎嘲讽地看着他们,然后好像骑摩托车一样加速离开。在欧洲各地，理性的声音开始出现了。意大利的一份司法报告曝光了该国自行车运动员滥用 EPO 的情况；法国《队报》发表了一系列文章，在这些文章中车手们表示，如果不服用 EPO，他们就无法跟上比赛的速度，而 EPO 在目前的测试中还无法检测到。专栏作家们写到了这些新药如何危及这项运动的尊严。所有这些压力都落在了荷兰人海因·维尔布鲁根的肩膀上，他是 UCI 主席。我希望 UCI 能够采取行动，如果找不到其他理由，但至少能增加我跟上他们的机会也不错。

但当这一切还在萌芽中时，我在 10 月初听说兰斯被诊断出患有睾丸癌，而且癌细胞已扩散到他的腹部和大脑。这太令人震惊了，它提醒着我们生命无常，世事难料。他的照片震撼了我，我不久前刚刚见过他，他是那么高大强壮，不可战胜，还赢得了 5 月的环杜邦赛。现在的他骨瘦如柴，伤痕累累，头发也掉光了。我听说他发誓要回来，我的第一个想法是，不可能。我的第二个念头是，如果有人能做到，那一定是兰斯。

当日历快翻到春天时，我发现自己对 1997 年充满了新的期待。韦塞尔是自行车世界的热门话题，因为他行动力强，正在跟这项运动的一些大腕签约。我们听说他准备完全更换工作人员和日程安排，我们中的一些人——希望是我——将全职驻扎在欧洲，具体工作地点是在比利牛斯山脉附近的一个叫赫罗纳的小镇。这个消息传出来后，我和哈文讨论了一下，我们要搞清楚该如何应对这些变化。很快我们就做了一个决定：无论发生什么，无论在哪里，我们都有信心适应它。

第 3 章 欧洲狗

> 我从百分百认为自己不可能会服用兴奋剂到决定使用兴奋剂也就是 10 分钟的时间。
>
> ——大卫·米勒（前世界冠军，环法自行车赛赛段冠军）

1997 年赛季开始时，韦塞尔把全队的人都召集到了他位于加利福尼亚州欧申赛德的海滨别墅里，这里离我们的训练基地只有几英里。那是 1 月下旬的一个"超级碗"星期天，加州完美的蓝天。我们站在他家的客厅，透过落地窗可以看到价值百万美元的海景。但是我完全没有注意窗外的海景，因为室内的情况更令人印象深刻。

其中有奥运会金牌得主维亚切斯拉夫·叶基莫夫，顶着一头金黄的胭脂鱼发型。还有让-西里尔·罗班（Jean-Cyril Robin），他是刚从强大的法国费斯蒂纳（Festina）车队挖过来的，是环法赛冠军强有力的竞争者。还有来自马贝（Mapei）车队的强人阿德里亚诺·巴菲（Adriano Baffi）。埃迪被降职为助理总监，一个名叫约翰尼·维尔茨（Johnny Weltz）的友好的丹麦人取代了他。汉普斯滕已经退役了。队医普伦蒂斯·斯蒂芬也走了，取而代之的是佩德罗·塞拉亚医生。他是西班牙人，温文尔雅，衣着整洁，有着一双温和的棕色眼睛。*

就这样，原来的邮政队变成了邮政2.0版：有着闪闪发光的、最先进的欧洲模式。环顾四周，我感受到了两种情绪。第一种是激动：我们队有了这些人，就真正有了参加环法赛的可能。第二种是紧张：我和这些运动员从水平上来说是一国的吗？我具有成为一名优秀的副将的素质——需要所谓的驯服，或者仆人般的素质吗？如果我们队能走那么远，我会是环法赛的车队一员吗？

一会儿韦塞尔倒了一杯红酒，举起来。我们安静下来，听他粗鲁咆哮着给我们做了一篇让我们好好表现的演讲。电视上正播出橄榄球赛，韦塞尔把这两者联系了起来——环法自行车赛是我们的"超级碗"，无论如何，我们都要去参赛。

韦塞尔和维尔茨制定了计划：训练将更加艰难，更有组织，也更有目的性。我和其他4个美国人——斯科特·默西埃、达伦·贝克、马蒂·杰米森和乔治·辛卡皮——将搬到赫罗纳。我们的赛程安排会更加雄心勃勃；我们的目标是著名的经典赛列日—巴斯托涅—列日（Liège-Bastogne-Liège），然后回到环瑞士赛的赛场，如果我们做得足够好，就可以在7月第一次参加环法自行车赛。韦塞尔的目标很明

---

* 斯蒂芬在被解雇之后，给邮政车队经理马克·戈尔斯基写了一封抗议信。信中部分这么写道："一个对组织完全不了解的西班牙医生，能提供什么我不能或不会做的东西？兴奋剂是一个相当明显的答案。"邮政车队通过律师做出回应，告知斯蒂芬，如果他发表任何声明给邮政车队造成经济损失，那么他将被起诉。斯蒂芬咨询了律师，决定放下这件事。

确:我们将证明邮政队属于欧洲。我们不会再试水了;我们会直接把那些混蛋打个措手不及。

在聚会的某个时候,我发现了一盘巧克力饼干。和其他车手一样,我很注意自己的体重,但我们一直在刻苦训练,而且这些饼干看起来非常诱人,边缘酥脆,中间软嫩,正是我喜欢的样子。我无法抗拒,伸手拿了一块,慢慢地咀嚼着,完美极了。接着我又拿了一块,正吃得起劲,我有一种奇怪的感觉,好像自己被监视了。我抬起头来看到了新来的队医佩德罗·塞拉亚,他正站在房间的另一边紧紧地盯着我,精准地测量着,就像在给我量体温一样。佩德罗朝我笑了笑,慢慢地用幽默而坚定的方式摇了摇一根手指:不能吃啊!我也对他笑了笑,假装把饼干藏在衬衫里,他哈哈大笑。

我瞬间就喜欢上了佩德罗。与斯蒂芬的冷漠敏感不同,佩德罗就像你最喜欢的叔叔。他会看着你的眼睛,问你感觉如何,他还会记得一些琐碎的小事。他身材瘦削,顶着一头乱蓬蓬的灰白色头发,脸上带着俏皮的笑容,看上去很和蔼。对他来说,生活似乎很愉快,随时可以大笑出声。他的英语可能并不完美,但他似乎是个出色的健谈家,他甚至可以先于我自己知道我的感受。

我们第一次严肃的谈话是关于我的血液。佩德罗解释说,红细胞比容是含有红细胞的血液百分比。他解释了 UCI 的一项新规定,该规定要求任何红细胞比容超过 50% 的车手——这可能是使用 EPO 的迹象——停赛 15 天。因为到目前为止还没有 EPO 测试,超过 50% 不算服用兴奋剂;相反,UCI 主席海因·维尔布鲁根称这是一个健康问题,将停赛期称为"红细胞比容的假期"。*

所以佩德罗问我能不能抽点血来检测一下我的红细胞比容。他抽了点血,将血液转移到几支狭窄的试管中,然后将管子插入一个像烤面包机那样大小的设备中,那是离心机。我听到一阵呼呼的旋转声。佩德罗拿出试管,检查了侧面的阴影标记。

"还不错,"他说,"你是43。"

我记得佩德罗的措辞让我感到震惊:不是"你得了43分"或"你的比容是43",而是"你是43"。就像我是一只股票,43是我的价格。直到后来我才发现这是多么准确。

但说实话,当时我并没有太在意。我更关心眼前的事情。我更担心即将到来的欧洲赛季,计划,打包,训练,怎样融入新的队伍。斯科特·默西埃是这支车队的一名老运动员,前奥运选手,比我当时更聪明。我请他来描述一下他和我们新队医的相遇。

斯科特·默西埃:从来没有医生问我要过血,所以我不知道会发生什么。但我知道提高红细胞比容的唯一方法是服用EPO或输血。所以塞拉亚带我去他的酒店房间,我们做了测

---

* 维尔布鲁根,曾担任玛氏糖果棒的销售经理,将这项新规定比作对油漆工厂工人的身体铅含量进行的血液测试,只是为了确保没有人生病。当其他人指出维尔布鲁根实际上就是将EPO这种兴奋剂合法化时(正如一名意大利车队总监所说的那样,新规定相当于允许每个人进入银行偷窃,只要偷窃金额在1000美元以下)。维尔布鲁根以脾气暴躁而闻名,他称这些分析为"胡说八道",并告诉他们"闭嘴"。这给所有车队和车手的信息很明确:只要你的红细胞比容低于50%,就没人会在意。

第 3 章 欧洲狗

试。他看到我的检测结果,就开始摇头。

"噢啦啦!"佩德罗说,"你是 39。要想在欧洲保持职业水平,你需要达到 49,或者 49.5。"

我明白那是什么意思,他说的肯定是 EPO。但我决定装傻,看看医生会说怎么说。

"我该怎么做呢?"我问道。佩德罗笑了。

"特制维生素,"他说,"我们以后再谈吧?"

当我们到达欧洲时,我处处细细观察。我知道 EPO,我知道它必须冷藏。果然,车队技师的卡车上有一台冰箱。里面有一些饮料,一些冰块,在下层架子上,还有一个黑色的塑料盒,就像一个带挂锁的钓鱼盒。如果你把它拿起来摇一摇,就能听到瓶子碰撞在一起的声音。我开始称它为"特制维生素午餐盒"。

任何人都能看到高层做出的决定,以及团队前进的方向。这些都是再清楚不过的。即便如此,你也不会真的想去相信它;你忽略它,只是将它埋在自己心里。这样过了一阵子。那年春天晚些时候,也就是 5 月,我有 4 周的比赛间歇期。有天晚上,佩德罗来到我的房间,递给我一个密封塑料袋,里面装着大约 30 粒药丸,还有一些透明的小玻璃瓶。他告诉我这是类固醇。"它们会让你变得强壮,就像公牛一样,"他说,"前所未有地强大。"

我想了很久。这是个艰难的决定,最后我没有吃药,在年底退出了车队。我的心不想这么做。我和其他人不同的地方是，我已经28岁了；我的职业生涯很不错；对于未来的生活，我还有不少选择。我进入商界，做得很好。即便如此，我也为了这个决定纠结了14年。我不会责怪那些这样做的人——我理解他们为什么要这样做。我的意思是，看看泰勒——看看他在那里做得有多好！我从远处看着这一切，觉得很奇怪，我想知道如果我当时做出了不同的选择，结果会是什么。

1997年2月，在训练营结束后的几个星期，我向着穿越大西洋而去。我记得从飞机的窗口望出去，看到西班牙就在我脚下延展开来，感觉我的胃一阵痉挛。我很紧张，因为我将在西班牙南部参加3场比赛；然后在巴塞罗那与哈文会合，我们将开车到赫罗纳的新公寓，打算和邮政队的其他车手住在一起。我对在欧洲的生活感到紧张，对我与哈文的新关系感到紧张，对我不熟练的西班牙语感到紧张。但最令我担心的是，我们车队里有20名车手，只有9名车手能参加环法赛。我想成为其中的一员。

飞机降落后我直接进入了炼狱：为期5天的太阳之路自行车赛（Ruta del Sol），为期1天的路易斯·普伊赫自行车赛（Trofeo Luis Puig），然后是为期5天的环巴伦西亚赛（Tour of Valencia）。这些比赛是很残酷的：大风，炎热，难以置信的速度，穿过西班牙的灌木丛和海岸，棕色和蓝色的风景交相辉映。那是我第一次看到白色袋子。它们每次在比赛结束后由后勤人员带来，平常放在技师卡车的冰箱里。

它们体积很小,就像孩子带到学校的午餐包那么大,顶部整齐地折叠好了。后勤人员并没有把它们当回事——在某种程度上,这才是使它们显得重要的地方,因为它们是那么现实地存在着,那么例行公事。当他们离开车队回家时,这些袋子被交给了某些车手。

一些车手得到了他们。一些没有。

我第一次看到那些白色袋子时,它们就引起了我的注意。两场比赛后,我开始寻找这些袋子。这些袋子只被送给了车队中最强的车手,辛卡皮、叶基莫夫、巴菲、罗班。我认为他们都是队里的A级选手。就在那时我突然意识到:我是B级的。

就在这时,我开始听到"骑着帕尼亚瓜"这句话。有时说这话的人会用一种略带沮丧的语调,好像在谈论骑着一头特别缓慢又倔强的驴子。"我本可以拿到更好的成绩,但我骑的是帕尼亚瓜。"另一些时候,它也可以代表一种骄傲。"尽管我骑的是'帕尼亚瓜',但还是完成比赛最快的30名之一。"后来我发现这个词原意是"面包和水"。从那以后,我得出了一个显而易见的结论:在职业自行车赛中,没有化学药物的帮忙是极为罕见的,所以遇到不使用辅助药物的情况,值得我们特别关注一下。

起初我试图忽略那些白色袋子,但很快我就开始憎恨它们。我经常想起它们。当我感到一名A级车手从身边经过时,我就会想起那些白色袋子。当我感到精疲力尽并准备放弃时,我就会想起那些白色袋子。当我已经竭尽全力地骑着但仍然无法和这些人竞争的时候,我就会想起那些白色袋子。在某种程度上,它们是让我继续下去的燃料;它们逼迫着我前所未有地去拼,因为我想要证明我更优秀,我比那些小袋子更强大。我日复一日地冲击身体的极限,品尝着嘴里的鲜血。有一段时间,这方法有用。

然后我开始崩溃。

这天是一个有趣的数字:一千天。这是我从成为职业运动员到第一次服用兴奋剂的时间。在同这个时代其他车手交流和了解他们的故事后,我发现这似乎是一种模式:我们中大部分的运动员都是在参加比赛的第三年开始服用兴奋剂的。第一年,新手,兴奋地加入这项运动,而且充满着希望。第二年,认清现实。第三年,清晰地站在岔路口上。"是"或"不是"。接受或退出。每个人都有自己的一千天;每个人都有自己的选择。

在某些方面,这是令人沮丧的。但在其他方面,我认为这是人的天性。一千个充满希望醒来的早晨;一千个被压垮的下午。一千天的"帕尼亚瓜",如同撞墙般痛苦地冲击身体极限,试图找到一条路可以越过它。千百天来得到的信号是使用兴奋剂是可以的,而这些信号来自你信任和钦佩的大人物。这些信号说:"没事的,大家都在这样做。"掩盖在这之下是你的恐惧,因为如果你找不到办法骑得更快,你的职业生涯就完了。意志力也许很强,但并不是无限的。而且一旦你越过界限,就没有回头路了。

我骑着"帕尼亚瓜"参加太阳之路自行车赛。我决心要证明自己的价值——也许太急于求成了。在火辣辣的太阳下我的速度快得吓人。整整5天我把体能发挥到了极限,试图跟上那些牛人。我感觉自己的身体开始变弱,但我更加使劲骑。下一场比赛开始了——环巴伦西亚赛。又是好像在酷刑室的5天。我一直坚持着,这时发现好像来了第二波助力。然后又来了第三波。接着是第四波。

然后就再也没有助力了。主集团似乎是由100节比亚内·里斯组成的货运列车。我觉得自己失去了力量,像一片树叶一样干瘪起来。我已经在欧洲待了整整两个星期,口号还写在墙上。我开始感到绝望。我总是勇敢地面对挑战,也总是能够克服困难。事无小,事无难。而现在,我还是不够坚韧。

在这一点上,我可以告诉你我是一个多么诚实的人。我可以讲述我小时候的故事,我在马布尔黑德的大街长大,无论玩什么游戏,我们总是很公平地比赛。我可以告诉你我祖父有多高尚,他曾在美国海军服役。我可以告诉你我在高中时倒卖滑雪缆车票被抓的事,我必须写40封道歉信,还要做志愿者工作,我吸取了教训,发誓永远做一个好人,我已经尽了最大的努力来遵守这个誓言。

我知道我目前的行为并不诚实。在我看来,这个决定与荣誉和品德无关。我认识一些很棒的人也服用了兴奋剂,我也认识一些坚决不服用兴奋剂的小人。对我而言,这一千天把我骗到失去希望,而且没有迹象表明情况会有所好转。所以我做了许多前人做过的事。我加入了兄弟会。

实际上,是他们来找我的。就在环巴伦西亚赛之后,佩德罗到我的房间来看我。我的室友彼得·迈纳特·尼尔森当时正在吃饭,所以我们可以单独交谈。佩德罗穿的是他平常参加比赛时穿的衣服:一件有很多口袋的背心，就像飞钓渔夫一样。他坐下来问了一个他总是问我的问题："泰勒，你怎么样？"这个问题他总是问得非常好，让你觉得他是多么关心你。所以我告诉他真相。我完全精疲力竭了。我连走去洗澡的力气也没有了。我已经没有任何战斗力了。

佩德罗一开始没有说什么。他只是看着我——或者更准确地说，用他那双温柔而忧伤的棕色眼睛看着我。然后他的手开始在钓鱼背心的口袋里翻来翻去，拿出一个棕色玻璃瓶。他慢慢地、漫不经心地向我展示，先拧下瓶盖，用指尖轻轻地敲击一下。一粒胶囊出来了。一粒小小的红蛋。

"这不是兴奋剂，"他说，"这是为了你的健康。为了帮助你恢复。"

我点了点头。他还拿着胶囊。我可以看到胶囊里面是满满的液体。

"如果你明天参加比赛，我不会给你这个。但是如果你现在服用，后天再比赛就完全没有问题了，"他说，"它是安全的。它会帮助你恢复。你的身体需要它。"

我完全明白佩德罗所说的话；如果我被选中进行药物检测，我第二天的测试结果就会是阳性。我们都知道，他们只在比赛中进行测试，而下一场比赛要等两天后才开始。我伸出手，他把胶囊放在我的掌中。我一直等到他走了，然后倒了一杯水，看着浴室镜子里的自己。

这不是兴奋剂。这是为了你的健康。

路易斯·普伊赫自行车赛在两天后开始，车手们在一段漫长又痛苦的之字形上坡以疯狂的速度爬升。正如我所料，我落后了。然后发生了什么。当我们接近山顶时,我注意到我的名次正在提高;我超过了1名车手,然后是3名,然后是10名。不要误会我的意思,我不是突然间成为超人的——我感觉快死了,身体已经到了极限。但问题是,其他人比我更糟。当一个突围集团形成时,我发现自己和A级选手们在一起。

客观地说,我知道发生了什么。那粒红蛋——我后来发现它是睾酮——它进入了我的血液并开始了一系列有益的变化:为我的肌肉补充了液体,修复了微小的损伤,创造了一种健康感。骑上那座山的不仅仅是我,而是一个经过提高的我,一个更加平衡的我。正如佩德罗所说,一个更健康的我。

我不是为这个决定感到骄傲。我真心地希望自己变得更强壮,希望我能把那粒红蛋重新扔回瓶子里,并在后面一天的比赛里继续承受煎熬,像骑着"帕尼亚瓜"一样。我希望我能意识到我所选择的路,希望我能退出这项运动,回到科罗拉多州,完成大学学业,也许去商学院,有一种完全不同的生活。但我没有。我服用了小红蛋,而且它起作用了——我骑得更快,身体感觉更好了。我自我感觉良好,不仅仅是身体上的。红蛋是荣誉的象征,这标志着佩德罗和车队看到了我的潜力。我觉得这是迈向A级的一小步。

我没有赢得比赛,但我做得很好。之后,我们车队总监约翰尼·维尔茨拍了拍我的后背,然后我看到白色袋子被分发出去。我看着A级车手们将那些白色袋子塞进他们的拖箱里,我的心在下沉。

显然,我还有更多的工作要做。

在环巴伦西亚赛之后，我们前往赫罗纳。这是一座位于比利牛斯山麓，有着 10 万人口，带着围墙的中世纪城堡，这是我未来 7 个月的新家。我在巴塞罗那机场接了哈文，开着车向北驶去，急切地想看看这座城市，车队总监约翰尼·维尔茨把这座城市形容为一颗罕见的宝石。我们跟着约翰尼从巴塞罗那开车往北走。问题是，约翰尼像疯子一样在薄雾中飙车，速度达到每小时 100 英里。我尽力地跟着，像一级方程式赛车手一样在车流中穿梭。（哈文后来回顾那次旅行，说是就像我们的整个欧洲经历：一次在黑暗迷雾中高速追逐的疯狂旅行。）

　　约翰尼对这座城市的评价是正确的。不幸的是，我们的公寓却是明珠中的小瑕疵：在一幢破旧的高层建筑里，一套尘土飞扬的宿舍式房间，这将是我们四人的家，乔治·辛卡皮、斯科特·默西埃、达伦·贝克和我。马蒂·杰米森和他的妻子吉尔住在这附近。我们抽签来选房间，个子最高的斯科特，"自然"选中了最小的房间（当他躺在床上时，他的头和脚几乎可以碰到两头的墙壁）。这个地方很脏，所以哈文带领我们开始了清洁工程；我们花了一个上午来擦洗和除尘，直到这个地方看起来不那么像一个可怕的垃圾场，而更像一个大学宿舍。我们为了向老情景喜剧《杰斐逊一家》致敬，命名它为我们的"天空豪华公寓"。我们称自己为"欧洲狗"。

　　如果我们的生活是一部情景喜剧，那么斯科特·默西埃就会扮演一个聪明人。他29岁,身材高大。他受过大学教育,无论作为自行车运动员,还是普通人,他都有着良好的教养。

达伦·贝克是个很前卫的人。他高大强壮,像钉子一样坚韧。他曾经是一名跑步运动员,受伤后转行成自行车运动员,事实证明他有这方面的天赋(他在1992年的一场大赛中击败了兰斯)。达伦是一个彻头彻尾的现实主义者,一个不讲任何废话只讲真话的人。

乔治·辛卡皮是一个安静的人。23岁的他在过去的几年里一直在欧洲参加高水平比赛,成为一颗冉冉升起的新星。他专攻北欧的经典赛系列,那是超级艰苦的单日赛。乔治话不多,但在骑车时,他可以滔滔不绝,同时还可以行云流水般蹬着脚踏板,有着比利时人永不言败的心理。人们经常把乔治的沉默误认为反应迟钝;随着时间的流逝,我发现事实恰恰相反。他比任何质疑他的人都更聪明,更善于观察。

而我的角色就是一只好斗的小狗,还是没有长大却最需要了解这项运动的小狗。我们早期的状态是很茫然无知的。我们不知道在哪里训练,不知道在哪里修理自行车,不知道去哪里购物,也不知道如何租电影或使用自动取款机。感谢上帝,乔治会说西班牙语,他耐心地引导我们渡过难关。在最初的几周,每当我们遇到语言障碍时,我们都会喊"乔治!"——叫了无数次后这已经成为反复出现的笑话。而乔治总是表现得很好,很有耐心。

我们很快成了朋友,并发现了我们这项运动的真相:世界上没有任何友谊能像在自行车赛车队中的友谊。原因只有一个:付出。你付出所有:在比赛中,你们互相帮助,为了帮助队友可以付出所有,他们也同样为你如此付出。你付出了所有的时间:你们一起训练,同室而居,同桌吃饭。你们每天一起肩并肩骑几个小时的车。直到今天,我还记得每一个队友如何咀嚼东西,如何冲咖啡,疲惫时如何走路,从他们的眼神来判断这是他们成功还是失败的一天。其他运动队喜欢说他们就像是一个"大家庭"。在自行车运动中,这非常接近实情。

一起待在这个遥远的地方,我们四人变得密不可分。当我们去参加比赛时,我们总是一起,这也导致其他人对我们都有这样友善的好奇心,就像你看到四个小孩在工作场所晃荡一样:"看,新式美国人——他们是不是太可爱了?"我们的不合群感与日俱增,赛手们基本上是一个大集团,有一套详细的规则,而我们正在打破其中的很多规定。

例如,禁止使用空调的规定。欧洲人认为空调是一项危险的发明,会导致疾病和肺部干燥;如果有人在巴士或酒店房间打开空调,就好像他们每个人都会感染上黑死病一样。

还有不准吃巧克力慕斯的规定(会导致出汗)。

还有禁止坐在路牙上的规定(会使腿部疲劳)。

还有禁止将盐从一个人传递到另一个人的规定(盐必须放在桌子上,否则它会带来厄运)。

还有在大型比赛前一天晚上不许刮腿毛的规定(因为你的身体在长腿毛时需要消耗能量)。

乔治是一个理想的室友,原因有两个。首先,他有很多小玩意。

第3章 欧洲狗

在那个便携式电子设备还很新奇的年代，乔治自己就可以开个在线商城：他有一台便携式DVD播放器、音响、最新款手机、笔记本电脑等。他是给我第一部手机的人，还教我怎么发短信。

乔治还教我如何偷懒。当然，我们并没有把它称为懒惰——我们称之为"节省能量"，这是成为一名优秀的自行车运动员必不可少的一部分。规则很简单：尽量少站立，尽量多睡觉。乔治在这方面很了不起，他是一个懒散的超人。整整一天过去了，他只站起来吃饭和训练。现在我仿佛还能看到他长长的身体伸展着躺在沙发上，双腿翘着，周围全是散落的各种电子设备。在选择吃什么东西时，他也会节省能量：有些天，午餐和晚餐乔治都吃玛格丽塔比萨；他太常吃这种比萨，所以我们开始叫他"玛格丽塔比萨"。我尽力模仿他"节省能量"的习惯，但这并不是自然而然的：我有更多的紧张情绪需要排解，而且我还担心不能最终入选参赛。

具有讽刺意味的是，这种担忧是从乔治开始的，那是我无意中听到的谈话。我们公寓的墙壁涂画着煤渣砖，地板铺着白色西班牙瓷砖，就算一根针掉在地上都能听得见。如果有人小声说话，整个公寓都能听到。当时就有人在窃窃私语，那是乔治和我们的总监约翰尼·维尔茨。

约翰尼去看望乔治，这很自然：毕竟，乔治是车队最好的车手之一，他是我们赢得一场经典赛从而进入环法大赛的最大希望。然而，不自然的是约翰尼有时会带着一个白色袋子出现。你可以听到纸张起皱的声音。此外，当他们私下谈话时，他们要么小声说话，要么改用西班牙语。虽然乔治和约翰尼都精通西班牙语，但这对我来说很难理解：我们都在同一个团队，为什么不说英语呢？斯科特、达伦和我都忍不住好奇起来。我们看到乔治把一小包铝箔纸放在冰箱最里面，在可乐的后面。不久之后，当乔治外出时，我们忍不住打开冰箱拿出那包铝箔纸。我们看到了贴着"EPO"标签的注射器和安瓿。

  斯科特·默西埃：我曾经问过乔治一次。 他和我单独在公寓里。 身边这些发生的事情，我想弄明白。 所以我问他："你必须服用药物来取得好成绩吗？"他犹豫了很久。 乔治是一个沉默寡言的人，他不想有任何冲突，所以他有点不知所措。 但最终他说："你得自己想清楚。"我明白他的意思。

  我也在试图想明白。3月，我在环加泰罗尼亚赛（Tour of Catalunya）中与阿德里亚诺·巴菲住在一个房间。这在当时对我来说是一件大事，因为巴菲是一名老将，大名鼎鼎，是韦塞尔聘来的高手；他在环意大利赛上赢得了5个赛段的冠军，这使他成为我们队的传奇人物。当我走进我们的房间，首先听到的是滋滋滋的高音——离心机。我往里看，看到了巴菲，一个英俊而温文尔雅的人，正对着一台小机器大惊小怪，这小机器和佩德罗的一样，但巴菲的更好更小一点。巴菲一点也没有遮遮掩掩，他只是不带感情，一丝不苟地在研究，就像正在调制一杯浓缩咖啡。他看着管子旁边的标记，笑了起来。"48！"他说。

在这种情况下，我总是表现得好像我知道他们在说什么。我知道这听起来很奇怪，也许我应该更诚实地问他："嘿，阿德里亚诺，你为什么要测试自己的红细胞比容？不是应该队医来做的吗？"但我想酷一点，想更好融入他们。在其他比赛中，我听过 A 级车手们谈论他们的红细胞比容，比较各自的数据，其间掺杂着很多的惊叹声和互相打趣。他们随时谈论红细胞比容，就像在谈论天气或路况一样平常。这些数字似乎承载着巨大的意义："我 43 了，你今天不必担心我赢了。但我听说你是 49 哦，小心！"我微笑着点头，很快我就明白了红细胞比容的重要性。这不仅仅是一个数字；它是一个最重要的数字，能够决定你是否有机会获胜。这对我来说不是什么好消息，因为我自己的红细胞比容通常是令人沮丧的 42。我训练和比赛越努力，它就掉得越低。

但我还是什么也没做。佩德罗偶尔在比赛中给我一粒红蛋，仅此而已。我做梦也没有想过要找巴菲或者其他队友要 EPO，那感觉就像是奢望高于我的地位之上的东西，那是必须靠自己去争取的。所以我做了自己擅长的事情：我低下头，咬紧牙关，继续骑着，触到极限时试图再努力前进。如果不是马蒂·杰米森，我可能可以这样继续忽视这些更久一点。

我很了解马蒂，一直把他当作我的朋友。他年纪比我大一点；1995 年加入韦塞尔的蒙哥马利队之前，他曾在欧洲生活，还为荷兰队效力过。虽然马蒂并没有过多讲述他在欧洲的经历，但我感觉到他作为一名孤单的美国选手是很艰难的。马蒂是一个不错的人；也许有时候会有点暴躁，但总的来说还是很友好和外向的（他后来成功地创办了一家自行车旅行公司)。不过，我对马蒂最了解的是，我经常能打败他。这些年来我们多次较量，结果是我在80%的比赛里都是领先的，特别是计时赛，这被认为是衡量实力的最佳标准。这一点没有任何争议；我们之间能力的差距就像我们的身高一样稳定可靠。

但在1997年春天，这种模式发生了逆转。在骑行训练和赛季初的比赛中，马蒂开始表现得比我好，这让我很紧张。他在做什么？我也需要做点什么吗？

4月，我被选中参加年度最严峻考验：列日—巴斯托涅—列日经典赛。这是一场穿越比利时阿登地区的非常残酷且长达257公里的比赛，一些人认为这是赛程上最艰难的单日赛。我全力以赴地为此做准备，认为这是一个能加大我进入环法赛车队概率的绝好机会。我的目标是进入第1集团或第2集团——以我的方式去争取到A或B。

我得了一个大大的D。天！我跟了一段时间，但当比赛变得更加严峻时，我被甩到了队伍中间，第4集团，比领先的选手落后15分钟。与此同时，马蒂大部分时间里都是在第1集团，到比赛结束时位置在第2集团中。赛后当我看到白色袋子被分发时，我的沮丧程度达到了一个新水平。现在我清晰地感受到了不公平。马蒂以前比我落后几个集团；现在他比我领先几个集团。我都能算出来白色袋子里所包含的秒数。我能看到过去的我和未来的我之间的差距。我应该是什么样的人。

这是废话。

这不公平。

第3章 欧洲狗

在那一刻,未来变得明朗起来。除非有所改变,否则我就完了。我得另寻前途了。我开始变得更加紧张和愤怒。不是因为马蒂——毕竟,他只是做了很多人都在做的事情。当机会出现时,他抓住了。不,我是生我自己的气,对这个世界感到愤怒。我被骗了。

几天后,我听到一阵轻轻的敲门声。佩德罗走了进来,坐在床上,我们膝对着膝。他的眼睛充满了同情。

"我知道你有多努力,泰勒。你的水平很低,但是你在努力跟上。"

我表现得很坚强,但他看得出我有多喜欢听他这么说。他靠近了我。

"你是一名了不起的车手,泰勒。即使已经精疲力竭,你也可以将自己推到极限;很少有人能做到这一点。大多数骑手,他们会放弃。但你能继续前进。"

我点了点头。我能感觉到他要说什么,我的心跳开始加快。

"我认为你也许有机会成为环法自行车队的一员。但你必须更健康。你必须照顾好自己的身体,必须让自己的身体更健康。"

第二天,我第一次注射了EPO。这很容易。只需几滴透明液体,在手臂上扎一针。事实上,这太容易了,我几乎觉得自己很傻——就是这样吗?这就是我害怕的事吗?佩德罗给了我几瓶EPO带回家,还有一些注射器。我把它全部用铝箔包起来,放在冰箱最里面,没过多久,拿给哈文看了一下。我们谈论了几分钟。

"这和睡在高海拔帐篷里的结果是一样的。"我说。当然,这并不完全正确,首先是因为睡在低氧舱或高海拔帐篷里(一种提高红细胞比容的合法方式）是很麻烦的，而且会让你头疼，更何况它不能让你的血液数值提高很多。但是对我们俩来说，这个理由听上去很不错。我们知道这是一个灰色地带，但我们也知道队医认为这对我的健康来说是一个好主意。我们知道这违反了规定，但感觉我们更像是在耍小聪明。

除了哈文，我没有和任何人说过我的决定。不是斯科特，不是达伦，不是乔治，也不是马蒂。他们可能像家人一样，但告诉他们会感觉很奇怪，就像我打破了团队规则一样。现在，我明白了我不想说的真正原因是我感到羞愧。但那时候，我觉得自己很聪明。用欧洲人喜欢用的话来说，我变得专业了。*

很多人都想知道服用 EPO 是否对身体有害。对此，我想用以下的清单来回答这个问题：

---

* 汉密尔顿 1997 年决定开始使用 EPO，可能是基于对他的队友马蒂·杰米森的错误假设。
"那年春天，泰勒和我是一条船上的人，好像就靠指甲挂在山上那样命悬一线，"杰米森说，"那个春天我没有使用任何药物。到了 6 月，就在环多菲内赛（Critérium du Dauphiné）之前，佩德罗来找我，说如果我打算成为环法赛队员，我需要保持健康。他教会了我，并给我提供了一切。所以，从 6 月开始，我做了别人做的事。但我列日赛的成绩是一个诚实的结果。我那一天状态非常好。"
杰米森在 1999 年赢了了美国锦标赛的冠军，他只代表邮政队比赛了两次，这一事实可能归因于 EPO 时代改变了车队评估车手潜力的方式。"我的自然红细胞比容是 48，所以 EPO 并没有给我增加那么多的马力，"他说，"我在邮政队待的时间越长，就越觉得自己不再是被作为一流选手培养了。显然他们正在寻找能够带来全新成绩的车手。"杰米森在 2000 年赛季结束后离开了车队。

肘部

肩部

锁骨(两次)

背部

髋关节

手指(多次)

肋骨

腕关节

鼻子

这些是我在自行车运动生涯中断过的骨头。这在我们的行业中并不罕见。有趣的是,在美国,每个人将自行车比赛与健康联系起来,但是当你达到顶级水平时,你就会看到真相:自行车比赛在任何意义上都不是一项健康的运动。(正如我的前队友乔纳森·沃特斯喜欢说的那样,"如果你想要体验一下自行车赛车手的感觉,那就是只穿着内裤,以每小时 40 英里的速度开车,然后从车窗跳到一堆凹凸不平的金属堆里的感觉"。)所以当谈到 EPO 的风险时,他们往往感觉相比之下完全没什么。

对 EPO 有什么感觉?感觉好极了,主要是因为它根本不像任何东西。你没有精疲力竭。相反你感觉健康,正常,强壮。你的脸颊更加红润;你也没那么暴躁,相处起来更有趣。这些透明的小水滴就像无线电信号一样,它们指示你的肾脏产生更多红细胞,很快你的血管里就充满了数以百万计的红细胞,为你的肌肉输送氧气。你身体的其他方面还是和原来一样,只是你现在有了更好的燃料。你可以更有力,更持久。它在你处于极限边缘的时候推动着你前行——不仅仅是前进一点点。

车手们谈到了 EPO 的蜜月期,根据我的经验,这是真的——与其他任何事情一样,都是一种心理现象。令人兴奋的是几滴 EPO 可以让你突破那些曾经无法突破的身体壁垒,突然之间有了一种新的可能性的感觉。恐惧融化了。你想知道:我能走多远?我能骑多快?

人们认为兴奋剂是为那些想要逃避辛苦训练的懒人准备的。在某些情况下这可能是真的,但我自己的情形,和我所认识的许多车手一样,与此恰恰相反。在训练和比赛中,EPO 赋予了你承受更多痛苦的能力,可以让你比你所能想象到的更努力,走得更远。它恰好奖励了我擅长的东西:拥有良好的职业道德,将自己推向极限并超越它。我几乎有点飘了,这是一片新的风景。我开始以不同的方式来看待比赛。它不是由基因的骰子随机决定的,也不是比赛那天碰巧来决定。它并不取决于你是谁,而取决于你做了什么——你的工作有多努力,你的准备工作有多专注,你有多职业。比赛就是一种考试,你可以学习。我的成绩很快就开始提高:从 C 和 D 变成了 A 和 B 的水平。随着夏天来临,我开始搞清了游戏的规则:

1. 每1—2周服用一次红蛋进行恢复；确定服用时间不要太靠近比赛。

2. 在比赛时，从队医那里拿到EPO。你不要去买EPO；除了在特殊情况下（比如受伤或比赛之间的长时间休息），尽量避免把它放在家里。你把它注射到皮下脂肪层，就在皮肤下面。这有助于它更缓慢地释放，并提供持续的效果。

3. 保持沉默。没有必要去谈论此事，因为大家都已经知道了。这是保持冷静的一部分。此外，如果有任何违法行为，很明显是这个车队在违规——他们是获得和分发EPO的人。我唯一的工作就是保持缄默，伸出胳膊，做一个好员工。

随着夏季的升温，我开始取得真正的好成绩，排名进入前20位，然后前10位。我觉得不那么紧张了，精神更放松。当其他车手拿自己的红细胞比容开玩笑时，我也跟着笑。当有人开玩笑说起EPO时，我会心一笑。我是白袋子俱乐部的最新成员。

6月，我们收到了一则重大消息，环法自行车赛组委会已经决定邀请邮政队参加比赛。几个星期后，当我被选为环法赛队员时，我得到了更大的消息：我将和叶基莫夫、乔治、巴菲、罗班以及其他A级车手并肩作战。我打电话给我的父母，让他们飞去看我的比赛。毕竟，这种机会可能再也不会发生了。我欣喜若狂——至少在比赛开始前是这样。

1997年的环法赛异常艰难。通常情况下，环法赛的赛段都是比较艰苦的,但这一年组织者也许是为了应对赛手整体速度提高的情况,决定让赛段变得更加困难。其中一个赛段穿过比利牛斯山脉的中心位置,全程242公里;7个连续的弯道,便于摄像师拍出赛手们精彩的受难画面。另外,天气非常恶劣,有冻雨、大雾和强风。如果组织者在寻找激励使用EPO的方法,他们成功了。邮政队员拿到了很多白色袋子,而且我相信我们并不孤单。

很多人都想知道,为什么像环法赛这样为期3周的比赛中,兴奋剂使用似乎更为普遍。答案很简单:比赛时间越长,兴奋剂的作用就越大,尤其是EPO。一条经验法则是:如果你在3周的比赛中没有接受任何治疗,你的红细胞比容将每周下降约2个百分点,总共下降约6个百分点。这叫作运动性贫血。红细胞比容每下降1%就会使动力下降1%,也就是你在自行车脚踏板上施加的力量。因此,如果你在没有任何红细胞来源的情况下参加大环赛,你的力量到第3周结束时会下降约6%。在一项通常由0.1个百分点的功率差决定冠军的运动中,这足以成为决定成败的关键因素。

不管有没有EPO,环法赛最艰难的一天出现在第14赛段。那一天法国费斯蒂纳车队表演了像马戏团强人的一出戏,这种表演没有人见过。在21.3公里长的格朗栋山脚下,费斯蒂纳的全部9名车手都骑到了前面,然后全速前进,以难以想象的速度加速,并在马德莱娜山的爬坡过程中保持着这种速度,直到进入库尔舍韦勒。后来,我们都意识到发生了什么:费斯蒂纳正在打一张新牌。一种超越EPO的东西。在接下来的一天,有传言说费斯蒂纳正在使用一种叫作全氟化碳(perfluorocarbon, PFC)的东西,能增加血液携氧能力,但是还没有测试过。使用PFC存在巨大的、潜在的、危及生命的风险。第二年,一个名叫毛罗·贾内蒂的瑞士车手被送进了重症监护室。医生怀疑他使用过PFC,但是贾内蒂否认了这一点。但费斯蒂纳也展现出这是有所回报的——这意味着这些创新已经强大到无法长期保守秘密,很快就被其他队赶上了。"军备竞赛"可以准确描述这种方式,但重要的是我们意识到这是一场车队之间的竞赛,而不是个人之间。队医们试图领先于其他队医;赛车手们的工作只是服从。*

我参加了1997年的环法赛,并成功完成了比赛。人们普遍看好里斯获胜,但令世人惊讶的是,他被一个队友超越了,一个眼睛宽阔、肌肉发达的23岁德国人扬·乌尔里希。乌尔里希是一个真正有实力的年轻车手,他有着流畅的踏板动作和令人难以置信的力量。看着他,我同意大多数观察家的观点:乌尔里希显然是安杜兰的继任者,他将在未来10年里主宰环法赛。

---

* 每当出现一种新的创新型兴奋剂时,像费斯蒂纳这样的过度展示往往就会出现。最引人注目的是1994年春天,在瓦隆之箭比赛(La Flèche Wallonne)中,当时杰维斯(Gewiss)车队的3名车手以一个不可思议的速度在比赛中骑行。在自行车界,这种类型的团队统治从未发生过;这相当于一支橄榄球队以99比0赢得了季后赛。此外,该赛事的前8名选手中有7名都是意大利人,这表明EPO的创新,就像文艺复兴从意大利开始并向外传播一样。比赛结束后,记者采访杰维斯车队队医生米凯莱·费拉里,问及他的车手是否使用了EPO,他说:"我没有开这个药,但在瑞士你可以不用处方就能买到EPO,如果有车手这么做,我也不会感到震惊。"当记者指出许多车手因使用EPO而死亡时,费拉里说:"EPO并不危险,只是不能滥用。要知道喝10升橙汁也是很危险的。"

至于邮政队，我们作为一个新秀队表现已经很不错了；我们的主将让-西里尔·罗班获得了第 15 名。我排在第 69 位，在邮政车队中排第 4 位（杰米森排在第 96 位，比我晚了半个小时；乔治排在第 104 位）。我不是世界上最伟大的车手，但我远不是最差的。50％的红细胞比容新法则并不是一个大问题——事实上，我有点喜欢它，因为它似乎减少了强人表演的频率（请记住还没有任何针对 EPO 的检测）。多亏了白色袋子和佩德罗的离心机，我很容易就能保持在 45％左右。如果团队中有人指标太高，他们总是可以通过使用速溶袋——静脉注射一袋生理盐水，或者简单地灌几升水和一些盐片来降低他们的红细胞比容，我们把这个过程称为"稀释"。

环法赛结束后，我在巴黎的一家酒店房间里的镜子前看着自己的身体。纤细的手臂，腿上有真正的静脉。我的脸颊上有着我从未见过的凹陷。我的眼神变得更坚定了。我下楼去见了队友、韦塞尔和我们的赞助商。大家举起香槟酒杯，为车队的成绩干杯。韦塞尔很高兴，但即使现在，他手里拿着香槟，就已经在谈论明年的事情了，憧憬着我们更出色的表现。

到 1998 年春天，两个"欧洲狗"已经离开了车队，回家了。斯科特决定进入家族企业；达伦决定在金融领域找一份工作。乔治和我从"天空豪华公寓"搬到了位于赫罗纳市中心的一个现代化三居室公寓，靠近兰布拉大道。我们很难过地看着他们走了。他们都是很不错的人，我们很想念他们。但我们也在学习我们的世界是如何运作的。有些人跟上了；有些人没有。*

---

* 常识性问题：如果每个人都在使用 EPO，那么它不就是一个公平的竞争环境吗？科学家认为，答案是否定的，因为每种药物对不同的人的影响都不同。就 EPO 而言，这是特别虚幻的，因为 UCI 的 50%的红细胞比容的限制创造了不同的改善机会。

例如，汉密尔顿的自然红细胞比容通常为 42%。服用足够的 EPO 达到 50%，这意味着他可以提高 8 个百分点的红细胞比容，提升了 19%。换句话说，汉密尔顿可以增加 19%的携氧红细胞——这是一个巨大的提升——并且仍然可以在红细胞比容极值下接受检测。

现在让我们想象另一个自然红细胞比容为 48%的车手。在 50%的规则下，该骑手只需要足够的 EPO 来增加 2 个百分点的红细胞比容，或者增加 4%的红细胞——力量增长只有汉密尔顿的约 1/4。这可能是汉密尔顿开始服用 EPO 时成绩迅速提高的原因之一。

此外，研究表明，有些人对 EPO 的反应比其他人更强烈，有些人对 EPO 增加的训练反应比其他人更强烈。然后你会发现，EPO 将体能限制从身体的中枢生理（心脏所泵的量）转变为外周生理学（酶进入体内的速度、肌肉可以吸收的氧气）。

一句话，EPO 和其他药物不能在生理上起到对所有人公平的作用，只是把它转移到新的领域并改变了竞争的条件。正如迈克尔·阿申登（Michael Ashenden）医生所说的那样，"在一场兴奋剂比赛中，获胜者不是训练最刻苦的人，而是训练最刻苦、生理对药物反应最好的人"。

第4章 室 友

当听说兰斯要在1998年赛季加入邮政车队时,我感到既兴奋又紧张。这在理论上是可行的,毕竟我们是美国最大的车队,而兰斯是美国最大牌的车手,至少在他生病之前是这样的。我们都听说过他是如何熬过手术和化疗的,在过去的14个月里,他努力让自己恢复状态。我们听说过他是如何努力从欧洲各大车队获得合同的,韦塞尔是如何以相对较少的代价——20万美金加奖金签下他的。问题是:兰斯还是原来的兰斯吗?癌症是否改变了他的能力和个性?我们在加州训练营的第一天就得到了答案。

"看我完败你们!"兰斯出发时大喊道,让我们所有人都去追他。他依然非常强壮,我们必须努力才能追上他。

"你们就这点本事?"当我们赶上他时,他问道,"你们这些人连癌症男孩都干不过吗?"

我松了一口气。我不知道我预期看见什么样的画面:兰斯会顶着光头小声地说话,还需要推着助行器行走?他虽然瘦了几磅,手臂看起来不再粗得像一个美式橄榄球后卫,除此之外看起来完全没有什么变化,还是那副老样子,一副趾高气扬、随时准备战斗的样子。

当兰斯进入某种状况时,他有一种习惯,就是把事情搞得一团糟,让房间里的气氛变得更加紧张。我开始相信这不是他能控制得了的事：就好像他对镇静过敏。除非有一种不适感，一种强烈而果断的行动感，否则他就感觉不舒服。他有寻找弱点的本领，并指出需要改进的地方。他不停地对每件事进行评论：我们应该在训练台上吃什么样的麦片，应该在哪里训练，什么样的水瓶盖最好，哪家按摩店的技术最好，哪里有最好的面包，如何制作浓缩咖啡，什么样的科技股会暴涨。你能想到的，他都知道，并且斩钉截铁地告诉你。他所钦佩的事情会得到赞赏；对不喜欢的东西他就会不屑地"呸"的一声来打发（兰斯似乎从欧洲人那里学来这个习惯）。对兰斯而言，没有灰色地带，事情不是很棒就是很糟糕。我们常开玩笑说，肯定可以激怒兰斯的单词是"也许"。

不过，兰斯最讨厌的是"坏种"。我不知道这个词来自哪里——可能是"笨蛋"加上"蟾蜍"——但它的意思就是听起来的样子。坏种就是指爱叽叽歪歪的人、懦弱的人或者没本事的人，更糟的是没本事还不停抱怨的那种人。如果你有迟到或是无组织无纪律的习惯，那你就是一个坏种。如果你不够强壮，不能在恶劣天气里骑车，或者你为自己的表现找借口，那么你就是一个坏种。如果你就喜欢跟骑（总是在别人的后面让别人来费力承担风的阻力），你就是一个坏种。一旦你成了坏种，就再也回不去了。

例如鲍比·朱利奇。鲍比是美国顶级车手，也是兰斯在摩托罗拉车队的老队友。我不知道为什么，兰斯一直不喜欢鲍比。也许是因为他们年少时就相互竞争，一直是对手，也许是因为鲍比有时会被认为有欧洲那种品位和斯文（这类事情兰斯完全不行），或者因为鲍比总是喜欢谈他最近的伤病或他关于营养的最新想法，好像那是世界上最吸引人的话题。每当鲍比的名字出现时，兰斯就会直摇头，带着过去那种鄙视和厌恶的神情，表示这是一个 A 级的、经过认证的坏种。（值得称赞的是，鲍比似乎并不在乎兰斯对他的看法。）

再看我们的邮政车队总监约翰尼·维尔茨。约翰尼是一个热情友好的人，但组织工作绝对不是他的强项。1998 年初他搞砸了两次，我记得可能是安排酒店、赛程或者是装备。从那时起，兰斯就在寻找新的车队总监。这是一个衡量兰斯在邮政车队有多大权力的很好象征：一旦他决定了，就是最终决定。我并不是说兰斯完全错了——约翰尼可能会有点杂乱无章。但有趣的并且让我难以想象的是兰斯决定的突然性和完整性，就像某个开关被打开了。就这样，维尔茨是个坏种，而且名字也被换了一个新的：该死的约翰尼·维尔茨。每当事情出了岔子，就怪该死的约翰尼·维尔茨。

幸运的是，我们还有两个反坏种的人：强硬的俄罗斯人维亚切斯拉夫·叶基莫夫和我们的新队友弗兰基·安德鲁，后者是兰斯在摩托罗拉车队的队友，现在已经与我们车队签约。兰斯并没有轻易地给予叶基莫夫尊重，但他尊重他的职业道德、他的专业精神，尊重他能够直面接受任何挑战。叶基莫夫过去一直在跟踪记录自己每年骑多少公里，有时我们会问具体的数字，只是为了听一听。通常在 4 万公里左右，足够绕地球一圈。

弗兰基是我们美国版叶基莫夫，兰斯把他当作一个亲近的哥哥。

第 4 章 室 友

你可以叫他弗兰基，一个高大、强壮、说话直率的密歇根人，人人都尊敬他。弗兰基和兰斯交情很深，他们在摩托罗拉车队并肩战斗了很久。在自行车领域，弗兰基是一匹黑马——他曾在 1996 年奥运会上获得了第 4 名，对发起进攻有着敏锐的嗅觉。但是他对团队的真正影响是在赛场外，因为他是少数能说出自己想法的人，尤其是对兰斯。在派对上有人就给弗兰基起了个绰号叫"阿贾克斯"，一种蓝色洗洁粉牌子。因为与弗兰基交谈的感觉就是这样：你被真相好好洗刷了一遍。*

他说的真相对兰斯来说并不美好，至少一开始是这样。在 1998 年赛季开始时，兰斯试图像过去那样骑车，在训练中他尽可能地骑在队伍的前面，拼命冲向停车标志，猛冲下坡，就像在比赛中那样。他疯狂地逼着自己，急切地向我们和他自己证明，他已经恢复了状态。问题是，他已经不是以前那个骑手了。他的状态起起伏伏，不可预测。有几天他会像其他人一样强大。其他时间就不行了；他会落在后面，然后自己停下来回到酒店，变得安静和喜怒无常。你可以看出这种不稳定性快把他逼疯了。他很脆弱，把每一天都看作一场胜利或是失败，喜剧或是悲剧。没有中间的结果。

回到欧洲的第一场比赛是在西班牙的太阳之路自行车赛，兰斯获得了第 15 名。赛后全队祝贺他取得了不错的成绩，但兰斯一点都不

---

* 一年后，在 1999 年环法自行车赛上赢得了冠军之后阿姆斯特朗迟迟未向车队支付传统的奖金。安德鲁去提醒阿姆斯特朗，要他付给每个人应得的 2.5 万美元奖金。

高兴,根本不想听。确切地说,他不是在生闷气,但他似乎很难相信自己没有赢。他说过他很憎恨失败,但在我看来他的感受比憎恨更深刻。失利让他的大脑短路:失败是不合逻辑的,是不可能的。就像宇宙被弄乱了一样,它需要被修正。在那场比赛之后,我想我们都意识到他的野心有多大,还有多远的路要走。我想我很同情他。

那段时间,兰斯和我开始有更多的时间在一起,无论在生活还是比赛中。我觉得兰斯需要有人和他交流,而我恰好是一个很好的倾听者。有时我们肩并肩骑车,或者去喝咖啡。不久之后,在1998年春天,我们在比赛中住同一个房间。对我而言,这是一个巨大的荣誉,因为我知道兰斯已经认可我了。

我有时会想兰斯为什么选我和他住在一起,而我觉得我也没有像其他人那样和他拉关系。你会惊讶,有些人为了接近兰斯这样的人,甚至改变了自己的个性——突然之间,人们变得更大声说话,或在炫耀,或者表现得和兰斯很熟悉。例如,我记得团队中很多人叫他的妻子克里斯汀,兰斯给她起了个昵称叫"Kik",有时就会听到这样的聊天"我昨天和兰斯、Kik一起出去玩了"等等,好像他们是最好的朋友一样。我从来没有这么做过,因为感觉太熟悉了。我一直叫兰斯的妻子"克里斯汀",从来没有喊过"Kik"。你可以称之为礼貌,或者你可以称之为新英格兰风格;不管是什么,我都觉得兰斯很欣赏这一点。

我们住在一起的那段时间,我和兰斯几乎无所不谈。他详细地讲述了每场比赛,分析哪些是对的,哪些是错的。他指出约翰尼·维尔茨缺乏组织性,但对团队的运作方式的改善表示赞赏。最多的是,兰斯谈到了其他车手。

在两个队友相互了解的时候，有一种形式的对话就会发生（至少是在我们那个时代的事）。这听起来有点奇怪：你们两个都在服用兴奋剂，而且你们彼此都知道，但是你们从来没有说出来，至少一开始是这样的。相反，你们说的都是别人。你可能会说："那家伙好像在飞一样。"或者将骑车比作开摩托车，或者说他们超级超级强壮。其他赛车手都明白你的意思——他们知道你在谈论兴奋剂，暗示这家伙之所以骑得那么快，是因为他服用了兴奋剂。

兰斯在比赛中经常说一句话："不正常。"每当一名骑手出奇强壮时，他都会这么说。他用一种有点开玩笑的口吻，但仍然很响亮的大嗓门喊着。这样大家都能听到。有时候他会用法语说"不正常"。例如：

一个精疲力尽的车手单人突围，赢得了一场不寻常的大赛——"这不正常"。

一个肌肉发达的冲刺车手带领主集团完成一次漫长而陡峭的爬坡——"这不正常"。

一支不知名的小车队突然有3名队员进入前10名——"这也不正常"。

过了一段时间，我也开始这么说了。这些话让我感到安慰，因为它们让我忽略了这样一个事实：在我们的世界里，没有什么是正常的。兰斯和我渐渐地建立了一些信任。我们开始敞开心扉，谈谈敏感话题。我们谈到了一次服用多少EPO，我们获得了多少提升（这方面我们大致相同)。我们谈到了恢复性产品,我们喜欢的和不喜欢的。我们谈到了日常使用的可的松,它是常规使用的药品,在较长赛段的比赛中,可以帮助对抗疲劳和提高身体恢复能力(这是非法的,但如果你有治疗用药豁免——基本上是有医生的医嘱——你就可以合法使用它)。

兰斯告诉我,有时他觉得注射可的松的当天体力受限——这意味着他不能像他想的那样用力——他更喜欢在一个轻松的早晨接受注射。他告诉我他的脸会肿胀,这是使用过多可的松就会产生的反应,他提醒了我 1997 年环法赛最后一次计时赛的乌尔里希,他的脸像南瓜一样大。兰斯是一部信息百科全书:他知道所有的故事,甚至是他没有去过的比赛。我不知道他是如何得知这些内幕的,但是他有消息来源。他不断收集其他车手的数据,他们是如何训练的,他们的医生是谁,他们喜欢什么方法,等等。而且他喜欢炫耀自己的知识。我记得当时我觉得很奇怪,因为我只关心自己的计划,不关心别人的。

"该死的 ONCE,"兰斯或许会这么说,这支西班牙车队在太阳之路比赛里拿到了第一、第二和第三的成绩,"今年的第一场比赛,整个队伍都去他的干得太好了一点。都去他的在飞。"

这意味着服用兴奋剂。我们有一整套语言:我们把 EPO 称为"zumo",西班牙语的意思是果汁。我们也称它为"OJ""墨西哥菜调味汁""维生素 E""理疗"和"埃德加",埃德加是埃德加·爱伦·坡的简称。我不记得是谁第一个想到的,但我们都很喜欢。"我要和埃德加谈谈。""我要去拜访埃德加。""我的老哥们埃德加。"如果你无意中听到我们的谈话,你就可以离开了,因为你会认为"埃德加"是我们之中

第4章 室 友

的一员。

兰斯会拿西班牙人开玩笑，背后却隐藏着一丝严肃。他尊重ONCE的团队和专业精神。显而易见，他们是一支优秀的团队。他们拥有一队经验丰富的骑手和优秀的医生，还有一名传奇般的精明总监马诺洛·赛斯。兰斯希望邮政车队能像ONCE车队一样厉害。

但在1998年春天，事实证明兰斯有更大的问题需要处理。在本赛季的第一场大赛巴黎—尼斯赛（Paris-Nice），兰斯遭遇了挫折。它以一场令人失望的序幕赛开始，当他在第2赛段遇到麻烦时，情况迅速恶化。在雨中追骑了一天之后，兰斯放弃了比赛。他做了我们所有人都偷偷想做的事情：他说该死的，把车停在了路边，取下了他的比赛号码，爬上了队车，没有告诉任何人就直接回家了。弗兰基看到发生的一切，他说他以为兰斯不会再玩这项运动了。

我感到挺伤心。我知道兰斯为了复出付出了多少精力，他有多想要成功。我知道他会没事的——无论兰斯想做什么，他都不可能不成功。我很轻易可以想象他去华尔街，或者自己做生意，或进入传媒业。

在过了平静的几个星期后，我们听到了一个令人惊讶的消息：最终兰斯没有放弃。他穿越大西洋回来了，准备在6月的环卢森堡赛（Tour of Luxembourg）中再试一次。这不是一场轻松的比赛。一大堆顶级车手都会参加，比如埃里克·德克、斯图尔特·奥格雷迪、埃里克·察贝尔和弗朗切斯科·卡萨格兰德——那些正在为环法自行车赛努力的选手。虽然没有人说出来，但大家都知道这次比赛的重要性：这可能是兰斯的最后一搏。如果他在卢森堡表现不好，他的复出可能就戛然而止了。

兰斯和我在卢森堡还是住在一个房间。那是一个很廉价的小旅馆,一个很狭窄的房间里放着两张单人床。我们就像两个在外留宿的夏令营孩子一样。兰斯侧身躺在床上,胳膊肘弯曲放在他的头下。他开始提问题。

"你认为我能打败卡萨格兰德吗?"他问道。

"当然。"

"真的吗?"他的声音提高了。

"他骑得不错,但你会在计时赛中打败他。"

"我会在计时赛中打败他,"他重复道,仿佛在牢记这句话,"我肯定会在计时赛中打败他。"

"毫无疑问。不用比都知道。"

几秒钟过去了。兰斯又开口道:

"那你觉得我能打败德克吗?"

我说:"你可以碾压德克。"我笑着表示我是多么认真。然后,就像对待卡萨格兰德一样,我们一个接一个地讨论他为什么会彻底打败埃里克·德克。

就这样,我们讨论了大部分的热门竞争者,直到我们似乎完全转换了角色:我是个老手;他却是一名幼稚的新手,脆弱而不自信。然后是又一个问题。兰斯看着我的眼睛,就像我们第一次对话一样。但这一次,他对传递信息并不感兴趣。他真的很好奇。

"你认为有一天我能赢得环法自行车赛吗?"

第4章 室友

我犹豫了,因为事实上,我并没有看到这种情况可能发生。兰斯很棒,但我们都知道环法赛完全是另一个级别。我记得1994年安杜兰是如何碾压他的,他如何在为期3周的比赛中从未真正和其他选手抗衡,最后他又是怎么参加了4次环法赛而只完成了1次。

"当然。你已经很强大了。等到你变得更强壮就可以了。"

"真的吗?"

他很怀疑。他说了他经常说的话,他担心他的爬坡能力。

"看,你可以和那些家伙一起爬坡。也许不要去主动进攻,但你可以坚持和他们一样的速度。如果你可以在爬坡和计时赛中不掉队,你就可以获胜。所以我说,是的,你可以赢得环法大赛。"

"你不是在耍我吧。你认为我能赢得环法大赛。"

"当然。"

有趣的是,我感觉兰斯知道我在撒谎。他的测谎能力是一流的。但在这种情况下,他需要我撒谎。

看到他那样,我能感觉到他面临的是什么。他必须赢得这场身体的战斗——他必须重新回到比赛状态。然后是战略上的战斗——他必须有一个好的团队,一个支持他的团队。即使他做到了这一切,他还有像里斯和卡萨格兰德那样的对手在等着,天知道怎么才能打败他。我明白他为什么把注意力都放在环法赛上了。这是世界上最大的自行车赛,到目前为止,唯一值得我们付出巨大努力的目标。

环卢森堡赛开局不错;兰斯的身体状态越来越好。到了最后一天,他还是与其他选手共同领先的。天气糟透了,下着倾盆大雨,还刮着大风。兰斯很兴奋,他总是喜欢坏天气。不是因为他喜欢这天气,而是因为他知道坏天气会让别人士气低落。

我有时会忘记与兰斯的比赛是多么有趣。他没有抱着含糊不清的想法去比赛,只是希望能做得更好。他像打开了开关一样,从身体里被点燃;每一个动作都是非生即死。如果它不起作用,那就是灾难——没有比这更糟的了。但是当它起作用的时候,它就是魔法。

在比赛开始前的巴士上,兰斯概述了整个计划:我们要应对每一次突围,然后从最陡峭的山坡开始发动进攻。计划起作用了。在比赛刚开始的时候,兰斯、马蒂·杰米森、弗兰基·安德鲁和我就成功突围了,我们开始在赛场上争取时间。兰斯尖叫着,快发疯了。我们把他的竞争对手甩在了后面,但他还想要更多。

"快,快,快,该死的快走!你们今天会挣到钱的。如果我们赢了这场比赛,你们就会拿到钱的。"

弗兰基一如既往地聪明,最后单人突围,赢得了赛段;一分钟后我们越过了终点,而兰斯取得了总成绩的胜利。当我们越过终点线时,扬声器响起了斯普林斯汀的《生于美国》这首歌。兰斯像圣诞树一样开心地笑着。他叫喊着,拍打着我们的后背。他打电话给他的经纪人比尔·斯特普尔顿。他打电话给韦塞尔。他打电话给《速度新闻》的一名记者。他还给他妈妈打了电话。

"我们赢了比赛,我们赢了比赛,我们赢了比赛!"

我喜欢这个说法。

"我们"。

第 4 章 室 友

为了保持长久的好运,兰斯决定不准备参加1998年环法自行车赛,因为他还没有准备好,而是将目标瞄准了为期3周的环西班牙赛(Tour of Spain)。因此,他避免了自己的复出与费斯蒂纳事件有任何关联。虽然他错过了环法赛,但我没有。我正在参加我的第二次环法自行车赛。这是最令人难忘的一次,却不是好的一面。

事件的起因是这样的,一个名叫威利·沃埃的比利时后勤人员驾驶的费斯蒂纳队车被法国警察在一个边境检查站拦下并搜查,在后备箱里发现藏有一堆表现增强药物,多到足以供应几家药店。检查人员发现了234剂EPO、82瓶人体生长激素、160粒睾酮等(可能与邮政车队或许多其他车队带去比赛的东西没有太大区别)。我印象深刻的是,他们携带了肝炎疫苗——考虑到他们的选手要打多少种针,他们也真是想得非常周到。

结果是:瞬间混乱。环法赛现场,警察蜂拥而至,搜查队车和巴士。费斯蒂纳车队官方几天内一直否认这一切,但由于证据很充分,他们被踢出了比赛。警方搜查了费斯蒂纳的办公室,发现了一个类似的宝藏,包括PFC;事实证明,该团队为他们的兴奋剂创立了一个非法基金,要求每名车手捐出相当于几千美元的钱。最让我吃惊的是法国车手被警察带走了,与美国不同,兴奋剂在法国是犯罪行为。车手们上演了戏剧性但最终毫无意义的抗议活动,他们拒绝骑车,除非他们得到尊重。与此同时,车队们正在疯狂地将价值数千美元的药品冲进巴士、房车和酒店的厕所。我记得叶基莫夫曾开玩笑说,他想潜入邮政队房车的厕所并把它拉出来。*

警察没有浪费时间。费斯蒂纳队的瑞士车手亚历克斯·祖勒被脱衣搜身,在一个牢房里待了 24 小时,除了一杯水,什么都没有。他承认:"每个人都知道所有人都在服用兴奋剂而我只有一个选择。要么是就范,跟着大部队走,要么就收起包袱,继续当我原来的油漆工。我很后悔不该撒谎,但我别无选择。"

我记得那是我唯一一次看到佩德罗紧张。

有人要坐牢了。事实上,佩德罗在 ONCE 车队的接任者特斯拉多医生,被警察拘留了。我记得整个事情让我莫名其妙地松了一口气。我知道我身上没有 EPO(好吧,也许在我的血管里,但当时还没有针对 EPO 的检测)。这将是一个公平竞争的环境,尽管这感觉不错但是又有点奇怪,因为接下来我们都会靠自己骑完环法赛。我记得弗兰基运用了一点阿贾克斯式的真理,他说这些警察的疯狂也许是件好事,这项运动已经失控。在这场混乱的军备竞赛中,我们只是步兵。

在一片混乱的情况下,我们听到有传言说有些骑手做了一件要么是勇敢要么是愚蠢的事情:他们采用了 B 计划。他们带上了自己的"埃德加"。他们从其他渠道得到了它,诸如女朋友、技师、表兄弟、教

---

* 在戴维·沃尔什(David Walsh)所著的《从兰斯到兰迪斯》(From Lance to Landis,2007)一书中,邮政车队后勤人员艾玛·奥赖利(Emma O'Reilly)说,她听到邮政车队的工作人员估计,价值 2.5 万美元的医疗产品被冲下了房车的厕所。

第 4 章 室 友

练的调酒师朋友。这就是它的工作原理。当局关闭了一扇门,车手们就打开了两扇窗户。

在这场突袭检查的余波中,1998 年环法赛变成了另一种类型的比赛,不在于谁是最强的,而在于谁是最有胆量的,谁拥有最好的 B 计划。结果证明有一些是不错的。波尔蒂车队后来承认把 EPO 的保温瓶藏在了吸尘器里。GAN 车队开玩笑说要把它藏在路边。比赛的冠军由意大利车手马尔科·潘塔尼夺得,法国科菲迪斯车队占据了半壁江山,他们的车手拿下了前 7 名中的 3 个名次,鲍比·朱利奇名列第三。科菲迪斯车队的表现引发了谣言,说该团队在其他队停止使用 EPO 后,仍在继续使用;但这个传言并未得到证实。我们其余的人骑着"帕尼亚瓜",拖着自己,完成了比赛。*

在所有的争议中,我却度过了一个重要的时刻,当我回首往事才发现,这个时刻改变了我。7 月 18 日,也就是费斯蒂纳车队被踢出比赛的第二天,我们参加了第一次真正意义上的环法自行车赛:在科雷兹进行了一场 58 公里的个人计时赛,这是一个艰难的赛段,赛道的轮廓就像鲨鱼的牙齿。这种赛道适合大而强壮的选手,而不是像我这样的小个子。我的车队认为我获胜的机会很小,他们甚至没有派一辆队

---

* 科菲迪斯车队 1998 年的表现在统计上是不寻常的。在他们余下的职业生涯中,这前 4 名科菲迪斯选手(鲍比·朱利奇、克里斯托夫·里内罗、罗兰·梅耶尔和凯文·利文斯顿)共参加了 15 次环法自行车赛,平均排名第 45 位。

"鲍比·朱利奇在(1998 年)环法赛中获得第 3 名,这让兰斯发疯了,"弗兰基的妻子贝齐·安德鲁回忆道,"兰斯从来没觉得鲍比是一个好骑手,因此我们经常取笑兰斯。回想起来,我认为这给了兰斯很大的动力——如果鲍比都能拿到第 3 名,兰斯觉得自己应该也能赢。"

车来跟着我，以防我遇到机械故障。这让我很生气，但我什么也没有说；我想我让我的腿来说话。

我的腿不仅会说话，还会唱歌。我超越了我正常的极限，感觉自己在挤压那个极限，突然间，我到达了一个新的境界。我越过其他选手，一个接一个，飞快地从他们身边经过。我努力向终点骑去，因缺氧而看到了星星。当星星散去的时候，我几乎击败了每一名选手，除了一个德国神童，扬·乌尔里希。观察家们感到震惊。我几乎和他们一样惊讶。在环法赛最艰难的一天，我拿到了第2名。

那天晚上，佩德罗来看我。他注视着我，眼睛里闪烁着喜悦的光芒。他比任何人都更了解我这个结果的真正含义。他们在这项运动中有一个术语叫"启示"——某人展示他拥有冠军能力的骑行。佩德罗告诉我，我刚刚完成了我的启示，更令人印象深刻的是，我的红细胞比容只有44。

"44！"他说了好几遍。这个数字让他激动，因为他能看到我骑得有多快，如果我变得更专业些，可能还会更快。他把一只慈父般的手放在我的肩膀上，告诉我一些事情，这些事情改变了我的生活。

"总有一天你可以赢得环法赛冠军。"

我大声笑了起来，告诉他不要说了。但佩德罗坚持。我可以赢得环法赛。今年不行，就明年，总有一年会的。他以医生般的自信提出了这一点。

"你可以计时，你可以爬坡，你可以把自己推向别人无法达到的地方。你听好了，牢牢记住，泰勒。我知道。我见过很多很多车手，但你

第4章 室友

很特别,泰勒。你是一个特别的赛车手。"

那年秋天,赛季结束后,我回到了美国。几个月后,我和哈文结婚了。在那个休赛期,偶尔会有兴奋剂的话题会出现。人们听说了费斯蒂纳事件,他们想知道究竟发生了什么。我通常回应说这是夸大其词,有几个坏苹果,现在被发现了而已。我告诉别人我感谢这件丑闻,因为它帮助了我们这些想要干干净净比赛的选手。

一天下午,我父亲带着这个问题来找我。他和我坐着聊天时,谈到了费斯蒂纳事件。我爸爸是个聪明人;他知道费斯蒂纳不是一个可以被抹掉的东西。他说得很清楚,他不希望我卷入一桩糟糕的丑闻,一件我以后可能会感到后悔的事情。

我没有犹豫。

"爸爸,如果哪天我要靠着这些东西去比赛,那我就会退役。"

我原以为对我父亲撒谎很难;事实证明这很容易。我看着他的眼睛,这句话脱口而出,毫不费力,我现在想起来都很惭愧。事实也是如此,说起来很复杂。那年秋天,当其他朋友问到费斯蒂纳时,我说了同样的话,更加坚定了自己的信念:"如果我不得不靠这些东西去比赛,那我就会退役。"每一次,这句话都说得很好听。每一次,说谎都变得更容易了。他们想要相信我是清白的,在某种程度上,我也是如此。

当我对父亲说这句话的时候,我的自行车竞赛生活就被封在了一扇铁门后。就在那一刻,我开始学习我们所有人都必须学习的东西:如何同时生活在两个世界里。只有我和哈文知道真相。而且我知道,就在我向父亲保证一切都好时,我却滑向更深的地方。

环法赛结束后,邮政队在巴黎举行了庆功宴,谣言已经在全队传了开来。考虑到费斯蒂纳事件带来的后果,车队将无法继续提供EPO和其他产品。邮政队会支付合法的身体恢复药品的费用,除此之外,我们就得靠自己了。这个信号响亮又明确,一个新时代即将开始。

第5章 坏消息

也许看起来不像，但自行车比赛绝对是一项团队运动。主将站在队友的肩膀上，队友被称作副将或者仆人，用自己的力量保护主将，为他挡风，设定行进速度，反击进攻，并提供水和食物。幕后看不见的，还有第二层面的副将——车队总监、后勤、技师、司机，各方面的协调人员，他们基本上都在做同样的事情。每一场比赛都是一次协作练习，这意味着，当一切进展顺利时，它会创造出一种我在其他地方从未有过的愉快感；一种有着紧密联系的兄弟会的感觉。我为人人，人人为我。

在我参加过的所有车队中，1999年的邮政队是我最喜欢的团队之一。不是因为我们一起做了多少了不起的事情，而是因为我们在这个过程中非常快乐。现在，回顾过去，我对我们赢得环法赛的方法有着复杂的感觉。但我也不会假装说这个队没有拼尽全力，一无是处，因为：(1)邮政队没有做任何其他聪明的团队没做的事情；(2)我们绝对没有什么可失去的。

我们有弗兰基·安德鲁，实战将军，公路队长，你可以从一百码外听到他那砾石般的阿贾克斯声音。

我们有乔治·辛卡皮，我的室友，一个安静的人，正逐渐成长为世界上最强大的车手之一。

我们有凯文·利文斯顿,刚从科菲迪斯车队新签过来的,无论是在社交场合还是在自行车上他都是佼佼者。凯文是一名出色的爬坡车手,也是一名同样出色的喜剧演员。当我和凯文出去喝啤酒时,我笑得最开心,因为他能准确地模仿队里的每一个人(包括兰斯,尽管他聪明地把这点隐藏了起来)。不过,在比赛中,凯文有一种很强的自我"掩埋能力",也就是说在帮助队友的时候,特别是当那个队友是兰斯时,他会把自己推至极点并超越它。凯文与兰斯的关系可以追溯到很久以前:当兰斯从化疗中恢复过来时,凯文是第一个带他去兜风的人。

我们有乔纳森·沃特斯,一个书呆子。如果比尔·盖茨决定成为一名自行车手,他可能就像乔纳森一样。乔纳森拥有天才级的聪明和天赋,在队中因为4件事而闻名:(1)他的爬坡能力;(2)他那令人难以置信的凌乱的酒店房间,看起来像是洗衣店爆炸了;(3)他更让人难以置信的是由一直饮用蛋白质奶昔引起的肠气;(4)他喜欢问一些让人不舒服的问题,尤其是涉及兴奋剂的问题。当其他人只是按照队医的吩咐去做的时候,乔纳森阅读了有关运动科学的书籍,并设计了自己的训练计划。他总是在探究:这些东西是从哪里来的?它有什么作用?他对使用兴奋剂的态度显然比其他人更紧张,但他肯定不是完全干净的:事实上,他创造了旺图山的爬坡纪录。旺图山是自行车运动中最艰难、最具传奇色彩的山峰之一。

我们有克里斯蒂安·范德·维尔德,一个随和又才华横溢的人。他来自芝加哥,很出名,除了因为他身体强壮,还因为他的父亲约翰·

范德·维尔德曾在经典电影《分离》中扮演了一个邪恶的意大利自行车手（至今有些人还能背出台词）。在欧洲的第二年，克里斯蒂安23岁，睁大眼睛，把一切都看得一清二楚。他让我想起了曾经的我。

我们有来自丹麦的彼得·梅内特·尼尔森和法国人帕斯卡·德拉姆，这两人是我们的动力来源，脾气很好的家伙。我们有一个非常出色的团队，包括来自爱尔兰的艾玛·奥赖利和来自比利时的弗雷迪·维安，都很聪明又风趣。

我们还有另一种类型的队友：隐形的队友。没有人谈论他们，但从长远来看他们可能更重要。那是"摩托人"和米凯莱·费拉里医生擅长的领域。大约在1999年春天，我在环法赛备赛期间遇到了他们。

5月15日，我刚从波士顿飞到法国尼斯，就在兰斯和克里斯汀的别墅见到了"摩托人"。他的名字叫菲利普，我不知道他姓什么。当时他正在修剪蔷薇花枝。我记得他小心翼翼地挥舞着园艺剪刀，好像他正在执行一项重要任务。菲利普身材苗条，肌肉发达，留着一头棕色的短发，额头宽阔，戴着一副金色的耳环。他具有一种法国人特有的冷静，仿佛在说："无论你说什么或做什么，我都不会感到惊讶。"

兰斯给我简单介绍了一下菲利普的个人情况：曾是一支法国车队的业余车手，肖恩·耶茨的好朋友，在附近的一家自行车店担任技师。肖恩·耶茨是一名英国车手，和兰斯是好朋友。菲利普对当地的道路了如指掌,能给我们指出最好的爬坡路线。兰斯聘请菲利普当他们不在时照顾他们的房子、跑腿、打些零工。菲利普显然对自己的地位感到骄傲,但当时似乎是兰斯感到骄傲,他为自己能够认识这个很酷的法国人而骄傲。最酷的是,菲利普有一辆超棒的摩托车。我看到当菲利普骑着这辆摩托车离开时,那发动机像火箭一般,光鲜而危险。

克里斯汀出来迎接我们;她怀孕 4 个月了。他们最近买下了这幢别墅,看起来花了不少钱。看到兰斯过着奢侈的生活并不奇怪,他在患癌症之前就赚了很多钱,而且他知道怎么花钱。在我们周围,工人们正在完成最后的装修工作,毫无悬念地错过了一个又一个完成日期。

兰斯骂道:"去他的法国人。"

但在我看来,这个地方看起来像电影里的场景。玫瑰园,游泳池,大理石阳台,从那里你可以眺望美丽的红瓦屋顶和蓝色的地中海。看到他们,我心中燃起一丝渴望;兰斯和克里斯汀正在建立自己的生活,我和哈文梦想的那种。我们已经商量好,我们现在还不想要孩子,等到一切都安定下来再说,而且我们的喜好更接近于小屋而不是别墅。这些总有一天会实现,肯定的。

不过,现在我担心的是即将到来的时刻。前两周我一直在波士顿,没办法获得我的朋友"埃德加"(在我职业生涯的这个阶段,我不打算冒险带着它通过海关,而且在美国也没有 EPO 的来源)。结果,我的红细胞比容下降了,我需要提高,尤其是当我们要进行艰苦训练的时候。克里斯汀走开了,我转向兰斯。

第 5 章　坏消息

"伙计，可以给我点 EPO 吗？"

兰斯漫不经心地指着冰箱。我打开冰箱门，发现门上一盒牛奶的旁边，放着一大盒 EPO，每个小瓶都塞得好好的，摆在那里，就像小士兵们躺在纸板做的牢房里。我很惊讶兰斯会如此嚣张。我把 EPO 放在赫罗纳的冰箱里，但我是把它从纸板包装中拿出来，再用铝箔纸包起来，然后把它放在冰箱里面看不到的位置。但兰斯似乎对此很无所谓。我想他知道自己在做什么。我拿了一个小瓶，并向他道谢。

我需要进入最佳状态，因为接下来的几周看起来会很忙。邮政车队经过了兰斯主导的一系列改革，采用了"环法赛第一"的原则。车队总监约翰尼·维尔茨已经被兰斯精心挑选的人取代：一个目光敏锐、刚刚退役的比利时车手，名叫约翰·布鲁内尔。约翰有一个理想的血统：他曾为西班牙的 ONCE 车队效力，很了解他们的体系。约翰与兰斯有着同样的精明和受信息驱动的头脑。从一开始，两人就很默契地制定了计划。改革意味着要有新员工：佩德罗的接替者是 ONCE 车队的前任医生路易斯·加西亚·德尔莫拉尔。他来自巴伦西亚，缺乏幽默感，咖啡因摄入过量。车手们很快就给他起了个绰号叫"小魔鬼"，或者叫"黑猫"。德尔莫拉尔的性格很严厉，与他的助手佩佩·马蒂的友好又随和的个性互补平衡。

除此之外还有其他的变化。在后费斯蒂纳制度下，比赛时我们不再从团队工作人员那里取得 EPO；相反，我们必须自己去想办法。我在巴伦西亚的德尔莫拉尔诊所买 EPO；我的一些队友开车去了瑞士，在瑞士药店的柜台里很容易就能买到。理论上，新制度是"为了安全"——避免费斯蒂纳事件的重演。但对我来说恰恰相反,因为现在运输和过境的风险是我们自己的,更不用说费用了。我不喜欢这样,因为它真是一件不小的麻烦事。但我做到了。5月25日,我开车去了巴伦西亚,花了2000美元买了2万个单位的EPO——相当于两个月的用量。

更紧迫的是,离环法赛开始仅有6周的时间,我们面临着一系列问题,其中最大的问题是:兰斯是否有足够的力量去参加比赛?团队是否有足够的能力支持他?而且,在我们的内心深处,还有一个问题:我们是否愿意在比赛中冒险带上"埃德加"?在团队车辆中携带EPO是不可能的。然而,正如我们从前一年所知道的那样,任何车手或车队如果在比赛中有机会使用EPO,那将拥有巨大的优势。

这时菲利普出场了。

我们站在兰斯家的厨房里,听兰斯讲述他的计划:他会付钱给菲利普,让他骑着摩托车,带着一个装满EPO的保温瓶和一部预付费手机跟着车手。当我们需要"埃德加"时,菲利普就会在比赛的车流中疾驰而过,给我们送来。很简单,快进快出,没有风险。为谨慎起见,菲利普不会给我们9个人都提供EPO,只会给爬坡车手,只给最需要它的人、给我们带来最大回报的人——兰斯、凯文·利文斯顿和我。*从那一刻开始,菲利普再也不是那个勤杂工了。兰斯、凯文和我都叫他"摩托人"。

---

* 利文斯顿从未就兴奋剂问题发表过评论。他没有回应采访的请求。

第 5 章　坏消息

当兰斯告诉我这个计划时，他整个人都在发光——他喜欢秘密特工大卫·麦考姆之类的事物。除了约翰·布鲁内尔，只有我们3个人知道。法国人一整天都在调查我们，结果却一无所获。除此之外，我们确信其他大多数车队都会有他们自己版本的"摩托人"。他们为什么不这么做呢？兰斯已经从癌症中康复过来；他不打算坐等事情解决，去希望一切都会好起来；他会主动去实现它。他不能被动地活着，因为他总会被别人的所作所为困扰。正是这种力量驱使他在风洞中测试设备，严格地控制饮食，进行着严苛的训练。这很有趣；全世界都把它看作兰斯内心的动力，但在我看来，它来自外部，他害怕别人在思想上、工作上或策略上超越他。我认为这是兰斯的黄金法则：无论你做什么，其他家伙都比你做得更多。

这就是兰斯为什么要和另一个隐形的邮政队同事米凯莱·费拉里医生合作。费拉里是一名45岁的意大利医生，以才华横溢、富有创造力而闻名，以一己之力重塑了自行车这项运动。他曾为最顶尖的车手和最大的车队工作过，收费最昂贵，而且他非常神秘，以至于在车队中他被称为"神话"。

我第一次见到费拉里是在1999年4月，那是在摩纳哥和意大利热那亚之间的高速公路旁的一个休息站。费拉里出现了，一个瘦骨嶙峋、戴着眼镜、看起来像小鸟一样的家伙，开着一辆简陋的露营车。一开始看起来有点令人失望。考虑到费拉里的名声（更不用说他的名字了），我原以为他会开着一辆时尚的意大利跑车来。只是随着时间的推移，我才意识到这是多么精彩又完美的伪装。

费拉里不同于我以前见过的任何一名医生。佩德罗最关注的是人与人之间的联系，但费拉里对待你，就像你是一个需要解决的代数问题。他旅行的时候带着自己的秤和皮褶卡尺来测量身体脂肪。他有一台红细胞比容离心机、注射器和一个计算器。他戴着20世纪80年代的超大眼镜，用那双黑色的眼睛看着我的时候，我几乎可以听到他脑海中呼啸而过的读数。与佩德罗不同，费拉里根本不在乎你的感受，或者你生活中发生了什么。他只对体重、脂肪百分比、功率（体能的计量单位，差不多是蹬脚踏板用多少力）感兴趣。我希望用我的身体健康状况给他留下深刻的印象，毕竟再过6天，我们将要参加257公里的列日—巴斯托涅—列日赛，这是春季最艰难的考验之一。但是费拉里看了我的数据，摇了摇头表示很失望。

"啊，泰勒，你太胖了。

"啊，泰勒，你的红细胞比容只有40。

"啊，泰勒，你的力量不够。"

我想：那又怎样。然后他又说了些别的话。

"泰勒，你完成不了列日赛。"

我想我肯定不会的。费拉里的言论无疑激怒了我。我不仅仅是一个方程式。他怎么知道我能做到什么？事实证明，费拉里错了。我确实完成了列日赛——事实上，我拿到了第23名，这是我迄今为止最好的成绩，我在整个比赛中都想着费拉里说的话。

但兰斯很喜欢费拉里。费拉里迎合了他对精准度和数字的确定性的热爱。我感觉兰斯和费拉里的关系，就像我与佩德罗一样：彼此完全信任。很明显，费拉里已经告诉兰斯，如果他达到一定的指标，他就有机会赢得环法自行车赛。这个想法点燃了兰斯的热情。它给了他一个可以迅速提高的特定目标。在环法赛之前的几个月里，我们训练得比以往任何时候都更加刻苦。兰斯专注于费拉里的承诺：身体数据达到目标，好事就会发生。*

费拉里在兰斯的生活中的重要性显而易见，主要是因为兰斯一直在谈论他，特别是在我们训练的时候。10 个人都可以给他完全相同的建议，但如果是来自米凯莱，那就是福音。我的理解是兰斯非常看重费拉里，以至于他们制定了一份独家协议，费拉里不会训练任何其他的环法赛竞争者。凯文和我以前常说，兰斯说"米凯莱"这个词比他说"Kik"这个词还多。

尽管如此，兰斯还是试图让自己与费拉里的关系保持低调——不让车队其他人知道，但结果收效甚微。

乔纳森·沃特斯：我记得 1999 年 3 月西班牙"加泰罗尼亚周"（Setmana Catalana）比赛，马尔科·潘塔尼完全控制了第一个爬坡赛段；他骑得飞快，看起来状态非常好，兰斯处于主集

---

* 反过来显然也是如此：如果他的身体数据不理想，阿姆斯特朗就会紧张——这一点在 1999 年 1 月美国邮政队在加州索尔旺的训练营中得到了验证。整个车队进行了 10 公里计时赛，之后进行了血液检测，将血液值和时间合并成一个整体的健康分数。得分出来后，兰斯排在第二，克里斯蒂安·范德·维尔德是第一。但是，布鲁内尔没有告诉兰斯，而是略微调整了一下结果，让兰斯获得了第一。正如乔治·辛卡皮告诉《纽约时报》的记者朱丽叶·马库尔（Juliet Macur）的，"我们不想告诉兰斯，因为这会让他不安，但也没有人告诉过克里斯蒂安。我们不想打乱等级制度"。

团的中间。比赛结束后，我们上了队车，兰斯马上就用手机和别人激烈地讨论着他需要做些什么，才能在3个月后的环法赛中比潘塔尼骑得更快。但这不是一次正常的对话，因为兰斯是在用暗语说话。我不记得确切的措辞，但有点像"我应该这个星期吃一个苹果还是下个星期吃两个苹果"。兰斯挂了电话，我问道："那是谁？"兰斯说："不关你的事。"后来我把事情放在一起分析，猜到那一定是费拉里。

现在回想起来，在1999年环法自行车赛中有多少不同的随机因素对我们一路有利，真是太神奇了。当你想到1999年环法赛在全局中的重要性时，你会觉得更加不可思议——它是如何启动了整个疯狂旅程。更令人惊奇的是，15年后的今天，我有时还会躺在床上思索，这一切差点就什么都没发生。

7月3日，我们前往环法自行车赛的序幕赛，当时不难看出哪支队伍不被看好。在我们周围，像ONCE、巴内斯托和德国电信这样的车队拥有摇滚明星般的巴士，配有沙发、霓虹灯、立体音响系统、电视、淋浴间和咖啡机。

和他们相比，我们真是差太多了。我们有全欧洲最差的两辆家庭露营车。一辆是租来的；另一辆属于朱利安·德夫里塞，来自比利时的邮政车队首席技师。我们称它为"飞天万能车",因为当他开车时,所有的东西都在摇晃:橱柜的门往往会飞起来,以最平缓的曲线打开;每条铰链都吱吱作响,以至于在路上吵得你几乎无法说话交流。朱利安有一条规矩:不准在露营车里上大号。这条规则他说得很清楚。我们这么清楚是因为每次我们看到他,他都会用他的大手指指着我们,用一种沙哑的声音说:"不要在车里大号!"我们告诉朱利安,在露营车里大号,可能会改善它。

不过,我没什么好抱怨的,因为我很幸运被分配到那辆更好的露营车上。我们的车上只有 3 名车手,兰斯、凯文和我,外加一名司机,所以情况比较好。另一辆比较差的露营车里住着其他 6 名邮政队员,他们像一群大学生挤在电话亭里一样。这一安排背后的逻辑是"摩托人":兰斯、凯文和我将是唯一在比赛中获得 EPO 的队员,因此应该有我们自己的空间,就像兰斯所说的那样更干净。我们保守着秘密,但其他人都知道有什么事情要发生了。

除了露营车不怎么样,我们对比赛的感觉越来越好。在环法赛的准备阶段,似乎每周都会有关于自行车比赛选手的相关新闻。

- 早在今年 1 月,法国自行车联合会(FFC)就已经开始检测车手的血液状况;这被称为纵向测试,基本上意味着法国车手将更难服用 EPO 并逍遥法外。
- 今年 5 月,比利时名将弗兰克・范登布鲁克被禁赛,因为他购买兴奋剂。

• 今年 6 月，1998 年环法自行车赛冠军马尔科·潘塔尼，世界上最好的爬坡手，也是兰斯最害怕的人之一，在即将赢得他的第二个环意大利赛冠军前，因为红细胞比容超过 50% 被禁赛。

• 6 月中旬，德国《明镜》杂志发表了一份调查报告，详细描述了德国最大的车队电信车队有组织地使用兴奋剂的情况，比亚内·里斯和扬·乌尔里希曾效力于该车队。这篇文章描述得很细致，包括训练计划（他们称 EPO 为"维生素 E"，并且比我们支付的费用少得多——1000 个单位约 50 美元，而我们支付的价格接近 100 美元）。文章谈到电信车队使用私人诊所的情况，援引车队教练的话说，里斯参加 1995 年环法赛时的红细胞比容为 56.3%，尽管他没有获胜。我们看到了这篇报道和随之而来的争议，大家情绪很复杂：一方面，担心这些细节就这样暴露在大众面前；另一方面，庆幸自己没有像欧洲豪门车队那样，承受巨大的压力和关注度。

• 6 月下旬，里斯和乌尔里希都在环瑞士赛中受伤，里斯肘部骨折，乌尔里希膝盖受伤，导致他们无法参加环法赛。

所有这些因素加起来使得 1999 年环法赛成为现代历史上最不确定的比赛之一，这是 50 年来第一次没有上届冠军参赛的阵容。兰斯在一长串的有望夺冠选手名单中，排在亚历克斯·祖勒（前费斯蒂纳车手，在短暂的禁赛和处罚后被允许复赛）、法国名将里夏尔·维朗克（他的情况同上）、西班牙爬坡手费尔南多·埃斯卡廷、意大利人伊万·戈蒂和弗拉基米尔·贝利以及鲍比·朱利奇之后。环法赛的组织者极力地掩盖这种情况,将 1999 年的比赛称为"新生之旅"。

和大多数人一样,我认为兰斯获胜的机会很小,主要是因为他还没有证明他有能力和最好的赛手们一起爬坡。还有,我担心"摩托人"计划。每当我看到一个警察,就会想到菲利普,他拿着 EPO 和手机在外面晃荡。如果他被拦住了怎么办?如果他出卖了我们,向警方和媒体告密怎么办?"摩托人"计划突然感觉像是一场巨大而疯狂的赌博。但就算兰斯很担心,他也没有表现出来。他最开心的事就是打赌和搬家,更乐于棋先一招。当我看起来很担心的时候,他就会安慰我说:"这一切都会成功的。""这是万无一失的。""我们要控制所有人。"显然,约翰·布鲁内尔也很自信。

乔纳森·沃特斯:在环法赛的前几天,我去找约翰,问他车队是否会携带任何非法物品进入法国。我曾经看过费斯蒂纳的遭遇,坦率地说,我害怕被逮捕。所以我问约翰:"我们车队不会带任何东西到法国去,对吗?"约翰对我笑了笑,是那种会心的微笑。他说:"你不需要担心任何事情。"

有趣的是,环法赛几乎还没开始就要结束了。比赛的前一天,约翰告诉我们,根据比赛的体检结果,我们几个人的红细胞比容都已经接近 50% 的极限:我不记得大家确切的数字,但都是 40 多的高位值。乔治是 50.9(那时你只有超过 50 才会被淘汰,门槛后来降到了

50.0)。我们虽然都没有超过,但我们已经非常危险了,这在 UCI 看起来并不好。我记得乔纳森·沃特斯特别担心。我们开始用通常的方法来缓解这种情况:服用盐片并尽可能多喝水。乔纳森说那天晚上他每两个小时就要小便一次。

接着,又出现一个新情况。在序幕赛那一天,我们正在预演最后 6.8 公里的路线。兰斯正在检查他是否能用大齿轮爬上最后一座山。他全力以赴地蹬着,低头看着他的链条,当时德国电信队车刚好就停在他面前。兰斯正在全速冲向它,就快撞上它时,乔治发现了那辆车并大声喊叫,兰斯抬起头来及时改变了一点点方向。他被镜子刮到并给带倒了,但没什么大碍。我有时会想,如果乔治没有注意到这个突发情况,没有喊叫,会怎么样。

兰斯在序幕赛中大放异彩,以 7 秒的优势战胜了祖勒。我想他和其他所有人一样震惊。他超越了,但并不知道现在该怎么办。他拥抱的第一个人是"小恶魔"德尔莫拉尔医生。在赛后的采访中,兰斯激动得语无伦次,他一直在说这对车队、员工和每个人来说有多么好。这感觉很不真实,这感觉是暂时的——毫无疑问这种侥幸心理会得到纠正。

两天后,情况正好相反。第 2 赛段引领着我们通过布列塔尼,穿过古瓦堤道,那是一条狭窄的堤道,连接努瓦尔穆捷岛与大陆,只有在退潮时才会露出水面。环法赛组织者喜欢壮观的视觉效果,所以在骑行了约 80 公里的地方,我们发现自己在地狱一样的湿滑的堤道上骑行。

兰斯和乔治已经很聪明地拼到了队伍的前面;我们其余的人则奋

力追赶,以防摔车。果然,刚过十字路口,主集团的中间有人摔倒了;随后引发的连环相撞事件导致数十名骑手被撞飞,堵塞了道路,乔纳森·沃特斯也被波及,只好从比赛中退出了。其他大多数竞争者,包括祖勒、贝利和戈蒂,都被困在了车祸的后面。他们惊慌失措地重新站起来试图追赶,但都是徒劳。

就这样,兰斯在他的主要竞争对手身上赢得了6分钟时间。人们说这是运气,但这不是我们在比赛中看到的,兰斯肯定也不这么看。每个人都知道堤道会变得很滑,每个人都知道有可能摔车,而且每个人都有机会骑到前面去。所有人面对的情况都是一样的:不公平是环法赛公平的一部分,因为每个人都必须面对它。要么你做到了,要么你没做到。就这么简单。

但这次环法赛远未结束。每个人都知道关键赛段是第8和第9赛段:在梅斯进行的一场56公里计时赛,然后休息一天,接着是皇后赛段,可怕的连续三段爬坡,即电报山、加利比耶山以及意大利塞斯特里埃滑雪村的山顶终点。当我们走向决战时,媒体用了一周的时间来预测比赛战况,其中大多围绕着几个问题展开:主集团真的干净吗?兰斯在欧洲长距离爬坡中从未表现出色(他在4次环法赛中唯一一次完成环法赛的成绩是第36名),他有能力和其他竞争者一起爬坡吗?

几天前,我们做好了准备。我们用秘密电话打给菲利普,菲利普迅速穿过人群,把东西交给了我们,因为我们不想将EPO放在我们的酒店,我们通常会在露营车中进行注射。它的流程是这样的:我们完成了一个赛段,直接进入露营车进行清理,喝点东西,然后换衣服。注射器就在那里等着我们，有时会藏在我们的运动鞋内，有时在我们的比赛包中。

看到注射器总是让我心跳加速。你想马上拿起它，把它注射到体内，然后销毁证据。有时德尔莫拉尔会出手帮忙，有时我们自己动手，只要速度够快就行。我们的速度一般不超过 30 秒。你不需要精确：手臂，腹部，任何地方都可以。我们养成了把用过的注射器放在空可乐罐里的习惯。注射器整齐地穿过开口，"砰，砰，砰"，你可以听到针头发出咔嗒声。我们尊重可口可乐罐，但具有"放射性"的可乐罐可能会终结我们的环法赛，毁掉我们的团队和我们的职业生涯，也许还会把我们送进法国监狱。一旦注射器放进去，我们就会把它捏扁压碎，弄得像垃圾一样。然后德尔莫拉尔会把可乐罐塞进他背包的底部，戴上飞行员太阳镜，打开那扇脆弱的露营车门，走进拥挤在大巴周围的粉丝、记者、比赛官方人员甚至警察组成的人群中。他们都在看兰斯，没有人注意到那个背着背包的无名男子，他安静地走着，穿过他们，直到看不见。

在第 8 赛段的计时赛中，兰斯表现出色，以将近 1 分钟的优势战胜了祖勒（我表现得也不错，获得第 5 名）。但每个人都在等待的是第 9 赛段的比赛——登顶塞斯特里埃。环法赛的第一次大爬坡将是一场自行车盛宴，是比赛真正开始的那一刻。大家都在看，因为这是环法赛选手们展示实力的时刻。

早晨天气很冷，还下着雨。在比赛的初期有着各种各样为获胜发起的进攻；每个人都在努力证明自己。弗兰基作为一名出色的队长，像鹰一样观察着，确保我们不让任何竞争者挤掉。我们尽可能地保护

第 5 章 坏消息

兰斯,然后撤退,留下他和一群精英竞争者一起。一些不被看好的选手开始突围,被认为是最好的爬坡高手的埃斯卡廷和戈蒂也紧随其后出发。比赛的剧本看起来很清楚:兰斯表现得不错,但现在是时候让真正的爬坡手接管比赛了。埃斯卡廷或戈蒂最有可能获胜。

接着在距离终点大约 8 公里的地方,发生了意想不到的事情:兰斯发起了进攻,超过了埃斯卡廷和戈蒂,独自领先夺取了本赛段的胜利。我知道兰斯进展顺利;我能在路上听到前方的吼叫声,我能听见约翰的声音,以及托马斯·韦塞尔在车队无线电里的欢呼雀跃声。但直到那天晚上,当我看到电视上的精彩片段时,才意识到兰斯有多强大。

"阿姆斯特朗刚骑过去,好像其他人都站着不动似的!"评论员保罗·谢尔文喊道。兰斯对埃斯卡廷和戈蒂的进攻更令人印象深刻,是因为他进攻的方式——不像大多数进攻者那样站着骑,而是坐着。他的节奏几乎没有变化,他只是不停地骑着,不停地转动齿轮,将其他车手都甩在了后面。我知道兰斯有多强壮,我们经常在一起训练,日复一日。但这次引起了我的注意,也吸引了其他人的关注。这是一个新的兰斯,一个我从未见过的兰斯。他处于另一个更高的水平上。

人们立刻开始质疑了。我们后来听说,当兰斯获胜时,新闻室的一些老手大声笑了起来,不是出于钦佩,而是因为他们认为兰斯的兴奋剂使用太明显了。第二天的新闻里充满了关于"外星人"兰斯的描述,这是他们用来描述兴奋剂选手的代号。法国《队报》说,兰斯是另一颗星球上的。

然后情况变得更糟了。法国《世界报》披露兰斯在序幕赛后检测出可的松阳性的事实，这引起了一场小而猛烈的风暴。受影响的不仅仅是邮政车队，而是整个环法赛，因为它无法承受又一桩兴奋剂丑闻。兰斯是他们东山再起的最佳人选，这象征着环法赛从费斯蒂纳事件的阴云中凯旋。现在一切都危在旦夕了。

邮政队和兰斯用了最简单的方式处理这件事。他们编造了一个封面故事，说兰斯有马鞍疮。据报道，他们还追溯到了一种含有可的松的护肤霜处方。* 尽管质疑者指出阿姆斯特朗没有在环法赛前的医疗表格上说明处方，但除了少数几名记者，似乎没有人关心。UCI不想抓住兰斯，接受了处方的说法，"新生之旅"继续进行。**

那时候环法赛变成了一种不同的运动，一种完全是关于控制报道、控制记者的运动。1999年，和其他年份一样，大多数环法自行车赛的记者都希望专注于比赛的戏剧性和浪漫性，尽可能避免谈到兴奋剂问题。但这不代表全部，其中就有一小群记者专注于提出棘手的问题。阿姆斯特朗称这群人为"巨魔"。游戏很简单：巨魔们试图把兰斯拉下马来，兰斯则试图把他们击退。

一开始，兰斯并不擅长这个游戏。他先是怀有戒心，不知所措，脾气

---

* 在《从兰斯到兰迪斯》一书中，邮政车队后勤人员艾玛·奥赖利说道："在一个赛段，两名车队工作人员和兰斯一起在房间里。他们都在说话。'我们该怎么办，我们该怎么办？大家保持安静，让我们团结一致。不要惊慌。让我们都带着同样的故事离开这里。'"奥赖利说，会后阿姆斯特朗告诉她："现在，艾玛，你知道的足以把我拉下马来。"

** 就UCI而言，这种合作并不新鲜。费斯蒂纳车队后勤人员威利·沃埃在他1999年出版的《链条的杀戮》(*Massacre à la chaine*，兰登书屋于2002年推出英译本《破坏链条》)一书中曝光了一件类似的事，UCI接受了一项关于利多卡因的回溯性治疗用药豁免，以帮助法国自行车运动员劳伦特·布罗查德豁免在1997年世锦赛上被检测为阳性。

变得暴躁。"已经过了一个星期,什么都没有发现,"他在一次采访中说,声音过于高亢,"你什么都找不到。即便是《队报》,或者是第 4 频道,又或是西班牙报纸、荷兰报纸、比利时报纸,他们找不到任何东西。"还有一次,他指出:"我从来没有检测呈阳性。我从来没有因为任何事被抓过。"

"从来没有因为任何事被抓过?"

但兰斯很快就学聪明了。我记得在一次新闻发布会上,一名记者指出,许多人认为他的成功简直是一个奇迹。他自己也是这么想的吗? 没有宗教信仰的兰斯想了两秒钟,然后给出了一个天才的答案。

"这是一个奇迹,"兰斯说,"因为在 15 年或 20 年前我都不会还活着,更不用说参加环法自行车赛甚至赢得环法赛了。所以,是的,我认为这是一个奇迹。"

当巨魔们还在喋喋不休地谈论可的松的故事时,兰斯做了他最擅长的事情:他决定直接和他们较量。他开始称呼《世界报》(一家有着良好声誉的报纸)为"卑鄙新闻报"或者"秃鹰新闻报"。他加大了否认的力度;他的重点不再是他自己,而是攻击者的动机和可信度。在一次新闻发布会上,一名记者一直追问,兰斯就回答说:"《世界报》,你是在说我在撒谎还是在服用禁药?"

我无法想象他会说出这样的话,因为记者有可能回答说:"实际上,我觉得你是兼而有之。"但是兰斯向我展示了纯粹攻击的原始力量。他成功了,因为他相信——现在依然相信——他所做的并不是作弊,因为在他看来,比赛中的其他竞争者都在服用可的松,拥有各自版本的"摩托人",每个人都在尽其所能地赢得比赛,如果他们没赢,那他们就是笨蛋，不配赢得比赛。

我一直说你可以给我们配上最好的测谎仪，问我们是否在作弊，我们肯定还是能通过测试。不是因为我们有妄想症，我们知道我们违反了规则，而是因为我们不认为这是作弊。违反规则感觉很公平，因为我们知道其他人也是一样。

你说我是在撒谎还是在服用禁药？

我觉得那是兰斯开始获胜的时刻。他向他们展示了他和其他人不一样，他不会闪烁其词，也不会含糊不清地否认，等待巨魔们将他拖下水。他成功了。第二天的媒体报道中，他们没有纠缠于怀疑或阳性检测；相反，他们讲述了兰斯对这些指控的抗争，这场抗争不禁让人们想起兰斯在病愈后复出的斗争。他接受了怀疑，就像他接受了癌症一样，事实证明效果不错。

当然，兰斯要对付的不仅仅是记者，还有法国车手克里斯托夫·巴松。他是一个有趣的家伙，有着巨大的天赋（他的 VO_2 最大值——最大耗氧量，一个衡量有氧能力的指标——是85，比兰斯还高2），不仅拒绝服用兴奋剂，还公开反对兴奋剂，这打破了常规。他的队友称他为"干净先生"。在兰斯看来，真正的问题是巴松不会闭上他的嘴。当他参加1999年的环法赛时，巴松也为《巴黎人报》写过一篇专栏文章，说了实话：费斯蒂纳事件并没有改变任何事情。

兰斯决定改变这个情况。在塞斯特里埃获胜的第二天，他在比赛中骑到巴松身边，告诉他，他的言论伤害了这项运动。巴松回答说他说的是实话。兰斯建议巴松去死吧，他应该退出这项运动。

第 5 章 坏消息

这时,骑手们本可以团结起来聚集到巴松身边,并大声地说出来。但不管出于什么原因——也许是恐惧,也许是兰斯的人格力量,也许是习惯的力量——他们没有。在整个赛段和第二天,很明显巴松被孤立了。没有人为他辩护,没有人愿意和他说话,甚至连他自己的队友都没有。巴松明白了,第二天就退出了比赛。

在所有这些争议中,我们作为一个团队聚集在一起。兰斯穿着黄色领骑衫,我们必须竭尽全力来控制比赛,但形势愈加严峻。我们已经失去了乔纳森;接着我们失去了彼得·梅内特·尼尔森,他的膝盖有严重的肌腱炎。每一天都是一样的:约翰先概述某个比赛计划,通常是要求我们控制大部分的比赛。然后兰斯会给我们打气,我们的心就会被此刻的重要性充满,我们与其他队完全不同,我们用两辆破露营车来打败其他队,赢得世界上最盛大的比赛。我们的计划奏效了:每天我们都会埋头苦骑,让兰斯安全地穿上黄衫。

随着环法赛的进行,那些没有机会接触 EPO 的车手首当其冲。他们骑着冰冷的"帕尼亚瓜",做着确实出色的工作,所以我们想办法帮助他们。在第二周的一个晚上,我们发现还有一些额外的 EPO,可能有几千个单位。该怎么做?我们不想把它扔掉,也不想冒险注射,因为我们的红细胞比容太高了。兰斯提出了一个建议:把它交给弗兰基。我们派人到他的房间时,弗兰基已经精疲力尽地睡着了。弗兰基了解情况后疲倦地点点头,接受了这个提议。

随着时间一天天过去,我们离巴黎的终点越来越近。我们尽量不去想胜利的情景,只想着集中精力对付祖勒和其他竞争者。但在 7 月

21日，当我们骑车进入比利牛斯山脉的波城时，兰斯始终保持着领先，而山地赛段也已经结束，获胜的可能性变成了现实。除非出现重大的意外——摔车、生病或受伤——否则兰斯将赢得环法自行车赛的冠军。

唯一的坏消息是，我们听说我们一个重要的队友菲利普快要垮了。"摩托人"精疲力尽。我同情他：跟着日复一日、一周又一周的环法赛，一定很残酷。比赛场地人山人海，道路已经封闭了。酒店都订满了。所以，菲利普只能在路边和停车场搭起了帐篷，露宿街头。在给约翰或兰斯的电话里，"摩托人"承认他正濒临崩溃。他不能再这样下去了。幸运的是，到目前为止，比赛已经稳操胜券了。还有一周的时间，"摩托人"被告知他可以回尼斯去了。*

在环法赛接近尾声时，兰斯向我和凯文建议，如果我们能找到一种方式来感谢菲利普的辛勤工作就太好了。我们知道兰斯要给一些后勤人员和教练购买劳力士，所以凯文和我决定给菲利普也买一块劳力士。我们凑了点钱，凯文的未婚妻贝基在尼斯买到了手表，把它带到了巴黎。

---

* 2005年，作为一项回顾性研究的一部分，位于沙特奈马拉布里的法国国家兴奋剂检测实验室改进了他们的方法，对1999年环法自行车赛中提取的尿液进行了EPO检测。《队报》记者达米安·雷西奥（Damien Ressiot）使用6位数的车手识别号码，确定了15例属于阿姆斯特朗的样本。在15例样本中，有6例的EPO检测结果为阳性，是在序幕赛之后以及第1、9、10、12、14赛段采集的，此外还有几例显示EPO水平太低，无法触发阳性检测。第14赛段之后采集的所有样本均为阴性。阿姆斯特朗辩称样本可能已被篡改。但根据世界上最顶尖的兴奋剂专家之一迈克尔·阿申登医生表示，成功篡改样本以达到这种精确的尖峰和尾迹效果，是几乎完全不可能的事；事实上，他并不知道有什么实验室设备经过校准能达到那样的程度。正如阿申所总结的那样，"毫无疑问，在我看来（兰斯·阿姆斯特朗）在1999年环法赛期间注射过EPO。"

也许更有趣的是，阿姆斯特朗在1999年属于少数人。在1999年环法赛期间采集的81例不属于阿姆斯特朗的尿液样本中，只有7例检测为EPO阳性，占8.6%。

第 5 章 坏消息

最后一周就像发条一样过得很有规律,当我们最终获得胜利时,我们简直不敢相信。冲过终点线后,我们按传统的庆祝方式庆祝夺冠。在香榭丽舍大道上,看到凯旋门被一大群挥舞着美国国旗和得克萨斯州旗帜的人包围着,我们下了自行车,在鹅卵石路上幸福地徘徊,拥抱着我们的妻子、我们的家人。我记得香槟酒砰砰作响,无数的闪光灯此起彼伏,人群中有人在吹大号。那种感觉就像我们置身于一部好莱坞电影里。

庆功宴也同样精彩。托马斯·韦塞尔租下了位于塞纳河畔的奥赛博物馆的顶层;大约有两百名赞助商,还有家人和朋友参加。韦塞尔很得意,向每个人敬酒并提醒我们刚刚赢得了环法自行车赛冠军。我记得看到兰斯的经纪人比尔·斯特普尔顿在阳台上打电话,制订计划——莱特曼、雷诺、耐克、《今日秀》,你所能想到的——他的手机像时代广场一样闪着光。在晚会上,兰斯的手机响了。他站起来接了电话,几分钟后又回来了。

"太酷了,"他说,"那是克林顿总统。"

这是一个感谢让一切成为可能的人们的时刻。兰斯走上领奖台说:"我今天穿着黄色领骑衫来到了香榭丽舍大道,但我对此的责任就和衣服上的拉链差不多。身体的其他部分、袖子、衣领也在,是因为我的车队、支持我的工作人员和我的家人。感谢所有人,这是我的心里话。"

在一片疯狂的人群中,我们在大厅一个安静的角落里,抽出时间举行了一个私人庆典。凯文和我把劳力士手表送给了疲惫而快乐的"摩托人",这是他帮助我们取得胜利的奖励。我们给了他一个拥抱,

隐秘的赛道

他试戴了一下,非常适合。*

---

* 2010 年 8 月,汉密尔顿第一次告诉我关于"摩托人"菲利普的事时,他只记得一个名字。几个月后,我通过一张照片找到了汉密尔顿指认的"摩托人",他的全名是菲利普·梅尔(Philippe Maire)。他住在离尼斯几英里远的滨海卡涅,在那里开了一家高档自行车店,名字叫"星光自行车"。这家店出售崔克、奥克利和耐克的 Livestrong 产品。2012 年 6 月,梅尔在脸书上发布了一张 1999 年的照片,照片上梅尔和阿姆斯特朗面带微笑,手挽手站在自行车店里,照片的标题是"干得好"。

我打电话给梅尔,他承认阿姆斯特朗住在尼斯的时候,自己曾为阿姆斯特朗当过自行车技师和园丁。然后我问梅尔,他是否骑着摩托车跟着参加了 1999 年环法自行车赛。

梅尔(提高声音):不,我知道我什么都没跟。如果你想跟我说话,你就来我的店里,我可以看到你,我可以认识你,但现在,我不理解。伙计们,他们可以打电话给我,跟我解释,因为我不明白。

我:泰勒·汉密尔顿能给你打电话吗?

梅尔(很快地):不,不,不,不。如果你想要了解,你可以让凯文·利文斯顿给我打电话来解释你想要了解什么。我不明白,对不起。

我:你骑摩托车参加 1999 环法自行车赛,是不是真的?

梅尔:啊,不,不。

我:不是真的吗?那是个谎言?

梅尔:是的……不是真的。

我:所以他们告诉我你骑摩托车跟着参加了 1999 年环法自行车赛,那并不是真相。

梅尔(赶紧):抱歉,抱歉。我就是个骑自行车的。我卖自行车,但我不明白你的意思,我说,再见。(突然挂断)

几周后,我又打电话给梅尔。当我提起 1999 年环法赛并告诉他汉密尔顿的叙述时,梅尔多次指出他在法国,而不是在美国。

"真该死的是个玩笑。我是个无名小卒。只是法国的一个小人物,我只是一名优秀的技师,仅此而已。"

梅尔说他确实参加了巴黎奥赛博物馆的邮政车队庆功宴。当我指出,有些人可能会觉得阿姆斯特朗的园丁/技师跑了 600 英里参加邮政车队庆功宴是不寻常的,梅尔说他去巴黎因为他想看最后一个赛段。当我问梅尔他是否收到了汉密尔顿和利文斯顿的劳力士手表时,他开始大笑。

"不,不,不,不!"他说,"没有人给我买劳力士。没人,哈哈。但如果你知道谁会给我买劳力士,那可以。我喜欢卡地亚,哈哈,还有香奈儿、高缇耶,当然。"

第6章 2000年:团队建设

"你和哈文应该搬到尼斯去。"

兰斯说得轻描淡写,但感觉很重要。1999年秋天,我还在赫罗纳,但很明显,车队的重心已经转移到了尼斯,那座位于法国里维埃拉中心的美丽城市。兰斯和克里斯汀住在那里;凯文·利文斯顿和他现在的妻子贝基,还有弗兰基·安德鲁和他的妻子贝齐也都住在那里;米凯莱·费拉里住的地方离酒店在半天车程之内。哈文最近辞去了在希尔霍利迪公司的工作,这样我们就可以在欧洲共同生活了。住在尼斯听起来太完美了:我们所有的人在一起,训练、工作、生活,为下一次环法赛做准备。因此,在2000年3月,我和哈文搬去了维勒弗朗什,在一条满是玫瑰花的小巷尽头有一座黄色小屋就是我们的家,离兰斯和克里斯汀家大约一英里。我们也第一次有了钱:45万美元的新合同(比上一年增加30万美元),如果我能帮助兰斯再次赢得环法赛,我将获得额外10万美元的奖金。

在这里感觉就像来到了另一个世界:亿万富翁的游艇在港口里随着波浪上下浮动,法国老人们戴着巨大的太阳镜,悠闲地遛小狗。在新住处,我们可以看到奈洛科特,就是滚石乐队录制《流亡大街》的豪宅;摩纳哥就在不远处。在那种地方,你在街上偶遇一个迷人的女郎,一秒钟之后意识到,"哇,那是蒂娜·特纳"。

凯文、兰斯和我,三人大部分时间都在一起,有时弗兰基也会加入。我们通常在海边的公路上碰头,然后前往尼斯北部的山区。这样的训练就像和朋友坐在一起看电影一样——在这里,电影就是法国的乡村,在我们的眼前展开。和看电影一样,你大部分时间都在胡说八道,到处观赏,试图让对方捧腹大笑。

我们都有自己的角色。弗兰基是主播,目光犀利,镇定自若。凯文就是偶尔冒个泡,总是滔滔不绝地说着幽默又愚蠢的笑话,还有越来越多的各种印象表演节目(他表演米凯莱·费拉里说:"啊,泰勒,你太胖了!")。我就是个跟随者,一个没什么幽默感的安静的人,一个什么都看在眼里却不多话的人。

兰斯是大老板,被新生活和成功点燃了。如果说他以前很紧张,现在他的紧张程度似乎翻了一倍。所有的话题他都很感兴趣,比如某一天是"科技股会成为市场上最值得买的股票",第二天是诺曼底某家面包店有"你吃过最好吃的面包",第三天是关于某个乐队,是"你听过最棒的乐队"。实际情况是,他通常是对的。

兰斯的注意力也集中在比赛上。他花了很多时间谈论乌尔里希、潘塔尼、祖勒等人。兰斯知道很多内幕:谁正在和哪个医生合作,谁在针对哪个比赛训练,谁超重了5公斤,谁要离婚了。兰斯就像一份一人报纸:你可以花两个小时,从他那里获得整个主集团的独家新闻。

有时他太健谈了。我记得我和他还有凯文坐在尼斯海滨的一家餐厅里,兰斯正在谈论某种新型EPO,他听说一些西班牙车手正在用它。他说话的声音很大，态度很大方，没有使用任何暗语，我很紧张，希望旁边餐桌的人没有会讲英语的。我很担心，提醒他可能隔墙有耳，但他好像并不在意。他一直说个不停，就像他把 EPO 放在冰箱里一样。我们其他人都很担心被抓到，而兰斯却表现得刀枪不入。也许表现得无懈可击，能让他更有安全感。

虽然我从兰斯身上学到了很多东西，但我真正的教学是在每隔几周费拉里来到这里的时候。他是我们的教练，我们的医生，我们的上帝。费拉里擅长设计类似酷刑装置般的赛程：足以让我们几乎丧命，但又不完全丧命。在后来的几年里，我们经常听到兰斯对大众说，克里斯·卡迈克尔是他的正式教练——而卡迈克尔因为这一关系有了相当多的生意。我知道他们是朋友。但事实是，在我与兰斯一起训练的那些年里，我不记得兰斯曾经提到克里斯的名字或采纳了克里斯给他的建议。相比之下，兰斯经常提到费拉里，几乎令人烦不胜烦。"米凯莱说我们应该这么做。""米凯莱说我们应该那样做。"*

---

*　卡迈克尔在他的书和网站上声称，在阿姆斯特朗获得 7 次环法冠军期间，他一直是他的教练。在 2004 年 7 月接受《今日美国》的采访时，卡迈克尔描述了一个模式，即阿姆斯特朗将他的日常训练数据发送给费拉里，费拉里将数据转发给卡迈克尔，然后卡迈克尔相应地调整阿姆斯特朗的训练计划。

然而，在《兰斯·阿姆斯特朗的战争》一书的采访中，费拉里说他从未和卡迈克尔联系过。"我和克里斯·卡迈克尔没有合作过，"他说，"我为兰斯工作，只有兰斯。"

以下是邮政车队车手对这个问题的看法：

乔纳森·沃特斯："两年来，我一次也没听兰斯提起过克里斯。"

（转下页）

我有很多东西需要学习。在那之前，我像大多数老派自行车运动员一样训练，也就是说，凭感觉。哦，我骑一段时间累了再休息几个小时，但我的方法并不科学。你可以在我的日常记录中看到证据，在记录中你可以看到大多数日子都用一个数字来标记：我骑了多少个小时——越多越好。我一踏进尼斯就不用这个方法了。兰斯和费拉里带我去做的比我想象的还要多，它们都很重要：瓦特、踏频、间歇训练、区间训练、焦耳、乳酸，当然，还有红细胞比容。每次骑行都是一道数学题：一组精确映射的数字供我们达成。这听起来很容易，但实际上是让人难以置信的困难。骑6个小时是一回事。按照瓦特和踏频程序骑行6小时又是另一回事，特别是当这些瓦特和踏频将你的能力推到极限时。有了稳定的"埃德加"和红蛋的支持，我们训练得比我想象的还要好：日复一日地回到家，然后倒在床上就像昏迷不醒一般，完全精疲力尽。

　　每个月费拉里都会从位于费拉拉的家中赶过来给我们做测试。他的来访就像做科学实验一样，只是他在测试我们让他失望的各种方式。他总是住在兰斯和克里斯汀家，所以我早上醒来就骑车过去。他会带着他的磅秤、卡尺和血液离心机在那里等着。捏一捏。转一转。然后他就开始摇头了。

（接上页）弗洛伊德·兰迪斯："饶了我吧。卡迈克尔是一个好人，但他和兰斯没有任何关系。卡迈克尔是个大胡子。"

　　克里斯蒂安·范德·维尔德："克里斯和兰斯的日常训练没有任何关系。我认为他的角色更像是一个朋友，一个可以谈论大局的朋友。"

"啊,泰勒,你太胖了。

"啊,泰勒,你的红细胞比容太低了。"

费拉里喜欢在马东山口测试我们,这是一个 12 公里的陡坡,就在尼斯城外。有时候我们会进行一公里测试,在逐渐增加输出功率的情况下反复上坡,费拉里会测量血液中的乳酸含量,把结果记录在格子纸上,这样我们就可以算出我们的阈值(这是指我们在不精疲力尽的情况下能持续输出多少功率)。然后,我们会骑着车在马东山口全速前进,将车速拉到最大。对费拉里来说,在马东山口表现出色几乎和赢得比赛一样重要。

我向费拉里询问情况;我经常会把问题写在餐巾纸上,这样我就能记得问他了。他告诉我为什么血红蛋白比红细胞比容更能衡量潜力:血红蛋白更近于测量携氧能力。他解释了增加踏频时如何减轻肌肉的压力:将负荷从身体(肌肉纤维)转移到更好的地方——心血管引擎和血液。他解释说,衡量能力的最佳单位是每公斤瓦特数,即你所输出的功率除以你的体重。他说,每公斤 6.7 瓦是一个神奇的数字,因为这就是赢得环法赛的关键。

米凯莱对体重很着迷——我的意思是完全痴迷。他谈论体重的频率超过了谈论瓦特,比谈论红细胞比容还多,而红细胞比容只要一点点"埃德加"就很容易提高。原因是:减肥是最难的,但也是提高关键数据——每公斤瓦特数——从而在环法赛中取得好成绩的最有效的方法。他花在我们饮食上的时间比花在我们红细胞比容上的时间多得多。我记得和兰斯、凯文一起笑过:大多数人都认为费拉里是个疯狂的化学家，对我们来说，他更像是私人减肥顾问。

与费拉里一起吃饭简直是噩梦。他会用鹰眼盯着每个人，仔细观察你吃进嘴里的东西；一块饼干或一块蛋糕会让他扬起眉毛，露出失望的表情。他甚至说服兰斯买了一个秤，这样他就可以称量他的食物了。我从来没有搞得那么过分，但在他的指导下，我尝试了不同的策略：我喝了好几加仑的苏打水，试图欺骗我的胃，让它以为我已经饱了。我的身体正在遭受前所未有的压力，这很明白——它需要食物，就是现在！但就像在很多事情上一样，费拉里是正确的：随着我体重的下降，我的表现也有所提升，并不断提升。

相较于我所熟悉的自行车运动，这是一项不同的运动。我们的对手不是其他车手或高山，甚至不是我们自己；而是数字，费拉里把这些神奇的数字摆在我们面前，让我们竞相追逐。费拉里把我们的运动——一项曾经浪漫的运动，我过去骑着自行车时，只希望我有美好的一天——变成了某种非常不同的东西，更像是一场象棋比赛。我发现环法自行车赛不是由上帝或基因决定的，而是由努力和策略决定的。谁的工作最努力，谁的策略最聪明，谁就会赢。

这可能是回答一个重要问题的时机：在这个时代，有可能干净地赢得一场职业自行车赛吗？一个干净的车手能和使用"埃德加"的车手竞争吗？

答案是，这取决于比赛。对于较短的赛事，甚至为期 1 周的多日赛，我认为答案是肯定的。我曾以 42 的红细胞比容，骑着"帕尼亚瓜"，赢得了 4 天的小型比赛。我也在类似的情况下赢得过计时赛。我听说其他车手也是这么做的。

但是一旦你经历了为期 1 周的比赛，很快就会变得不可能了。因为兴奋剂的优势太大了，所以干净的车手无法和使用"埃德加"的车手竞争。比赛时间越长，优势就越大——因此"埃德加"在环法自行车赛中的力量不可小觑。原因在于生理上的成本。努力赢得阿尔卑斯山的赛段，赢得计时赛，这会耗费太多的精力；它们导致体力透支，红细胞比容下降，睾酮减少。没有"埃德加"和红蛋，这些成本就会增加。有了"埃德加"和红蛋，你就可以恢复体能，身体重新达到平衡，并始终保持在同一水平。兴奋剂不是真的像魔法般提升身体机能，而是一种控制体能下降的方法。

在尼斯的那个春天，我们训练得更加刻苦，比我想象的更有效果。以下是 2000 年的一些日记明细。（注意：到 3 月 30 日，我已经参加了将近 6 周的比赛。而且，我在红细胞比容旁边写了"HR"，这样人们就会认为这是我的心率。这很聪明，不是吗？）

3 月 30 日

重量：63.5 公斤（139 磅）

体脂率：5.9%

平均瓦特：371

瓦特/公斤:5.84

HR(红细胞比容):43

血红蛋白:14.1

最大心率:177

马东用时:36:03

5月31日

重量:60.8公斤(134磅)

体脂率:3.8%

平均瓦特:392

瓦特/公斤:6.45

HR(红细胞比容):50

血红蛋白:16.4

最大心率:191

马东用时:32:32

60天后,我从一个主集团的中等水平车手,蜕变成了一个距离费拉里的赢得环法赛的神奇数字只有咫尺之遥的选手。在一项只有0.5%的差距就可以决定一场大型比赛胜者的运动中,我进步了10%。这个时机对我来说非常完美,因为作为环法赛竞争者的传统热身赛、在法国阿尔卑斯山进行的为期1周的环多菲内赛,就在眼前。我知道兰斯想赢,但我想也许我可以好好表现,巩固我作为他得力副将的地位。

就在这个时候,我开始注意到我与兰斯的关系发生了变化。他知道我的数据,也看到了我的现状以及我进步的速度。我注意到,当我们并肩训练时,兰斯总会把他的前轮拉到我的前面。不过我很固执,我会回应。这变成了一种模式:兰斯会超出 6 英寸,而我的回应是把我的车轮放在他身后 1 厘米。然后他再向前移动 6 英寸,我就接着回应——落后 1 厘米。我总是落后 1 厘米,让他控制节奏。这 1 厘米的距离对我们来说意义重大。就像是一场对话,而兰斯在提问。

"感觉怎么样?"

"还在这儿。"

"这样呢?"

"还在这儿。"

"好的,现在怎么样?"

"还在这儿,伙计。"

当时我为此很自豪,因为这证明了我是一个强大的副将。直到后来,我才意识到其中孕育着灾难的种子。

我学徒生涯的另一部分是在家里的生活。哈文是一个天生的组织者,她迅速融入了尼斯的新生活。她上了法语课,负责购物、去银行、文书工作,应有尽有。她找到了一个很棒的农产品市场,每天都去抢购。她会把我的沙拉切成小块,仔细研究怎么能消耗更少的能量来消化它。尽管都是一些小事,但重要的是她的心意让我感动。不仅仅是在比赛中,她平时也是事无巨细地帮助我,成为我们双人团队的一员。

我们相处得很好,只有一个例外,散步。我知道这听起来很疯狂,但这是我进入顶级自行车比赛时学到的第一条规则:站着不如坐着,坐着不如躺着,像躲避瘟疫一样避开楼梯。自行车比赛是世界上唯一的一项运动,你运动得越多,你就越像一个虚弱的老人。我不知道这背后的生理学原理,但事实是,长时间行走和站立会让你精疲力尽,使你的关节疼痛,从而耽误你的训练。(5 届环法自行车赛冠军伯纳德·伊诺非常讨厌楼梯,以至于在一些环法赛期间,他会让他的后勤人员把他抬进酒店而不是走路。)这意味着当哈文问我是否想周日去海滩散步,或者在附近山区徒步旅行,或者去街角市场逛逛时,我通常会遗憾地说:"对不起,亲爱的,我得休息一下。"

不过,我还得为别的家务事忙个不停,其中许多事都是围绕着"埃德加"转的。首先我必须得到它,因为现在团队不再为比赛携带EPO,这意味着我的工作就更加复杂了。我需要买我第一部秘密电话——一部预付费手机。我会用这部秘密手机给德尔莫拉尔或他的助手佩佩·马蒂打电话,告诉他我需要一些"维生素"或"过敏药物"或"铁片"等我们当时使用的任何暗号。然后我开车去某个碰头点和佩佩见面,从德尔莫拉尔医生的诊所拿到一些红蛋和 EPO。我通常会买大约 20 支注射针剂,足够我用两个月。我把它放在一个装有冰袋

第 6 章 2000 年：团队建设

的软边冷藏箱里，德尔莫拉尔会为哈文开一张假处方——通常是某张关于月经导致失血的处方——万一我被警察拦下能用得上，但是感谢上帝，我从来没有被拦下来过。

和兰斯不同的是，我不太喜欢在我的健怡可乐旁边放上贴有 AMGEN 或 EPREX 标签的白色盒子。所以我创建了一个新系统。首先，我将外包装纸浸泡在水中，直到看不清楚，再把它撕成小块，冲进马桶。接着，我用指甲从 EPO 玻璃瓶上撕下黏性标签，那时的小瓶大约有 1.5 英寸高，0.5 英寸宽，我把标签也冲进马桶。最后，我将整个东西用锡纸包好，放在冰箱里面一堆蔬菜的后面。后来，聪明的我买了一个带有秘密螺旋盖的假啤酒罐，就像你会从漫画书背面订购的一样，但我担心有人会误认为是一罐真正的啤酒，并尝试喝下它。锡箔纸效果最好，因为没人想打开看起来像剩菜一样皱巴巴的小包装。这个系统运行良好，除了一个缺点：卷起的标签很黏，而且往往会黏到我的衬衫或裤子口袋里。很多时候，我在外面吃饭或去杂货店买东西，伸手到口袋里拿东西时，就会发现我的手上贴着一个 EPO 标签。我的天。

基本上就是这样。没有大剂量的药单；只是"埃德加"和睾酮（安特尔）。在训练期间，每一到两周吃一粒安特尔红蛋就足够了。不过如果你需要一个较小的提升，你可以用安全别针戳一粒红蛋，挤出一些倒在舌头上，剩下的留着以后吃。费拉里想出了一种将安特尔与橄榄油混合的方法，他把它装在一个带有吸管的深色玻璃瓶中，为了不让它膨胀。我记得有一次在比赛时，我从兰斯那里得到了一些油：他拿出滴管，我像雏鸟一样张开嘴就可以了。在德尔莫拉尔的建议下，我尝试了一种人体生长激素，用于一个集训周期，20天注射6次。它让我的腿感到沉重和浮肿，让我感觉像废物一样，所以我停用了。

我每隔两到三天就注射一次"埃德加"，通常是2000个单位，这听起来很多，但实际上只有铅笔橡皮擦的体积。我将它注射到皮肤下面，在我的手臂上或是腹部位置。针头很小，几乎没有留下痕迹。很快你的血液里就有了小火花。

小玻璃瓶空了后，我会用几层纸巾或卫生纸把它包起来，再用锤子或高跟鞋后跟砸它，直到把它砸碎。然后，我把碎玻璃和纸巾的包裹放到水龙头下面，用流动的自来水清除所有EPO的痕迹。最后，我要么把它们全部冲进马桶，要么扔进垃圾桶，用我能找到的最恶心的东西盖住它：烂香蕉皮、咖啡渣。我有时会被碎玻璃割伤手，但总的来说它是一个很好的系统；我可以安心睡觉，而不会担心法国警察来突袭检查我们的房子。

我们可以安心睡觉，我是说我对哈文没有隐瞒过任何事情。她知道这些事，费用，我那个砸了再冲洗干净的系统，所有的事情。不告诉她感觉很不对，而且我们保持一致更加安全，以免警察或药检员出现时，我们正在吃着吐司喝着咖啡，还在聊着EPO。我们都讨厌谈论这件事，讨厌需要去处理EPO的事情。但它始终在那里，飘浮在我们之间的空气里，就像那些烦人的、令人不快的，但又不得不做的琐事。事无小，事无难。

我不能代表车队中的每个人发言，但在我的印象里，当涉及妻子或女朋友时，大多数车手都是执行完全公开的策略。只有一个明显的例外：弗兰基·安德鲁。弗兰基因与贝齐结婚而处于更加艰难的境地，因为贝齐对使用兴奋剂的态度就像教皇对待魔鬼的态度一样。

贝齐·安德鲁是一个迷人的密歇根女孩，一头黑发，带着爽朗的笑容，性格直率，与她的丈夫相映成趣。她在兰斯的圈子里已经很多年了(兰斯和弗兰基从1992年到1996年一直在为摩托罗拉车队效力)。贝齐与兰斯的关系有两个阶段。第一个阶段是在癌症之前，贝齐和兰斯的关系很好。他们俩都很强势，喜欢争论政治和宗教人物。(兰斯是一个无神论者，贝齐是一个虔诚的、反堕胎的天主教徒。)兰斯信任她，甚至让贝齐帮他审核新女友。(贝齐对兰斯选择的女性并不总是那么乐观，但她很早就对克里斯汀表示了赞许。)兰斯信任贝齐，因为和他一样，她也没有灰色地带。贝齐对这个世界看得很清楚——真与假，善与恶。他们都不愿意听到这个，但他们确实有点相似。

然而，在1996年秋天的某一天，兰斯和贝齐的关系发生了变化。当时刚订婚的贝齐和弗兰基以及一小群朋友，来到了兰斯在印第安纳波利斯的病房，当时他正从癌症中恢复。贝齐和弗兰基后来宣誓作证说，当时两名医生进入房间，开始问兰斯一系列医疗问题。贝齐说："我想我们应该给兰斯一点私人空间。"接着她站起来要离开。兰斯劝他们留下来，他们就答应了。然后兰斯回答了问题。当医生问他是否曾经使用过兴奋剂时，兰斯以一种实事求是的态度回答说，是的。他使用过EPO、可的松、睾酮、人体生长激素和类固醇。(阿姆斯特朗在宣誓作证时称，这件事从未发生过。)

在我看来,这是典型的兰斯时刻,对使用兴奋剂这一行为毫不在意。正是这种冲动让兰斯把他的 EPO 放在尼斯家中冰箱里靠前的位置,还在餐厅公开谈论它。他想把兴奋剂使用的影响降到最低,表明这没什么大不了的,表明他比任何注射器或药丸都要强大。

在医院的病房里,贝齐和弗兰基都努力保持冷静,但当他们出了病房到走廊外面的时候,贝齐就火冒三丈。她告诉弗兰基,如果他这样做,婚礼就取消了。弗兰基发誓说他不会的,贝齐才逐渐平静下来。几个月后,他们真的结婚了,但贝齐再也没有像以前那样对待兰斯或这项运动。

你可以想象,考虑到我们的职业需求,这让弗兰基很是为难。凯文、兰斯和我经常在妻子和女友面前公开谈论费拉里和"埃德加",但只要贝齐在场,情况就会发生变化。弗兰基总是说:"贝齐会杀了我。"在集体晚宴前他会特别紧张。"闭嘴,伙计们——贝齐会杀了我的。"*

弗兰基做了他该做的事。幸运的是,他不像凯文、兰斯和我做得

---

* 看到弗兰基在 1999 年环法自行车赛的山地表现后,贝齐当面质问弗兰基:"你怎么在山地骑得那么好?"弗兰基拒绝回答。贝齐得出了自己的结论:邮政队有一项兴奋剂计划,费拉里和阿姆斯特朗是核心。

在随后的几年里,贝齐成了一名充满激情的反兴奋剂倡导者,也成了阿姆斯特朗和邮政队的眼中钉。2003 年,她协助戴维·沃尔什撰写了《洛杉矶机密》(L. A. Confidentiel)一书,参与度很深。2005 年,在阿姆斯特朗与 SCA Promotions 公司的法庭之战中,她被要求就 1996 年病房中发生的一幕宣誓作证。随着时间的推移,贝齐·安德鲁成了信息交流中心,无论是对记者还是对反兴奋剂机构都是如此。

"这很有趣,"她谈到自己的角色时说,"兰斯喜欢把我描绘成一个肥胖、睚眦必报、执著于揭露他的贱人。但我从一开始就只想把真相说出来。"

(转下页)

那样多。弗兰基是一名耐力型车手，一个大个子，适合更平坦和起伏的路段，因此需要的"埃德加"和其他治疗方法比我们这些爬坡手要少。如果我们必须在环法赛中发挥出99%的最大实力，弗兰基在接近自然状态时就能达到这一水准。

尽管我很钦佩贝齐的良心，但我并没有因此有任何的犹豫。我学得很快。在费拉里离心机的帮助下，我学会了测量应该用多少EPO来为我日益紧张的训练提供动力。费拉里教我，在皮肤下注射EPO就像在房子里将温度打高一样：它运行缓慢，会让你的身体在接下来的1周内产生更多的红细胞。温度加得太少，房子就会太冷——你的红细胞比容就会太低。加得太多，房子会变得太热——你就会超过50的上限。

我到了可以通过血液颜色来估计红细胞比容的水平。当费拉里做乳酸测试时，他用柳叶刀刺我的手指，我会盯着那滴液体。如果它清淡如水，我的红细胞比容就很低。如果它颜色发暗，它就会更高。我喜欢看到那种深的、丰富的颜色，所有的细胞都挤在里面，就像一碗厚厚的浓汤，仿佛准备工作了；这让我渴望更加努力地训练。

（接上页）另一方面，弗兰基采取了不同的方法。他只在2006年接受《纽约时报》采访时做了有限的坦白，谈到1995年与阿姆斯特朗在摩托罗拉车队时被介绍了表现增强药物，并承认在1999年环法自行车赛备赛期间使用了EPO。大多时候，他选择对使用兴奋剂保持沉默——这种立场可能会在他们与3个孩子共同居住的小农场里产生一种独特的紧张气氛。2010年夏天，联邦调查员杰夫·诺维茨基通过电话采访了弗兰基两个小时。当弗兰基挂断电话时，贝齐注意到他看上去有些发抖。她问他说了什么。"我不想谈这个。"弗兰基说。贝齐打电话给诺维茨基问他。诺维茨基笑了。"他是你的丈夫，"他说，"你去问他。"

训练就像是一场比赛。你能有多拼？你能有多聪明？你能有多瘦？你能与这些数字抗衡，你能达到它们吗？在这一切的背后，永远是你的焦虑不安，它迫使你继续工作：不管你做什么，那些混蛋都比你做得更多。

然而，另一场比赛不是与 EPO 有关，而是与兰斯有关，那就是如何与他相处。他是一个敏感的人，随着 2000 年环法赛的临近，他变得更加敏感。到了 6 月，各种消息满天飞。现在他变得更加紧张，更加疏远了。他与我们的关系与其说是队友，不如说是 CEO：管好自己的事，否则一些小事情都会激怒他。当兰斯凝视着你，3 秒钟不眨眼，你就知道麻烦大了。

这很有趣。媒体会继续把这种凝视视为兰斯的超级力量，某种他在比赛中的重要时刻才会有的表现。但对我们来说，这是车队巴士里或早餐桌上经常发生的事情。如果你在兰斯说话时打断了他，那你就会被这样盯着。如果你反驳兰斯的话，你就会被这样盯着。如果你迟到两分钟以上，你也会被这样盯着。但真正惹怒他的事情就是你拿他开玩笑。在强硬的外表下，他是一个异常敏感的人。我的队友克里斯蒂安·范德·维尔德曾经在吃早饭的时候取笑过兰斯的新款耐克鞋。克里斯蒂安人很好，他没有任何恶意，只是想随大流，像大男生一样开个玩笑。"鞋子真去他的不错，伙计！"克里斯蒂安大笑。兰斯生气了，给了克里斯蒂安一个凝视，就是这样。我相信这件事并没有终结克里斯蒂安在邮政队的前途，但也肯定没有什么帮助。

但是，兰斯生气的最大源头之一就是抱怨使用兴奋剂。

第6章 2000年：团队建设

乔纳森·沃特斯可能就是最好的例子。凭借他的探索精神，沃特斯并不是那种表面上接受兴奋剂的人。他没有照兰斯和约翰说的做，他还问了没人问过的问题：我们为什么要这样做？为什么UCI不执行这些规定？更重要的是，沃特斯在谈到兴奋剂时很紧张，他总是担心警察或药检人员。他甚至谈到了负罪感——而负罪感是我们大多数人很久以前就放弃的一种情绪。对兰斯来说，沃特斯的质疑和怀疑证明沃特斯缺乏正确的态度。我记得兰斯在1999年环多菲内赛之后发牢骚，因为当时沃特斯错误地提到，他很高兴在一个赛段中获得第2名——兰斯喜欢称之为"第一失败者"。在1999年环法赛之后，每个人都清楚沃特斯在兰斯和约翰的体系中没有一席之地。

2000年沃特斯离开了邮政队，加入了法国农业信贷银行车队，在那里更严格的反兴奋剂法律让车队保持了一致。为了摆脱兴奋剂文化，沃特斯基本上缩短了他的职业生涯。但在那时候，兰斯认为沃特斯是蠢货之王。在兰斯看来，兴奋剂是生活的一部分，就像氧气和重力一样。你要么就去做——而且要做到极致——要么闭嘴走人。不要抱怨，不要哭泣，不要吹毛求疵。这让沃特斯成为兰斯眼中最虚伪的人，因为他用他在邮政队的成果与法国农业信贷银行车队签订了一份为期两年的大合同，因此他欠他的赞助商一点成绩——这就是他们付钱给他的原因。突然间沃特斯就成了"干净先生"，他抱怨使用兴奋剂，宣称自己是正义的。想在大众眼中把自已包装得很完美吗？蠢货。*

当然，还有更多更直接的方法可以激怒兰斯。在 2000 年春天发生了一件事情，当时我们刚完成 6 小时的骑行训练，正沿着一条狭窄的道路向我家骑去。我和兰斯又累又饿，都快脱水了，就想早点回家睡个午觉。这时有辆小车以最快的速度从我们身后的山上冲下来，差点撞到我们，司机大喊大叫地开了过去。我很生气，就冲他吼。但兰斯什么也没有说，他只是全速前进，一直追着那辆车。兰斯熟悉周围的街道，所以他抄了一条近路，在靠近红灯的地方追上了那个家伙。等我赶到时，兰斯已经把那个家伙从车里拖出来，狠狠地揍了一顿，那家伙吓得直哭。我看了一会儿，不太相信我所看到的。兰斯的脸涨得通红，他真的气坏了，那个家伙只能承受了他的怒火。最后一切都结束了。兰斯把那个人推倒在地然后离开。我们骑着自行车，一声不响地回家了。在之后的几天里，兰斯把这个故事讲给弗兰基和凯文听，好像很有趣似的，这只不过是在法国发生的又一件荒唐事。我想跟着大家一起笑，但我做不到。我一直在想着那天的画面，那个人躺在地上，哭着哀求着，兰斯不停地捶打着他。我看到的比我想看到的还要多。

兰斯的阴暗面让我们感到压力很大，但就车队的表现而言，它起到了推进器的效果。他和约翰·布鲁内尔让邮政队像瑞士手表一样

---

    * 沃特斯说，在签订合同之前，他与法国农业信贷银行车队医生进行过坦诚的对话，告诉他们他在邮政车队一直服用兴奋剂，因此不能指望他能取得同样的成绩。"在签合同之前，一切都摆在台面上了。"他说道。

运转。优质的酒店，赛事组委会提供的更高待遇，完美的计划，充足的营养，厉害的赞助商，优异的技术，包括风洞测试。我们的生活有一种忙碌而又紧密相连的感觉，感觉我们更像是为美国国家航空航天局（NASA）任务而训练的宇航员。另外，还有一个更大更简单的事实，那就是我们每天一起骑自行车穿过一些地球上最美丽的地形；感觉比以往任何时候都更努力地推动自己前行，让自己变得更强大，更不同，并为此得到回报。在我们的车上，我们有时会互相注目而笑，好像在说：你能相信这有多疯狂吗？

随着2000年环多菲内赛的临近，我感到平静而自信。我比以往任何时候都更轻松，更强壮。在最后一次的健身测试中，费拉里发出了我从未听过的声音："哦哦，泰勒！"一种赞美的声音。

我想要变得强壮，特别是在为期1周的比赛里的关键日，在旺图山的赛段。法国有许多传奇的爬坡，而旺图可能是最具传奇色彩的。它被称为"普罗旺斯的巨人"，它足够艰难，还牵扯到一条人命：汤姆·辛普森，英国自行车运动员，于1967年在此去世，死于过度劳累，服用白兰地和安非他命。

在旺图爬坡的第一段，我感觉很棒。应该指出的是，当一名自行车运动员说他感觉很棒时，实际上并没有感觉很好。事实上，你感觉就像在地狱一样——你正在受苦，你的心脏快跳出你的胸口，你的腿部肌肉在尖叫,一阵阵痛苦的光芒在你的身体里闪烁,就像许多串圣诞彩灯一样。这意味着,当你感觉很糟糕时,你知道周围的人也感觉很不好,你可以通过他们微妙的表情和信号来判断,他们会在你之前溃败。在那种情况下,你的痛苦是有意义的。它甚至可以让你感觉很棒。

所以在环多菲内赛的旺图山,我感觉非常棒。兰斯在我旁边穿着黄色领骑衫,很好地控制着局势。当还有10公里路程时,我们和少数几个精英处于领先集团之中。我的工作是掩护兰斯进攻——我要跟住这帮人,这样就没人能逃脱了。我这样做的目的就是让兰斯自己发动进攻,然后夺下赛段。它直接来自自行车赛101招:老套路。

第一部分进展顺利:我掩护进攻。我等待着,期待看到兰斯穿过这个空隙。

可是没有兰斯。

我能听到约翰在车队无线电里催促他。时间嘀嗒作响。

我开始感到有些紧张。我可以看到亚历克斯·祖勒和西班牙爬坡手海马尔·祖贝尔迪亚追上了我;其他人也跟着他们。但兰斯在哪里?

时间不停地流逝,更多竞争者骑着车赶了上来;队伍拥挤不堪,但仍然没有兰斯。然后,约翰的声音响起来。

"兰斯来不了了。泰勒,你骑你的。"

我和兰斯核实了一下。

"去吧。去他的,去吧。"

当我们骑到汤姆·辛普森纪念馆附近时,我发起了进攻,这里距灯塔式气象站 1.5 公里,标志着山顶就快到了。我好像越陷越深,进入了比我到过的任何地方都深的地方。世界缩小成了一条明亮的走廊。我感觉到祖勒和祖贝尔迪亚在附近,然后感觉到他们掉了队。我感觉到观众,感觉到我的腿在踩动踏板,但那感觉不像是我的腿了。我付出了一切;过了最后一次之字形右转,最终越过了终点线。

顿时一片混乱。人们抓住我,尖叫声穿透我的耳朵,媒体蜂拥而至。我有些神志不清。

我赢得了旺图山赛段。

邮政车队的一名后勤人员抓住我,把毛巾围在我的脖子上,并引导我走向车队巴士。巴士上很安静。我摘下头盔坐了下来,有些不知所措,慢慢地开始接受这个事实,这感觉像在梦里一般。

我比他们都强大。

我现在是最有希望赢得比赛的人了。

车门呼哧地开了。兰斯低着头,阴沉地爬上了巴士。他坐在离我 10 英尺远的地方,用毛巾擦干了身子,一句话也没说。我看出来他很生气。沉默变得有点让人不舒服。

几秒钟后,门又开了——约翰脸上带着关切的表情,径直向兰斯走去。他碰了碰兰斯的肩膀,坐在他旁边,轻声地安慰他,像护士或精神科医生一样。

"这没什么大不了的,伙计,"约翰说,"可能是海拔。也许你训练太辛苦了,不是吗?我们会和米凯莱谈谈。环法赛还有 3 周才开始呢。别担心,时间有的是。"

几分钟之后,约翰问道:"那么,谁赢了?"

兰斯头也没抬,就指着我。

约翰顿时脸红了,满脸通红。他走过来笨拙地拥抱了一下,握了握我的手,祝贺我。我想他觉得很尴尬,他知道这是多么巨大的胜利,但他完全忽视了我。现在他想要弥补一下。

但兰斯仍然很暴躁。那天晚上吃饭,当所有人都在为我的胜利欢呼时,他几乎没有和我的眼神交流过。就像他有一种无法控制的反应,就像过敏一样:我在比赛中取得了成功——这对邮政队是好事,对他来说却不一定——这会把他逼疯。

第二天的赛段后期,兰斯和我成功突围。一开始我很激动,如果我们坚持下去,这意味着我将进入总成绩的领先位置,同样重要的是,我们将证明邮政队是进入环法赛的世界最强车队。事实是,我感觉兰斯试图甩掉我。他继续加速,在最后的爬坡中,速度快得没有必要。然后他又急速下坡,骑得太快,我们都快摔车了。我最后不得不对他大喊,让他慢下来。

我们一起越过了终点线。那天我穿着黄色领骑衫,还有给最佳爬坡手的圆点衫、积分领先者的白衫,跻身于环多菲内赛胜者之列——历届冠军包括埃迪·默克斯、格雷格·莱蒙德、伯纳德·伊诺和米格尔·安杜兰,让我立刻登上了实力排行榜。人们开始提到我也有可能成为环法赛的有力竞争者。但在内心深处,我想知道兰斯在爬坡时是怎么想把我弄垮的。这和我们的训练模式一样:"你能跟上吗?""这样呢？""这样呢？"

环多菲内赛的最后一晚，兰斯和约翰来到我的酒店房间。我以为他们会谈谈比赛，或者为即将到来的环法赛做计划。相反，他们告诉我，在周二，就是比赛结束的两天后，我们将飞往巴伦西亚做一次输血。

第 7 章　更上层楼

作为一名自行车赛手,随着时间的推移,你会锻炼出保持扑克脸的技巧。无论你有多么极端的情绪,无论你多么快要笑出来,你尽所能去做到丝毫不露。这在比赛中很重要,因为向对手隐瞒自己的真实状况是成功的关键,这会阻止他们进攻。感到快让人无法行动的疼痛了吗?这时要做出看起来很放松,甚至有点无聊的样子。不能呼吸了吗?赶紧闭上你的嘴。快要死了吗?请保持微笑。

我有一张很好的扑克脸;兰斯的更棒。但是,有一个人比我们俩都强:约翰·布鲁内尔。这张扑克脸使用到极致的一次是在 2000 年环多菲内赛快结束的那个夜晚,当他告诉我有关输血的计划的时候。之前我听说过输血,但它始终是理论性的和遥远的。你会相信有些人实际上提取他们自己的血,存起来,然后在比赛前再输回去吗?这听起来似乎很奇怪,有点弗兰肯斯坦式,像是某种用于 20 世纪 80 年代铁幕奥运会的机器人。但是约翰在环多菲内赛期间解释这个计划时,它听起来很正常,甚至有点平淡无奇。他擅长把骇人的事情表述得很平常,这可能是他最厉害的技能。这可能是因为他的表达方式,他那响亮的比利时大嗓门,还有在阐述计划细节时极其随意地耸耸肩。每当我在《黑道家族》里看到可爱的黑道人物时,我就会想起约翰。

正如约翰所说，兰斯、凯文和我将飞往巴伦西亚。我们将先抽出一袋血，将其储存起来，第二天我们就飞回家。然后，在环法赛的某个关键时刻，我们将这袋血输回身体里面，这样我们的表现就会有大幅度的提升。就像服用 EPO 一样，只是效果更好：有传言说他们正在为 2000 年奥运会开发一种 EPO 测试，而且据说，可能在环法赛中使用这种测试。我听了约翰的话，点点头，面无表情地回应了。当我告诉哈文这件事时，她立刻对我摆出一张扑克脸（妻子们也很擅长这个）。但我脑海里有一个声音在问：这到底是怎么回事？

也许这就是我周二早上去巴伦西亚迟到的原因。没有理由迟到，每个人都知道所有事情里兰斯最鄙视这点，但在那个至关重要的早晨，我们迟到了整整 10 分钟。我开着我们的小菲亚特在维勒弗朗什狭窄的街道上疾驰而过，哈文紧紧抓住把手，让我慢下来。我不停加速。在距尼斯机场 8 英里的路途中，我的手机响了 3 次，都是兰斯。

"伙计，你在哪里？"

"怎么回事？我们就要起飞了。"

"你那辆该死的车能开得快点吗？快点！"

我们一路狂奔，冲向机场停车区；我穿过安检区域走到了跑道上。我从来没有坐过私人飞机，所以到处观察：真皮座椅，电视，小冰箱，问我要不要喝点什么的乘务员。兰斯表现得很随意，好像坐私人飞机只是例行公事，也许对他来说就是如此。从去年 7 月开始，他就一直在使用私人飞机，这是耐克、奥克利、百时美施贵宝和其他公司的赞助，这些公司都争着要带他到处跑。赞助的款项令人难以置信。《今日美国》估计兰斯的收入为750万美元,每场演讲的报酬为10万美元,他的新回忆录《不只是自行车》也立即成为畅销书。你可以感受到金钱的流动,以及它开启的各种新的可能性。现在我们不用开车去巴伦西亚了,我们不必担心海关或机场安检。飞机与其他东西一样,现在已成为我们工具箱的一部分。

引擎加速,车轮收起,我们飞上了天。朝下看去,我们可以看到蔚蓝海岸、豪宅和游艇;感觉很不真实,像一个梦幻的世界。在飞机上,我的迟到得到了谅解。兰斯充满自信、快乐、兴奋的情绪,让我们都受到了感染。当飞机降落在巴伦西亚,在跑道上迎接我们的是邮政队的约翰、佩佩·马蒂和德尔莫拉尔。他们带着三明治和波卡迪洛酒来了——事先让我们垫一下肚子很重要。

从巴伦西亚机场出发,我们驱车向南开了半个小时,穿过一片沼泽地,约翰和德尔莫拉尔在讨论输血问题。他们说,事情很简单,操作也很容易,非常安全,没什么好担心的。我注意到约翰跟凯文和我说的话比跟兰斯说的多,而兰斯似乎并不在意谈话内容。我才觉得这可能不是兰斯的第一次输血。

我们把车停在加文斯村庄附近一家叫西迪萨勒的旅馆,一家豪华又安静的酒店,没有那些夏末时节来旅行的游客。入住手续已经办好,我们乘电梯上到5楼,穿过空无一人的走廊。凯文和我被带到一个面对停车场的房间,兰斯一个人住隔壁的房间。

我本以为会看到一个复杂的医疗设备,但目前看起来更像是一个初中科学实验装置:一个蓝色的软边冷藏箱,几个透明的塑料静脉输液袋，棉球，一些透明的管子以及一个考究的数字秤。德尔莫拉尔开始行动了。

"躺在床上，卷起袖子，把胳膊给我。放松点。"

他在我的二头肌下方绑了一条蓝色的橡皮筋，把一个空的输液袋放在床边地上的白毛巾上，用酒精棉签擦拭我的手肘内侧。然后就是扎针。我见过很多针，但是这个针很大，大小和形状跟咖啡搅拌器差不多。它连着一个注射器，再连接到通向存储袋的透明管上，用一个白色的小拇指轮来控制流量。我看向了别处，感觉到了针头的刺入。当我再看的时候，我的血液正源源不断地涌入地板上的袋子里。

你经常会听到"输血"跟"EPO""睾酮"这些名词在一起，好像它们都是同等效用的。其实不是。对于其他东西，你要么吞下一颗药丸，要么贴上一块贴片，要么注射一针。但是在这里，你看到的是一个透明的大塑料袋，慢慢地装满你温暖的深红色血液。你永远也不会忘记那景象。

我环顾四周，看到凯文也是差不多的情形。我们可以在壁橱门的镜子上看到自己的倒影。我们试图通过比较各自袋子填满的速度来缓解紧张："你的为什么流得这么慢？老兄，我要超过你了。"约翰在两个房间来回走动，一边检查，一边闲聊。

每隔一段时间，佩佩或德尔莫拉尔就会跪下来，拿起袋子，轻轻地前后倾斜，把它与抗凝剂混合在一起。他们解释说，之所以这么轻柔是因为红细胞是活的。如果血液处理不当——摇晃或加热，或在冰箱里放置超过 4 周，细胞就会死亡。

装满这些袋子需要 15—20 分钟。袋子慢慢鼓了起来，直到磅秤显示我们完成为止：1 品脱，500 毫升。然后，拔出针，用棉球用力压着。袋子用胶带封好，贴上标签，塞进蓝色冷藏箱里。德尔莫拉尔和佩佩就离开了；也没有说要送去哪里，但我们猜是去巴伦西亚的诊所，放进那里的冰箱，直到 3 周后我们在环法赛中需要它们的时候。

我坐了起来，感到有点头昏眼花。约翰向我们保证，安慰我们：这种感觉是正常的。服用一些维生素 B 和铁补充剂，吃牛排，多休息。最重要的是，不要服用任何 EPO，因为这会阻止产生更多红细胞的身体反应。你的体力很快就会恢复的。

然后我们沿着海岸向南骑行。尽管午后天气炎热，我们还是穿了长袖，好遮住胳膊上的创可贴。我们骑得并不快，但很快我们就呼吸沉重起来，感到头晕目眩。我们到了一座小山丘，它位于一个叫库列拉的小镇北部。当我们往山上骑时，我感觉越来越糟。我们都开始大口喘气，只能慢得像爬那样骑着。

就在几天前，我还处于人生中最完美的状态，打败了世界上最优秀的一些运动员。现在，我几乎连这座小山都爬不上去了。我们开着玩笑，这也是我们唯一能做的了。这令人感到不安。它深深地震撼了我：我的力量并不是来自我的肌肉，而是在我的血液里，在那些袋子里。

几天后，这种不安的感觉加剧了，当时我和凯文正参加环南法赛（Route du Sud），这是一场在法国南部举办的为期 4 天的艰苦比赛。当我到达时，我的队友们都很高兴，他们对我在环多菲内赛的胜利深深佩服。记者和媒体对我充满了期待。其他骑手对我投来了全新的带敬意的目光。毕竟,我赢了旺图赛段;我是下一个大人物,不是吗?

在当时精疲力竭的状态下,我是一个完全让人尴尬的人,一个无关紧要的人。凯文也好不到哪里去。我没有试图去争取好成绩,而只是挣扎着跟上主集团。在第3赛段之后,我被迫做了一件我最讨厌的事:放弃。我摘下了比赛号码牌,收拾好行囊,羞愧难当地离开了车队的酒店。

当我回到尼斯时,我以为兰斯和约翰会道歉。毕竟,他们控制环南法赛的参赛名单。实际上,兰斯原本计划参加比赛,但他在最后一刻退出了比赛,理由是他想在环法赛前休息一下。

兰斯或约翰本可以打个电话,把我和凯文也撤出环南法赛,让我们免受羞辱,确保我们能参加环法赛。但是他们没有。兰斯和约翰都没有跟我说什么。他们假装我们的巴伦西亚之行没有发生过,只说了一堆废话。正如他们所说,这对我来说是一次重要的学习经历,是一个接受教育的时刻。我知道抗议是没有用的。我只能闭上了嘴,做了我一直在做的事情:不管发生什么,继续前进。事无小,事无难。

进入2000年环法赛时,兰斯主要担心两个问题。一是在赛场上他的身体优势并不大。正如兰斯所指出的,如果你拿去年早些时候在古瓦堤道发生的摔车事故来看,他在整体上只比祖勒多了1分34秒的优势；如果塞斯特里埃再延长3公里，祖勒和其他人就会赶上他。二是在1999年环法赛中缺席的两大竞争者——扬·乌尔里希和马尔科·潘塔尼又回来了。

乌尔里希就像一个超人，或更准确地说，一个超级男孩。他在东德参加训练，那里的教练都遵循这样的格言：把12个鸡蛋砸在墙上，把不坏的那个留下。乌尔里希就是一颗坚不可摧的鸡蛋。因为冷战，他像兰斯一样，在没有父亲陪伴的环境下长大，在东德政府的帮助下，他把自己变成了自行车史上最令人印象深刻的体格。乌尔里希的身体和我见过的其他骑手都不一样。我有时会试着骑在他身旁，这样我就可以看到他的肌肉纤维在振动。他是我所见过的唯一在莱卡弹性纤维赛服下还能看到血管的骑手。他的头脑也不错：乌尔里希具有非凡的能力，可以将自己推向极限。在1997年环法赛中，他只有23岁，我目睹乌尔里希赢得了我所骑过的最艰难的赛段，历时8小时、骑行242公里穿越比利牛斯山脉，他甚至摧毁了无所不能的里斯。

尽管有着令人难以忽视的强健体魄，乌尔里希却是一个温柔又善良的人，对每个人都很友好亲近。他的弱点是自制力，他一直在与体重作斗争。但他有能力在你最意想不到的时候经受住考验，变得怪物般强大。

如果说乌尔里希是个超级男孩，潘塔尼更像是一个神秘主义者：一个身材矮小，性格害羞，有着一双黑眼睛的意大利人，在状态好的时候是世界上最好的爬坡手。潘塔尼是艺术家和刺客的结合体：虚荣到可以做整容手术来把他突出的耳朵固定到后面去，坚强到可以在最恶劣的条件下赢得比赛。在1998年的环法自行车赛中,他打败了乌尔里希,骑着"凯撒"自行车穿越冰天雪地的风暴来到了莱德萨尔普。自从去年因红细胞比容过高而被禁赛以来,潘塔尼一直不顺。他撞坏了两辆跑车,并给公众写了一封公开信,说"这是一个艰难时期,我有太多自己的问题"。尽管如此,潘塔尼还是会参赛来夺回他的头衔,凭借他的爬坡能力,他是很危险的对手。如果兰斯在山地体力跟不上了,潘塔尼会让他付出代价。

兰斯经常谈起他们,乌尔里希和潘塔尼,潘塔尼和乌尔里希。他追踪他们的训练情况,在互联网上搜寻法兰克福和米兰一些不知名报纸上的文章。有段时间兰斯掌握了很多信息,我以为有人在为他工作,想象着有个年轻的实习生在某个小隔间里帮他收集整理,编写报告。但过了一段时间,我意识到这全是兰斯干的。他需要收集这些信息,以便将其转化为动力。如果乌尔里希身体状况良好,那会激励兰斯更加努力地训练。如果乌尔里希超重(就像那年春天的情况一样),那也会促使兰斯加大训练力度,向"凯撒"证明谁才是老大。

2000年环法赛更像是一系列的拳击比赛。兰斯和乌尔里希的较量很快就结束了。首先兰斯在序幕赛中决定性地击败了乌尔里希。然后,他又在几个平路赛段挑衅乌尔里希。在自行车比赛中有上千种挑衅别人的方法,兰斯都知道。当比赛艰难时,聊个天。当你速度飞快时吃点东西或喝点饮料,证明你能力够强。飞快加速;沿着主集团外侧,迎着风,轻松向前骑。他不断地向乌尔里希证明谁更强大。乌尔里希对此没有做出任何回应。兰斯第一次爬上滑雪小镇奥塔康时,乌尔里希就已经被他彻底征服了。

不过,兰斯与潘塔尼完全是另一回事。潘塔尼是一个冲动又浪漫的人,如果换一种生活,那他有可能成为斗牛士或歌剧明星。他只有感到可以控制比赛走向了才会休息。兰斯想让事情合乎逻辑,而潘塔尼则不合逻辑,兰斯讨厌这样。即使潘塔尼落后了几分钟,我们都知道他会在旺图山的第12赛段向兰斯发起进攻,兰斯在环多菲内赛期间曾在那里吃过苦头。这符合潘塔尼对戏剧性的热爱;它也很适合我们,因为这是兰斯和约翰布局采取行动的地方。

在第11赛段结束之后,我们去了旺图山附近一个名为圣保罗三城堡的小镇,我们在那里度过第12赛段之前的休息日。我们住在埃斯普兰酒店,这安排很棒,老板不仅把整个酒店都交给了我们车队,而且他们有一个不错的餐厅,更好的是这些房间被布置为套房。他们给了凯文、兰斯和我一间这样的房间,共用一个拱形入口。凯文和我像往常一样住在一起,兰斯住在小休息室对面。

那天晚上,晚餐前,我们在房间里输了血。我们的血袋用厚厚的白色运动胶带贴在床上方的墙壁上。袋子闪闪发亮,肿得像浆果。约翰走到门口,注意防备路过的人。凯文和我像镜子里的影子一模一样地躺着。透过开着的门,我可以看到兰斯穿了袜子的脚,以及手臂和管子。

德尔莫拉尔和佩佩动作迅速而高效:蓝色的橡皮筋使静脉突出,针头指向心脏,小滚轮控制着血液流动的速度。他们打开了阀门,我看着我的血顺着管子,穿过针头,进入我的手臂,感到一阵寒意,浑身起鸡皮疙瘩。德尔莫拉尔注意到了。他解释说，血袋是才从冷藏箱里拿出来的，他们把它冷藏起来好降低感染的风险。

输血花了大约 15 分钟。我们开着玩笑、说着废话来分散自己的注意力，我们的声音在敞开的门中回响："我们要在旺图赛段阻击那些家伙。"也许我们这样说是为了让自己确信这个奇怪的过程是对的（因为毕竟他们都在做同样的事情，对吗？），也许是为了掩盖那挥之不去的罪恶感。

约翰站在拱门旁赞许地看着。我看着我的血袋慢慢排空，最后一滴血顺着管子流了下来。德尔莫拉尔刚好在最后的红细胞进入时把它切断了。我从没问过这些空袋子怎么处理。我猜德尔莫拉尔和佩佩可能把它们扔到几英里外不起眼的垃圾箱里，更有可能把它们切成小块，冲进酒店的厕所。我们去吃晚饭时，其他人都穿着短裤和短袖，而我们三个仍然感到很冷，一直穿着运动服。

晚餐时，我注意到一种奇怪的感觉：身体感觉很好。通常在环法赛的这个时间点上，你会觉得自己有点像一具僵尸，疲惫不堪，步履拖沓，目光呆滞。但是现在，我感到自己富有弹性，身体健康，欣喜若狂，就好像我喝了几杯上等咖啡一样。我在镜子里看到了自己：脸颊上有些血色了。兰斯和凯文似乎也充满活力。休息日我们都放松下来，去兜兜风，做好了一切准备。

作家们喜欢把旺图描写得充满诗意。他们说这是月球表面白色的岩石，一块风雨如磐的荒地，一个"雪花石膏般的死亡之地"，等等。但是，当你比赛时，你阅读的是一个完全不同的故事：你身边骑手们的面部表情和肢体语言。你要找的是紧紧抓住车把的样子。脚踩踏板时的迟疑或僵硬。晃动的肩膀。不时向下瞥一眼双腿，肿胀的眼睛，张大的嘴巴，任何暗示即将崩溃的迹象。当我们开始前往旺图时，我预计会看到更多人在我身边掉队。

我们的计划是让凯文和我尽可能地从爬坡一开始就消耗掉大部分的竞争者，让兰斯尽可能地保存体力。当比赛到达旺图山脚下的松树林时，我们开始加速，首先是我，然后是凯文。果不其然，这个比赛节奏大乱，很快就只剩下了十几个车手。约翰在车队无线电里大声喊着说这太好了，太棒了。但奇怪的是，我的感觉并不太好。我的腿很重，浑身都是汗水。我用力骑着，比我预想得还要早撞上那堵熟悉的老墙。我更加努力，但似乎无法超越它。我开始慢下来。我觉得有点奇怪，感到有点不对劲，也许我的输血没有达到预期的效果，也许我的身体没有做出正常的反应。

我花了几年的时间才弄清楚这个原因，但当时我还不知道我的身体对输血会有什么反应。当你有更多的红细胞时，你的身体将不会遵循相同的规则：你可以比你想象的更加努力。你的身体可能会像以前一样痛苦尖叫，但是如果你忽略这些，就可以继续骑下去。之后，我才学会如何在这个时候继续骑下去。

当我放慢速度时，潘塔尼又赶上来了。尽管大家会谈论他有时放纵的性格，但他背地里其实是个硬汉。潘塔尼不知用什么方法将自己拉回了领先集团，然后，不可思议的是，他开始进攻，骑到了前面。兰斯让潘塔尼在前面跑了几百码后开始反击。即使是现在，当我在视频上观看时，我也不敢相信兰斯的行进速度；他那快速缩短距离的方式，在旺图山上冲刺就好像是在训练车上冲刺城市界限标志一样。他赶上了潘塔尼，他们一起骑着穿过了白色岩石，兰斯一直和潘塔尼在一起，他向潘塔尼展示他有多强壮。潘塔尼只能紧紧抓着车把跟在后面。真是太精彩了。竞争对手何塞·希门尼斯说："他们骑得像被下了咒。"当他们到达山顶时，兰斯证明了自己是最强壮的，所以他放松了下来，让潘塔尼取得了赛段的胜利。

那一刻本该结束这场战争：兰斯被TKO（技术击倒）了。但并没有。潘塔尼对阿姆斯特朗送给他旺图赛段冠军（意大利人不想要任何慈善行为）感到愤怒，他决定让我们的生活变成地狱。在接下来的几天里，他不断地进攻，疯狂地，绝望地，浪漫地，为了他自己的自尊心，谁知道呢。这造成了一系列问题，因为凯文和我跟不上潘塔尼，而一小群西班牙骑手却能跟上潘塔尼，其中最著名的是两个身材矮小却不知疲倦的骑手罗伯托·埃拉斯和何塞巴·贝洛基。这让兰斯在比赛中太多时间是孤立的，在没有队友的支持下独自战斗。

最糟糕的情况发生在第16赛段，从库尔舍韦勒到莫尔济讷，潘塔尼在比赛一开始就独自骑行，我们认为这是自杀，很快他就会完蛋。但并没有。潘塔尼不断地前进，他并没有放慢脚步；事实上，他一直在加速。我们拼命地追赶，但我们赶不上他。只有一件事可做：兰斯让约翰给费拉里打电话。

谈话很简短——我可以想象费拉里拿着他的格子图纸，在计算着数据——得到的答案就是，速度太快了，潘塔尼会崩溃的。他不可能再这样下去了。费拉里是对的,一如既往地正确。在最后一次爬坡中,一段令人头疼的 12 公里爬升,在茹普拉内山口,潘塔尼终于扛不住了。

问题是兰斯也崩溃了。在爬坡刚一开始,只有兰斯一个人时,他开始减速。他试图隐藏这个状态,但很快就非常明显了:他的脸变白了,肩膀开始晃动。很快乌尔里希就骑了起来,超人般的双腿翻腾着,把兰斯甩在了他身后的尘土中。这时乌尔里希和兰斯两个人都骑到了极限。乌尔里希冲刺着,兰斯更僵硬、更疯狂地跟在后面,他的表情因疲惫和恐惧而凝固了。兰斯那天表现得很坚强。他只输了一分半钟,而他本会轻易损失掉 10 分钟。

在第 16 赛段之后,兰斯看上去很糟糕:脸色苍白,目光凌乱,眼睛浮肿,下面还有黑眼圈。在采访中,他称潘塔尼为"一个小挑事者",这是事实。问题是邮政队没有任何拦路石,没有足够强大的人能把潘塔尼拉下马。

对兰斯和我们来说幸运的是,潘塔尼耗尽了所有的体能,第二天就以生病为由放弃了比赛。兰斯恢复了,我们顺利地到达了巴黎,赢得了他的第二个环法赛冠军。我们再次在奥赛博物馆举行了庆祝活动,但在胜利的背后有一个令人担忧的事情。单枪匹马的潘塔尼差点使兰斯的胜利毁于一旦。幸运的是乌尔里希没有发挥他的 A 级实力,幸运的是潘塔尼最终完蛋了,幸运的是兰斯在茹普拉内山口只输了一点点时间。兰斯和约翰并不是那种靠运气的人。

就在那时,有传言说邮政队将和更多知名的选手签约。最突出的候选人是罗伯托·埃拉斯，这个身材酷似潘塔尼的西班牙人，在 2000 年环法赛中获得了第 5 名，并在那年秋天赢得了环西班牙赛的冠军。但不太可能是他，原因很明显：他与卡尔美车队的合同包含了 100 万美元的买断费（比凯文和我的总和还多），我们整个车队的预算是 1000 万美元。我们似乎没有足够的资金签下这么昂贵的车手，所以我对传言置之不理。我认为邮政队的阵容是稳固的，并且可以在未来几年保持一致。回想起来，我应该已经看到它的未来。

环法赛结束几周后，兰斯和我在尼斯附近一起训练，他开始谈起凯文。兰斯很不高兴，他说凯文向约翰提出了涨薪的要求：一份为期两年的合同，薪水大幅增加。兰斯摇了摇头。

"我不知道凯文以为自己是谁。"他说。

我记得当时有点困惑，心想这是凯文·利文斯顿，那个刚刚帮助兰斯连续赢得两届环法赛的家伙，他牺牲了自己在总积分榜上的排名来支持兰斯，当兰斯得了癌症时，他还去医院探望过他，他一直是兰斯最亲密的朋友。但对兰斯来说，这不是问题所在。凯文很好，但凯文的表现是可以替代的。因此，凯文是可以替代的。

"凯文认为他应该得到更多的报酬，"兰斯说，"好吧，他不会得逞的。"

几周后，我和兰斯一起骑车，他开始谈论弗兰基·安德鲁。显然弗兰基也要求加薪，兰斯对此很不高兴。

"弗兰基也认为他应该提高报酬。他也不会如意的。"*

这不是针对某个人的问题，而是数学问题。如果兰斯可以通过减轻头盔重量而缩短几秒钟的时间，他肯定会做到。如果兰斯利用私人飞机节省时间，他也肯定会做到。如果兰斯可以通过裁掉车队中的几个老伙计来节省薪水，他也会做到。

利文斯顿和安德鲁都没有得到2001年的合同。凯文最后去了德国电信车队，为扬·乌尔里希效力（在新闻媒体上，兰斯毫不客气，把他比作美国将军诺曼·施瓦茨科普夫将为中国工作），弗兰基则干脆退役了。我想他很伤心，他几乎整个职业生涯都和兰斯在一起骑车，而且他不想去另一个团队重新开始。他们用省下的薪水签下了西班牙组合埃拉斯和他的卡尔美车队队友鲁维埃拉，以及命运之神车队的哥伦比亚车手维克多·雨果·佩尼亚，这三人很快就被称为西班牙无敌舰队。就这样，坏消息都不见了。

巨魔们在那个秋天又出现了。一家法国电视台在2000年环法赛中跟踪了德尔莫拉尔和邮政车队按摩师杰夫·斯宾塞，并拍摄了他们扔掉注射器、血迹斑斑的纱布和一种名为"爱维治"（Actovegin）的药物的过程。法国人对此大做文章，警方对这起事件展开了正式的调查。

事实上，我们不仅在2000年，也在1999年使用了爱维治。这是

---

* 贝齐·安德鲁说，阿姆斯特朗告诉弗兰基，这是托马斯·韦塞尔的决定。"兰斯说：'不是我，我希望车队里有你，是托马斯削减了预算。'尽管这没有任何意义——我的意思是，我们刚刚赢得两次环法赛，怎么可能削减预算——弗兰基相信了兰斯，那是个错误。"

德尔莫拉尔在少数几个大型巡回赛之前给部分队员注射的一种药物，目的是增加氧气的输送，而这在兴奋剂检测中是检测不到的。但兰斯和邮政队以越来越娴熟的技巧处理了这一丑闻。首先，他们一上来就解释说出于某种合理的医学原因，车队一直在使用这种物质（他们说，首席技师朱利安·德夫里塞患有糖尿病，它也被用于治疗由道路皮疹引起的皮肤擦伤）。然后，他们将故事描述为就好像他们是某些不公平的小报新闻笔下的受害者。此外，兰斯在媒体上称这种药物为"激活物"，似乎他完全不知道该怎么称呼一样，也获得了加分。调查无果而终，最终被撤销。但它还是产生了一个重大影响，那就是让兰斯离开法国。10 月，他打电话给我，说他受够了该死的法国人。他正在卖掉尼斯的房子，现在就要离开。我也应该这样做。但我们应该搬到哪里去？

离开法国我并不乐意，我和哈文喜欢住在维勒弗朗什，社区的人很友好。但兰斯是老大。凯文和弗兰基已经不在队里了。

生活还在继续。

我告诉兰斯关于赫罗纳的信息，那是我来法国之前住过的西班牙古城。我告诉他那里的餐厅很酷，附近有不错的训练场地，还有 6 名美国车手住在那里，包括我们的几个队友。另外，我们都知道西班牙人对兴奋剂的要求没有那么严格，没有警察来搜查酒店房间，没有记者去翻垃圾箱。这个决定只花了 5 分钟。我们就去了赫罗纳。

第 8 章　邻里生活

在我的职业生涯中,记者们经常用"军备竞赛"一词来形容药检人员和运动员之间的关系,但这并不完全正确,因为这意味着药检人员有获胜的机会。对我们来说,这根本不是一场比赛。这更像是一场在森林里玩的大型捉迷藏游戏,在森林里有很多绝佳的藏身之处,还有很多有利于藏身者的规则。

下面就是我们打败检测人员的方式:

- 小贴士 1:戴上手表。
- 小贴士 2:随身携带手机。
- 小贴士 3:了解你的反应时间,即服用该药物后多长时间检测呈阳性。

你会注意到,这些事情都不是特别难做的。那是因为这些检测很容易蒙混过关。事实上,这不是药检,更像是纪律测试、智商测试。如果你小心谨慎,就有 99% 的把握不被抓住。

在我职业生涯的早期(从 1997 年到 2000 年),药检人员很容易应付,因为基本没有药检人员。你只在比赛中接受药检,而且只有当你刚好赢得一个赛段的胜利,或者运气不好,你的名字不幸出现在随机测试的几个人的名单中的时候。所以你要做的就是遵循队医的指示,确保你在比赛前一定的天数内停止使用兴奋剂。请记住,直到2000年才有EPO测试,只有50%的红细胞比容限制需要担心,关于这点可以通过离心机和经验操作来把握。红蛋发挥效力的时间是3天,所以基本上我只需要担心这些。

在2000年左右,赛外测试人员慢慢开始出现。我自愿参加了USADA的首次检测项目,因为我想参加奥运会,而且我认为拒绝参加志愿者活动可能会引起怀疑。检测每季度进行一次,以确立基准值,只有极少数的赛外检测。尽管如此,我们还是不得不进行调整。有一次,在2000年赛季之前,我让兰斯给我加急当晚从奥斯汀把EPO寄到马布尔黑德,这样我的红细胞比容在那个季度的检测值将更加一致。(我认为红细胞比容从39跃升到49可能会引起注意。)

USADA称它们为"突袭"药检,但它们通常并不那么突然。在赫罗纳,我们有一个内在的优势,因为检测机构会派一个人去测试赫罗纳的所有自行车手。不管是谁先被检测,他会立即打电话告诉他的朋友们(请参阅小贴士2);消息会很快传开。所以如果你碰巧正在药物发挥效力期间,你可以采取回避措施。

逃避赛外检测是相当容易的。检测机构使用的是所谓的"行踪程序":你应该随时告诉他们你的位置,如果你没这样做,则会受到惩罚(受到禁赛的惩罚)。如果在18个月内发生了3次禁赛,就会导致制裁。这只是理论上,这一规则从未在法庭上得到验证。其中一个诀窍是在行踪表上含糊其词(我曾经写过"公路,马萨诸塞州东部,新罕布什尔州南部,距马布尔黑德半径 100 英里")。另一个诀窍是在最后一刻改变你的计划,这样他们就无法确定你在哪里。最后一个窍门是,当检测人员出现时,你认为自己可能正在药物发挥效力期间,你就不要开门。

噩梦般的场景是检测人员在错误的时间偷偷地接近你。有个故事:一名测试人员藏在停车场里,让车手大吃一惊,这个车手被当场堵住。我听说一名环法赛选手在他家门口附近安装了一组镜子,这样他就可以偷偷观察谁来了。这听起来像是妄想症,但从我们的角度来看,这是一种实用的做法。我考虑过在赫罗纳的公寓里增加一扇后门,这样我就可以更加隐蔽地进出,并尽量减少我在前门外面的时间,因为那里可能会有一个检测人员出乎意料地拦住我。每当我从训练场回来,我总是从山坡的那一边过来,戴着墨镜沿着街道疾驰而过。我将家门钥匙放在右手里,这样用起来更快。我把赫罗纳的公寓当作蝙蝠洞一样:一旦进了房间,把门锁好,我就安全了。

与女友或妻子住在一起的车手有一个很大的优势:有一个现场侦察员,她可以转移检测人员的注意力或者掩护车手的行踪。我和哈文发明了一个暗号。如果门铃突然响起,她会盯着我,问:"你还好吗?"我的回答几乎都是:可以,我很好。

2000 年底,我和哈文在马布尔黑德买了房后不久,门铃就响了。哈文查探了一下,这次我摇了摇头,我不是很好。事实上,我体内药力正盛,最近服用了一些睾酮(我的私人医生说我的睾酮很低,这是处方药,但我可能药检呈阳性)。

"汉密尔顿先生吗?我是 USADA 派来进行兴奋剂检测的。"

哈文和我彼此对视了很久。然后,我们行动默契,一起平躺在我们家新厨房的瓷砖地板上。

"你好?有人在吗?"

我们爬过地板,进入客厅的安全地带,听着敲门声。我们使他们推迟了一天。我伪造了行踪记录,喝了一吨水,排了很多尿。最后,当我确定身体没有药物作用时,才参加了药检。

另一种隐藏的方法是使用治疗用药豁免,这主要用于可的松。UCI 允许骑手按照医生的处方使用某些物质。所以队医会伪造一些身体问题,例如膝盖不好、马鞍疮等,并写上一张处方以允许你使用可的松或类似物质。唯一的诀窍就是记住医生给你开的虚假病历——是你的右膝受伤还是左膝受伤?之前比赛中,我有时会检查文件来确保我该知道的信息,如果药检人员碰巧问你,你知道该抱怨哪个膝盖。

不过,最好的隐藏方法是将药物在体内有效的时间减少到最小。因为最佳的、最自由的药检规则是这样的:检测人员只能在早上 7 点至晚上 10 点之间拜访你。* 这意味着你可以使用任何你喜欢的药物,只要它在 9 个小时或更短的时间内从你的身体里代谢掉。这就让

---

* 根据世界反兴奋剂机构(WADA)的规定,要求运动员每天 24 小时随时接受检查。但实际上,检测人员似乎遵从了早上 7 点至晚上 10 点的时间段。事实上法国法律规定,任何国家或国际检测机构都必须将检测安排在上午 6 点到晚上 9 点之间;西班牙在 2009 年通过了一项类似的法律。其理由是:(1)保护运动员的健康隐私;(2)错误地认为,运动员睡前体内的任何药物在早晨仍然可以检测到。奥地利自行车手伯恩哈德·科尔(Bernhard Kohl)在 2008 年环法自行车赛中获得第 3 名,后来因血液增强剂而被停赛,并被取消了比赛成绩。他对《纽约时报》说:"我的职业生涯中接受了 200 次测试,其中 100 次是体内有兴奋剂的。我被抓到了,但其他 99 次没有。运动员们认为他们可以逃脱兴奋剂检测,因为大多数时候他们都是这样做的。"

晚上10点1分这个时间在自行车选手的世界里变得尤其繁忙。如果你在西班牙，那么你会很幸运，因为按照西班牙人的夜间习俗（晚餐通常从晚上10点半开始），检测人员几乎从不会在早上7点出现。更可能的时间是中午或更晚。（有一名测试员是一个体贴的老先生，住在离我们一个小时车程的巴塞罗那，他经常在前一天晚上打电话给我们，确认我们是否在城里，这样他不会白跑一趟。）但是，减少药效时间的最佳方法是找一个聪明的医生，他可以找到新的药物，让药效更快地消失，但仍对身体有预期的效果。谈到医生，我们拥有最聪明的人：费拉里。

EPO检测很好地说明了费拉里给我们带来了多大的优势。药检机构花了数年时间和数百万美元才开发出一种检测尿液和血液中EPO的方法。费拉里花了大约5分钟的时间就搞清楚如何逃避它。他的解决方案简单得令人难以置信：我们不用皮下注射EPO（这会导致EPO长时间释放），我们将小剂量的EPO直接注射到静脉中，直接进入血液，它仍然可以提高我们的红细胞计数，又能足够快地离开我们的身体以逃避检测。我们的方案改变了，不是每隔三四晚注射2000个单位的EPO，而是改成每晚注射400或500个单位。这样可以使释放时间最小化；问题解决了。我们称其为"微量给药"。*

当然，让"埃德加"进入静脉的诀窍是必须让它进入你的静脉之

---

* 这很好地证明了检测人员和运动员之间的信息差距。协助开发EPO和输血检测的血液学家迈克尔·阿申登医生直到2010年听弗洛伊德·兰迪斯解释，才知道直接静脉注射微量给药来躲避药检的策略。

内。如果错过了静脉，把它注射到周围的组织中，那么"埃德加"在你体内停留的时间更长，你可能会检测出阳性。因此，微量给药需要稳定的手感和良好的感觉，以及大量的练习。你必须感觉到针尖刺穿静脉壁，然后拔回时会吸出一点点血，这样你就知道注射位置是对的。在这方面，和其他很多东西一样，兰斯是很幸运的：他的静脉粗得像水管一样。而我的血管很细，这真是令人头痛。如果你错过了静脉，你会看到 EPO 在皮肤下形成一个小气泡。我一开始发生了几次这种情况。幸运的是，我及时停止了，而且幸运的是第二天不用接受检测，否则毫厘之间就可以结束我的职业生涯。有时候，当骑手意外地检测出阳性时，我怀疑是否就是这个原因。

当然，EPO 并不是唯一可以微量给药的东西，睾酮也可以这样使用。在 2001 年左右，我们摆脱了红蛋的困扰，开始使用睾酮贴片，这种贴片更方便。它就像一片大号创可贴，中央有一个透明凝胶。贴上几个小时，就能提升睾酮含量，到了早上你就会像新生儿一样干净。

尽管如此，我们还是要小心。我住在赫罗纳时发生了一个最接近危险边缘的事件。我们家来了几个客人，一个高中的老同学和他的妻子。也许是因为我分心了，所以把睾酮贴片贴得太久了，贴了 6 个小时而不是 2 个小时。当我发现肚子上的贴片起皱，意识到这一点时，我有一种不祥的感觉。现在的我药力正盛，大概有一天的时间都会是这样。

第二天一早我去兜风了，碰巧的是，这时检测人员来了。哈文给我打了电话，所以我没有回家，而是骑车去了一家酒店过夜，虽然这让我们的客人有些尴尬,但最终成了正确的选择。禁赛没什么大不了的,如果被发现检测结果呈阳性,那将是一场灾难:我会失去工作、赞助商、车队和良好的声誉。我会危及邮政车队和我朋友们的工作。因为法国所进行的调查,2001年邮政车队合同中包含一项条款,该条款允许邮政车队终止任何违反反兴奋剂规定的车手的合同。像兰斯和其他人一样,我过着这样的生活:虽然只是一次失误,一个有效力的药物分子,带来的却是毁灭和耻辱。*

与检测人员的糊涂相比,兰斯的感觉被调动了起来,尤其是在兴奋剂问题上。他关注着每个人,他寻找选手们水平的突然提升,他注意到谁在和哪个医生一起工作。他想找出谁服用兴奋剂更多,更有进取心,雄心勃勃,富有创新精神,简而言之,就是需要关注的是谁。

在2001年环法赛之前,兰斯的雷达处于超负荷状态。他知道乌尔里希正在南非接受训练,而一种叫作"血纯"(Hemopure)的血液替代制品也刚巧在那里获得批准,这难道是一个巧合吗?他知道很多有前途的西班牙车手都在和马德里一个名叫尤费米亚诺·富恩特斯的

---

* 可能还有更简单的方法来避开检测人员。据前卡尔美车队的骑手杰斯·曼扎诺(Jesús Manzano)所说,邮政车队的队医路易斯·德尔莫拉尔收到了来自沃尔特·维鲁(Walter Viru,前卡尔美车队的队医)关于检测人员到访的预警,这名医生在经UCI认可的西班牙血液学实验室里负责检测。2007年曼扎诺在接受法国《队报》采访时披露:"西班牙的自行车世界已经完全腐败。"2009年11月,维鲁被西班牙警方逮捕,并被指控经营兴奋剂网络。

医生合作。他知道潘塔尼跌入了深渊，吸食可卡因和其他娱乐性毒品。最重要的是，他知道新的 EPO 检测方法将在春季推出，而新的无法被检测出来的 EPO 正在开发中。整个游戏一直在不断变化。

为了保持领先地位，兰斯会利用比赛来收集信息、挖掘八卦、获取一些内幕消息。兰斯会跟某些人（通常是意大利人或西班牙人，他们以健谈著称）一起骑车，用那种直截了当、不可抗拒的兰斯方式问他们：最近怎么样，有什么新鲜事吗？谁骑得飞快？乌尔里希看起来怎么样？潘塔尼爬坡状态怎么样？他们在和哪个医生合作？车手们都渴望获得兰斯的支持。他们知道他有能力帮助或打压他们。

兰斯也有关于我的消息。有一天，当我们在尼斯的山上骑行时，他提到因为新签下的埃拉斯和无敌舰队那昂贵的合同，邮政队的预算捉襟见肘。然后他提到了一件他不应该知道的事情：我作为环法赛冠军队的一员，刚刚获得了 10 万美元的合同奖金。

我很不安。我与邮政队的个人合同并不关任何人的事，尤其是不关兰斯的事。然后我更紧张了，因为兰斯问我是否愿意放弃其中 2.5 万美元奖金，交给车队，以缓解预算压力。他把这当成一个很酷的、很有创意的想法，并暗示说，如果我有团队精神，那么我应该会同意的。

回想起来，他的想法在很多层面上都是错误的。这侵犯了我的隐私，更不用说常识了：兰斯可以轻易支付得起我应得的钱；他 1 个小时的演讲收入是这个数字的 4 倍。但当时，我别无选择，只能说："好的，老板，我会上交的。"我看过凯文和弗兰基的遭遇。我知道和兰斯对抗是不可能赢的。

在2001年初，我们A队的几个人在非洲加那利群岛的特内里费岛参加了赛季初的训练营。这是兰斯的秘密特工式交易之一，一部电话，一架私人飞机，甚至对团队的其他成员都保密，只有兰斯、我、新来的3个西班牙人、约翰、费拉里和几个后勤人员参加。

　　特内里费岛是一个很好的地方，这些岛屿都是布满灰尘的红色岩石，这里拍摄过《地心游记》等电影。我们住在火山顶上的一家空旷的大旅馆里。我和罗伯托·埃拉斯住在一起，近两个星期我们除了骑车、睡觉和吃饭，什么都没做。费拉里带了他的女儿，一个瘦弱的黑发小姑娘，看上去像迷你版的米凯莱。我记得我坐在餐桌旁，两个费拉里在盯着我们，看着我们吃的每样东西。

　　兰斯也在看着。他倾向于把我们当成他身体的延伸，尤其是在吃饭的时候。队员们还讲了几年前在比利时训练营的时候，兰斯放纵自己吃了一块巧克力蛋糕的故事。那蛋糕一定很好吃，因为兰斯又吃了一块。不可思议的是他吃了第三块。其他的邮政队员看着他吃东西感到很沮丧，因为他们知道会发生什么。训练的第二天本来应该很轻松，但是蛋糕改变了一切。取而代之的是，兰斯让队员们进行了一场残酷的5小时骑行，只为消耗掉他吃下的蛋糕。当他犯错时，整个团队都得付出代价。

　　无敌舰队的成员原来都是好人：切丘·鲁维埃拉是个真正的绅士，以前学过法律；维克多·雨果·佩尼亚是个体格魁梧的哥伦比亚人，左肩上有鲨鱼文身，并且具有极高的职业道德；罗伯托·埃拉斯是一个安静又有点孩子气的家伙，说话几乎不超过3个字。在特内里费岛上的一个晚上,罗伯托终于说了一句完整的话。

他问道:"一个自行车手怎么在咖啡里加糖?"

我们摇了摇头。罗伯托拿起糖包,用手指轻轻弹了弹,就像在弹注射器一样。所有人都大笑了起来。

我们每天骑车 5—7 个小时,穿过这片红色的岩石。

每天晚上,我们回到空旷的酒店(这是旅游淡季),感觉就像在《闪灵》里一样。我们在空荡荡的餐厅里吃饭。我们在空无一人的走廊里闲逛。罗伯托会说:"我真去他的无聊死了。"但由于他的英语不是很好,他会说:"我是真去他的无聊。"这成为我们此行的座右铭。我是真去他的无聊。

但也不全是无聊的。米凯莱每隔两天(通常在晚上)就给我们注射微量的 EPO。这意味着我们必须保持警惕,以防检测人员随时出现(考虑到距离和费用,我们知道这不太可能,但仍然要如此)。一天下午,兰斯在酒店大堂发现了一个陌生的男人。那家伙看上去不像游客。他在提问题,又四处张望。兰斯飞快地冲向酒店的后门。原来那人是特内里费岛一家报社的记者,他听说我们住在那里,只是希望我们能接受采访。

我们从特内里费岛回来时虽然精疲力尽,但已经为这个赛季做好了准备。我的春季比赛进展得很顺利。接着在 4 月,我遭受了一次小磨难:我在列日—巴斯托涅—列日赛里摔车,造成肘部骨折。我希望这个意外可以更戏剧化一点,但这只是一次典型的愚蠢的摔车:我前面的人摔倒了,我躲避不及,撞上了他。上一秒钟,我以为正步入美好的春天。下一秒钟,我绑着石膏。我决定回到马布尔黑德休养几个星期。我的计划是5月中旬回来参加环法赛训练营,并希望能参加本赛季重大的比赛——环瑞士赛。对这次瑞士之行我很兴奋,因为约翰告诉我,我将成为这次比赛的主将,这是一个巨大的机遇,也是一个重大的责任。我在行李箱里带了几小瓶"埃德加"。在马布尔黑德,我训练得就像在兰斯身边一样。我吃东西时就好像费拉里在看着我。我用了大量的"埃德加"(我没有离心机,所以只能凭感觉操作)。我看了父母和兄弟姐妹,但并没有我希望得那么频繁。我专心训练。我像激光束一样瞄准了环瑞士赛,这次的受伤不能使我退缩半步。

5月回到欧洲时,我的身体状况很好。事实上,状态非常好。我直接去了费拉里医生的家中。他做了一些常规的评估,体脂率、红细胞比容、体重,他笑了。然后我们在蒙祖诺进行了体能测试,这是费拉里最喜欢的路线之一:穿过农场和橄榄树林,一处4公里长的山坡,坡度9%,爬升海拔1250英尺。许多优秀的车手在那里进行过测试。事实上,兰斯保持着蒙祖诺的纪录。至少直到那天。当我到达山顶时,费拉里笑得很开心,那好像是我从未见过的笑容。我打破了兰斯的纪录。事实上,把兰斯纪录远远超过了。

这种感觉真好。

当费拉里在计算我的数据时,这种感觉更加强烈。我测试的每公斤瓦特数为6.8,比我以前的得分都要高,比费拉里的环法冠军神奇数字6.7还要高。我并不是说这意味着我能赢得环法赛(这只是一个很短的测试),但这是一个好兆头。我当时的状态是我一生中最好的状态。

在蒙祖诺进行的测试,就像在马东山口进行的测试,在我们这个小小的世界中意义重大,相当于比赛成绩,甚至可能更重要。有些人喜欢吹嘘他们的爬坡测试成绩,但我只告诉了哈文,没有告诉其他人。不幸的是,费拉里没有那么谨慎。几天后当我在团队训练营与兰斯打招呼时,他给了我一个奇怪的表情。

"蒙祖诺,是吗?我想你现在是个高手了,泰勒。"

第二天早上,情况变得更糟了。我们抽了血,用离心机测试红细胞比容。我的回到了49.7。通常,这个数字是保密的,只有车手和医生知道,但这次不是。

"哟,这不是去他的49.7先生吗?"兰斯说,"我想你今天一整天都会非常累。"

这意味着我会骑在队伍的最前面,最艰难的地方,精疲力尽才能把我的红细胞比容压下去。

那天晚上,约翰居高临下地给我做了一个简短的训诫,告诉我要谨慎。我不应该那么接近50。这成了训练营的主题。兰斯的妻子克里斯汀甚至在路过的时候说:"我听说你的数据很高啊,泰勒。"

我被吓蒙了。我知道我是按规矩来的。是的,我的红细胞比容有点高,但并不比兰斯的高。现在,我被约翰教训了,还有克里斯汀?我的蒙祖诺测试不是偶然的,而是进步、努力和专业的结果,这是我应得的。我并不会鲁莽行事,如果检测人员出现,我不会被检测出阳性。我不是一个信口开河的人。但我内心深处知道,这与红细胞比容或测试记录无关。这是因为兰斯感到了威胁。

我打破了兰斯在蒙祖诺的纪录——"这不正常"。

他肯定会这么说,但他忽略了一个最重要的事实:兰斯在环法赛上的表现从来都不正常。就像他在1999年塞斯特里埃所做的那样,只是不了解内情的人们甚至没有意识到这一点是不正常的。在2000年环法赛中,在旺图击败潘塔尼也是不正常的。在我们的世界里,没有什么是正常的。但是在兰斯看来,"正常"意味着他自己赢了。

我曾经听托尼·罗明格谈及EPO时代竞技的不同。他是一个顶尖职业选手,也是费拉里的客户之一。罗明格说,问题在于"现在每个人都认为自己是冠军"。

我认为这句话是非常正确的,兰斯就是证据之一。因为他的性格,也因为他从癌症中复出,兰斯坚信如果他努力训练,他就有资格赢得每一场比赛。不管有没有"埃德加",兰斯都是一名极出色的自行车选手。但在这一点上他做错了,因为体育运动不应该是这样的。我们之所以喜欢它们——我之所以参与这项运动——是因为它们是不可预测的,既有偶然性,也取决于人。对我来说,这就是兰斯的问题:他不能放弃自己注定要成为冠军的想法,也不能放弃让他如此精确地控制自己表现的力量。这是最古老的悖论:兰斯几乎可以承受任何东西,但是他无法承受失败的可能性。在我看来这是不正常的。*

如果兰斯是案例 A,那我可能就是案例 B。我看到了我的数据,看到了费拉里的眼神。我想起佩德罗几年对我说过的话。虽然和其他人一样,我站在一个不太坚实的基础上,但我开始悄悄地相信:也许我注定要成为一名冠军。

通常情况下,由于时间安排,我们会跳过环瑞士赛。它一般被安排在环法赛开始前两周,这是个问题,因为这限制了我们在环法赛之前使用"埃德加"。但是,2001 年环瑞士赛有一个独特的地方:一场上坡计时赛,与即将到来的环法赛关键赛段非常相似。所以兰斯和约翰决定我们参加比赛;在赛季初,约翰告诉我,我将成为车队主将。

因此,我以平常的方式进行准备,刻苦训练并利用"埃德加"来确保自己的良好状态。比赛前几天,我完全停止使用"埃德加"。尽管有

---

* 阿姆斯特朗有了一个严肃起来的新理由。在 2001 年春天,顺风体育公司(由阿姆斯特朗和邮政车队共同经营的管理公司)与 SCA Promotions 公司进行了接洽,SCA 是一家为体育和赛事推广提供保险的公司,例如价值百万美元的半场投篮比赛。接洽内容是让 SCA 确保顺风公司的奖金。如果阿姆斯特朗在 2001—2004 年环法赛中获胜,他将得到奖金。因为阿姆斯特朗连续 6 次赢得环法赛、创下纪录的概率很小,所以这种安排类似于一场赌博。顺风公司向 SCA 支付了 42 万美元;作为交换,SCA 及其合作伙伴同意为阿姆斯特朗在 2001—2004 年环法赛中不断升级的奖金计划提供资金。根据合同,如果阿姆斯特朗连续 2 次赢得环法赛,他将获得 300 万美元的奖金;如果他赢得 3 场环法赛,他将获得 600 万美元;如果他赢得全部 4 场比赛,将获得 1000 万美元的奖金,总潜在收益为 1900 万美元。

费拉里的保证,但我还是不想冒这个险。我不打算冒险在比赛中携带EPO,特别是当局正在使用新的 EPO 检测方法。

然而,我不知道的是,兰斯并不打算以任何低于他最佳状态的方式来参加环瑞士赛。原来兰斯和费拉里已经制订了他们自己的计划。费拉里建议兰斯睡在一个高海拔帐篷里,并使用微量的"埃德加"静脉注射,每晚 800 个单位。这将使他的红细胞比容保持在较高水平,同时也击败了新的 EPO 检测方法,该检测的工作原理是比较天然和合成 EPO 的比例。高海拔帐篷会产生更多的天然 EPO,有助于平衡可能代谢不完的合成 EPO。这是费拉里的经典行动:简单,优雅,除了兰斯,不会提供给车队里的任何人。

在序幕赛中,兰斯和我非常接近,他比我快了 5 秒钟。但是随着比赛的进行,兰斯一直保持着良好的状态,而我渐渐地衰落下来。当我们进入第 8 赛段的上坡计时赛时,兰斯已经稳居第 3 位;我当时排在第 22 位,落后了 6 分钟,再也不能够带领团队了。兰斯打破了计时赛的纪录。我以落后 1 分 25 秒的成绩获得了第 3 名。我很失望。虽然对于兰斯来说这是一个伟大的成果——他与费拉里的计划进行得很完美。

这种完美,直到兰斯检测结果呈阳性。

是的,兰斯·阿姆斯特朗在环瑞士赛上被检测出 EPO 阳性。我之所以知道,是因为他告诉了我。第二天早上,也就是第 9 赛段的早晨,我们站在巴士旁边。兰斯的脸上露出奇怪的笑容。他咯咯地笑着,好像有人给他讲了一个好笑的笑话。

第 8 章 邻里生活

"你不会相信的,"他说,"我被检测出 EPO 阳性了。"

花了一秒钟我才反应过来,心瞬间跌落到了谷底。如果这是真的,兰斯就完了。车队完了。我也完了。他又那样笑了起来。

"别担心,老兄。我们要和他们见个面。一切都安排好了。"

这很奇怪。兰斯并不尴尬,也不害怕或者担心,就好像他只是想让我知道他对这件事是多么无动于衷,多么有控制力。我脑海中跳出各种疑问:到底发生了什么事?有新的 EPO 检测吗?他要去见谁?但从他的表情来看,我不能问这些问题。在我们简短的交谈后,兰斯再也没有和我提到这个话题。*

在那之后的某一天,我记得兰斯打电话给海因·维尔布鲁根。我不记得他们谈了些什么,但是让我印象深刻的是谈话中那种随意的语气。兰斯当时正在与 UCI 主席交谈,这项运动的领袖。但感觉他也可能是在与一个商业伙伴、一个朋友聊天。

---

* 根据 2011 年 5 月播出的《60 分钟》的调查结果,洛桑实验室称阿姆斯特朗的原始样本"可疑"且"与 EPO 使用情况一致"。根据 FBI 内部消息人士透露,当时有一名 UCI 官员介入了此事,要求此事"不要再进一步了",并安排阿姆斯特朗和布鲁内尔举行一次私人会谈,与实验室主任马歇尔·索吉(Martial Saugy)医生一起。阿姆斯特朗后来向 UCI 的反兴奋剂基金捐赠了两笔总额为 12.5 万美元的资金。据了解,这笔钱将用于索吉的洛桑实验室,以购买一台新的血液检测仪器。

在《60 分钟》的报道播出后,UCI 发表声明"断然拒绝"这一报道,并声称从未更改或隐藏过阳性检测结果。"我们从来没有掩盖过真相,"UCI 前主席海因·维尔布鲁根说,"在环瑞士赛中没有,在环法赛中也没有。"

在 2001 年环瑞士赛结束后，我显然已经不再是兰斯核心圈子里的人了。我怀疑这是兰斯对我的蒙祖诺测试成绩的愤怒反应。但现在它变成了现实。兰斯变得比平时更加疏远了。我们一起骑车训练的次数越来越少。我没有像 2000 年那样被要求在环法自行车赛前进行输血。现在，切丘和罗伯托将带领兰斯爬坡。如果有任何疑问，兰斯和约翰在环法赛之前就让我明白了，那时他们打电话质问我，问我对《速度新闻》记者说了些什么。

事情发生在我们准备乘坐兰斯的私人飞机去比赛的那个早上。当我接到约翰的电话时，我正在家里收拾行李。他的声音很低沉，忧心忡忡的。他说他和兰斯刚刚读了我在《速度新闻》环法赛前瞻报道中的采访。现在我们有麻烦了，一个大麻烦。

"你的言论有问题，泰勒，"约翰说，"你说话要小心。"

"什么？"

"你得向兰斯道歉。他读过这篇报道了，他很不高兴。"

我被搞糊涂了。在这篇报道中，我没有说任何特别有争议的话题。事实上，以下是引述：

"与其在阿尔普迪埃坐等损失很多时间，而我还不如这样做——我会做好我的工作（为阿姆斯特朗带节奏）——重要的是，尽量不要损失太多时间。然后在比利牛斯山脉，如果有人进攻我就跟着突围，那就会减轻我们车队的压力。也许德国电信车队必须追击,但他们必须在前面安排四五个人才能带回突围集团,因为我在那里。"

这是标准的自行车比赛策略:有两个威胁对兰斯来说更好,正如文章所指出的,这是在1986年环法赛中使用的策略。我之所以这样说,是因为我知道兰斯会理解我是忠诚的队友、副将和朋友,而且我永远不会把自己当成他的对手,当作邮政车队主将。

不幸的是,从约翰的语气来看,我做错了。

"你必须马上打电话给兰斯,"他说,"道个歉,这样会好一点。"

我打电话给兰斯,向他道歉。我说我被误解了,我从来没有自己的野心,我会给他百分之百的支持,全心全意,毫无疑问。兰斯听了,似乎满意了,尽管有点勉强。

在媒体上,2001年的比赛以"凝视"而闻名,当时兰斯在阿尔普迪埃山脚下盯着扬·乌尔里希,然后赢得比赛并获得了他的第3个环法大赛冠军。但是对我来说,"凝视"在整场比赛中都在发生,直接指向我,盯着我,寻找我会背叛他的迹象。

真是个玩笑。在环法赛中我对兰斯没有任何威胁。我当时骑着"帕尼亚瓜"。我没有藏着秘密的血袋,没有"摩托人"运送"埃德加",没有B计划来保持我的红细胞比容,没有机会。但是兰斯认为我可能会有。这就是为什么他对《速度新闻》的报道如此生气。这又是一条老规矩了:不管你做了什么,那些混蛋做得更多。现在我正式成为另外的混蛋。

兰斯喜欢交朋友,而且都遵循同样的模式。他接近某个人,然后

"咔嚓"发生了麻烦,发生了冲突,友谊结束了。凯文跟弗兰基、沃特斯和范德·维尔德,以及其他所有人都是这样。发生在我身上并不奇怪,它是不可避免的。

我记得有一次兰斯向新来的邮政队友谈到环法赛的骑行,他说:"请记住,那些人是冷血杀手。"

"冷血杀手"。兰斯就是这样看待这个世界的。他认为他周围的每个人都是百分百的冷酷无情。而且他的思维方式很有效,带来了好的结果。兰斯没有因把凯文和弗兰基从邮政车队裁掉而感到痛苦或犹豫,就像做一件事一样。他也没有因为把我拒之门外而感到内疚,一秒钟都没有。不管怎么做,只要他能赢就行。

我不是他唯一的问题。在环法赛开始的那天,伦敦《星期日泰晤士报》的戴维·沃尔什写了一篇报道,讲述了阿姆斯特朗与费拉里有关联。沃尔什已经做了很充分的调查:他有酒店账单,访问日期,引用匿名的前摩托罗拉队友的转述,谈到了兰斯在 1995 年车队决定使用兴奋剂中所起的作用。此外,费拉里即将在意大利接受兴奋剂指控的审判。

兰斯处得很好。首先,他通过接受一家意大利报纸的采访,极力淡化沃尔什报道的关于费拉里的爆炸性消息。在采访中,他提到自己一直在与费拉里合作,帮助他打破在室内 60 分钟骑行里程的纪录。(当我和其他邮政队员一起读到这篇文章时,我们忍不住大笑起来。据我所知,兰斯从未向我们提起过计时纪录,甚至从未在室内骑过赛车。)克里斯·卡迈克尔向全世界保证,只有他才是兰斯真正的教练,其他车手也发表了声明表示支持。整个事情没有瑕疵。*

剩下的比赛进行得很顺利。争议逐渐平息,兰斯控制了乌尔里希,后者是他唯一真正的威胁。兰斯在阿尔普迪埃以 38 分 1 秒的成绩赢得了比赛,比格雷格·莱蒙德和伯纳德·伊诺在 1986 年的速度快了整整 10 分钟。兰斯在尚鲁斯以类似的方式赢得了上坡计时赛。埃拉斯和鲁维埃拉出色地完成了他们的任务,车队的其他车手也骑得很好,只有一个明显的例外:我。我骑着"帕尼亚瓜",从环法赛的有力竞争者变成了一个无关痛痒的人。我在序幕赛中排在第 45 位。在第一个山地赛段,我落后兰斯 40 分钟。最终我以第 94 名的成绩结束比赛,落后了兰斯两个半小时,这是我迄今为止最糟糕的成绩。我本应该是下一届冠军;现在我几乎没法做到。媒体报道说我"生病了",我有胃部病毒。我只能陪着一起玩。还有什么可做的呢?

尽管任何有眼睛的人都可以看出我无力表演,但这对兰斯和约翰来说并不重要。在比赛开始的时候,我必须参与突围,也就是说,处于比赛的领先位置,加入早期的突围集团,以确保兰斯有一个队友在前方。在环法自行车赛中,要想骑在前面并不是一件轻松的事,因为每

---

* 唯一的例外是 3 届环法自行车赛冠军格雷格·莱蒙德。他说:"当兰斯赢得 1999 年环法赛序幕赛时,我差点哭了,但是当我听到他和米凯莱·费拉里合作时,我很痛心。鉴于兰斯和费拉里的关系,我不想对今年的环法赛发表评论。这不是吃不到葡萄说葡萄酸。我对兰斯感到很失望,仅此而已。"

不久之后,莱蒙德接到了兰斯的电话。莱蒙德说阿姆斯特朗是带着威胁和挑衅,指出莱蒙德可能会失去与崔克公司的一系列自行车合作,而崔克是邮政车队的赞助商。几周后,莱蒙德言语笨拙地发布撤回自己所说的话的消息。"他们用枪指着我的头,"莱蒙德后来告诉英国记者杰里米·惠特尔,"我受到来自阿姆斯特朗团队巨大的压力,我的整个事业都岌岌可危。"

个人都在拼命骑，你必须奋力超越其他188名想要拿冠军的选手。那是在赛段初期，我们快要疯了，约翰在车队无线电里大喊，让我骑到前面去，到前面去，我只有全力以赴，但在我精疲力尽的状态下，我无法更进一步。然后我感到有一只手抓住了我衣服的领子，用力把我拉了回来。兰斯的声音在我耳边呼喊。

"泰勒，你在干什么？"

在其他车手的注视下，兰斯将我向前推。

"赶紧跟上！"

在那个赛段之后，约翰让我向全队道歉，因为我的糟糕表现。我只能照做。我咽下了所有的骄傲，这时我已经决定离开，我说我很抱歉让大家失望了，兰斯赞许地看着我。

那天晚上，我告诉哈文，无论怎样我都不会和邮政队续约了。就算他们给我1000万美元，我也会说不，谢谢。我告诉我的经纪人开始找新东家。问题是：去哪里？有好几个车队总监都对我有兴趣，他们看到了我作为车队主将的潜力，甚至可能是环法赛冠军。

但是我越想越觉得答案只有一个。只有一个人曾经是顶尖车手，能组建一支比邮政队更强大的队伍，知道如何帮助我成为那种能与兰斯抗衡并取得胜利的领袖，那个绰号"老鹰"的铁腕人物。

比亚内·里斯。

第9章 新的开始

我感觉自己就像在电影布景里,一张鲜活的明信片。我坐在躺椅上,眺望着托斯卡纳的群山。橄榄树,金色的光芒,充满米开朗琪罗风格的建筑。那是2001年8月31日,环法赛结束一个月后。离我几英尺远的地方坐着我的新总监,CSC-蒂斯卡利车队的比亚内·里斯,他身材高大,有点秃顶,肌肉发达。在比赛的最后一天,我们一起探讨了车队的情况,谈论我2002年的赛程以及装备和训练。突然他靠近我问道:

"你在邮政队用的是什么方法?"

这个问题让我措手不及,所以我没有回答。我原以为比亚内会在某个时候打听,但我没有想到他会这么急切。我一直以为比亚内会是那种很酷、呆板、行事低调的丹麦人。但是,正如我看到的那样,我错了。

比亚内的秘诀在于,他那丹麦式的冷静下,有着一个疯狂而富有创造力的意大利式头脑。这不仅仅是因为他在佛罗伦萨附近拥有一座美丽的别墅,或者喜欢听歌剧,更在于他如何处理组建一支环法赛冠军队的问题。他乐于接受新思想,他想听听我对营养、训练、骑行服等一切问题的看法。我喜欢他足够重视我,让我甘愿为他减薪,部分原因是，与约翰和兰斯不同，比亚内表现得好像他不知道所有问题的答案。如果在邮政队骑车就像是在军队里一样——闭上你的嘴，做好你的事，那么为比亚内骑车看起来就像在苹果公司工作一样——"非同凡想"。

我们的训练营就是一个很好的例子。它不是惯常的训练方式（找个气候温暖的地方，日复一日地训练），比亚内的做法完全相反。他把我们带到了瑞典的一片冰封的森林中，并请了一名前特种兵带领我们参加了一次生存训练。这种经历听起来有些俗气，但富有组织性，它确实把我们凝聚成了一个团队。在冰天雪地里，没有什么比生个火更能使队员们熟悉起来的了。

里斯的文艺复兴心态包含了比赛的所有要素。和主集团的其他车手一样，比亚内对兰斯和邮政队的实力印象深刻，现在，他向我靠过来，想知道邮政队的更多细节。名字，数据，技术——我们使用了什么方法？在那一刻，我觉得比亚内已经做好听到任何事情的准备了。如果我告诉他邮政队的方法是吃鸵鸟蛋喝漂白粉，他都会听着并加以考虑。

但奇怪的是，当比亚内问我在邮政队使用什么方法时，我撒了谎。我在装傻。我告诉他，据我所知，我们没有什么特殊的方法，只使用过EPO、睾酮、可的松和爱维治。有些人喜欢人体生长激素。除此之外，没什么特别的。

比亚内向后靠在椅子上，喝了一口酒，问道：

"你曾经输过血吗，泰勒？"

第9章 新的开始

我摇了摇头。比亚内的蓝眼睛亮了起来。

"哦,你得这么做。你会喜欢的。"

"好的,"我说,"听起来不错。"

我不知道为什么对比亚内撒谎。也许是因为我们刚刚认识。尽管我离开邮政队时不是很愉快,但我不想背叛他们。我回首往事,当时的感觉就像某种道德立场,我为此大笑。我想,小偷也是有道义的。

具有讽刺意味的是,幸好我没有说实话,因为比亚内的强烈建议使我重新考虑了对输血的看法。凭我个人的经验,在 2000 年环法赛中,我并没有预想中骑得那么好。但是在比亚内看来,好像我错过了一件大事。

为了证明这一点,比亚内告诉我,他在 1996 年环法自行车赛的胜利中,做了 3 次输血:一次是在比赛开始前,两次是在两个休息日。他解释了它们如此有效的原因。与由 EPO 产生的红细胞比容缓慢上升不同,输血能瞬间提高约 3 个百分点,这相当于功率增加 3%。它们就像青春的源泉。最好的是,在这个 EPO 检测的新时代中,如果你做得正确,它们是不会被检测到的,100% 安全。

他告诉了我这一切,然后就沉默了。他在等我给他一个表示。同意还是不同意?

于是我来到了另一个十字路口,眺望着托斯卡纳的群山。这本来是一个很完美的时机说,谢谢但是不用了。我本可以请他谅解,告诉比亚内我对于输血不感兴趣,然后直接离开。我本可以拒绝担任主将;我也可以拒绝这个项目。

那我为什么不这样做呢？

除了显而易见的答案，我没有其他答案：我已经身在其中；我知道游戏的玩法，我周围的人也知道。在我以那样的方式离开邮政队之后，我觉得我需要证明自己。

我答应了。

比亚内和我立即开始规划我的比赛日程：我的目标不是环法赛，而是5月的环意大利赛，这是一场为期3周的比赛。我们的想法是策略与实用性的结合：环意赛不仅仍然享有盛誉，还提供了一个比环法赛更广阔的领域。另外，我们的联合赞助商蒂斯卡利是一家意大利电信公司。

然后，比亚内给了我一个电话号码，尤费米亚诺·富恩特斯医生的电话号码，而这个号码将决定我未来几年的生活。比亚内告诉我，富恩特斯是一个受人尊敬的西班牙医生，经验非常丰富，与顶级车手合作多年了。比亚内说，他的性格有点不一样，但没什么好担心的。富恩特斯很安全，我不需要担心。（这是我后来注意到的另一种模式：每当有人强调某事物是多么安全时，事实往往恰恰相反。）

第二年春天，我去了富恩特斯在马德里的办公室。他40多岁，高个子，黑眼睛，头发全部梳到后面，戴着飞行员眼镜，穿着亚麻西装和意大利休闲鞋，看起来更像是一个电影明星而不是医生。富恩特斯语速很快，动作也快。他对待病人态度友好，甚至热情洋溢。他喜欢玩这个游戏。他有6部秘密电话，似乎有助手，还有各种关系来和欧洲各地保持联系。我听说富恩特斯有时会戴着假面具参加医学会议，拿

第 9 章 新的开始

些他想要在运动员身上试用的药剂样品。在警察的记录中,富恩特斯称自己为"重要人物",我称他为"乌菲"。

乌菲来自一个富裕的烟农家庭,在马德里的时尚区拥有一间办公室和几套公寓。他自己也是一名运动员,一名跨栏运动员,曾接受过妇科医学培训。他在 20 世纪 80 年代进入运动医学领域,当时西班牙正处在佛朗哥统治结束后,努力追赶世界其他国家。他曾在东德和波兰学习过一段时间,后来回国帮助西班牙在 1992 年巴塞罗那奥运会上取得成功。

当我遇到他时,他已经处于职业生涯的巅峰,和西班牙所有的大型车队合作过,比如 ONCE、阿马亚·塞古罗斯和卡尔美车队。与费拉里必须时刻担心意大利警察不同,乌菲的优势在于他生活在一个可以容忍兴奋剂的体系中。曾有车手说过,在西班牙,你可以将 EPO 注射器用胶布贴在额头上,都不会被抓。

有一个关于乌菲的故事,发生在 1991 年环西班牙赛期间。他当时正乘飞机前往加那利群岛,那是比赛最后的赛段。一些记者和他在一起,注意到他腿上有一个小型冷藏箱。他们问:"冷藏箱里有什么?"乌菲说:"制胜法宝。"那一年,他的一个车手梅尔西奥·毛里在比赛中获胜。在之前的 5 次大环赛中,毛里排名都没有高于第 78 位。

约尔格·雅克什,一个伟大的车手(巴黎—尼斯赛冠军,环法赛第 16 名),大概在我开始与乌菲合作的时候认识了乌菲。约尔格与富恩特斯的会面可能相当典型。与其说与富恩特斯会面,还不如说体验富恩特斯。

约尔格·雅克什：富恩特斯让我飞到加那利群岛。他在机场接了我，开的是一辆只有富豪才开的破旧的陆地巡洋舰。他就是有一种气场，笼罩着你。但是当他讲话时，他思路清晰，很有说服力。在最初的几分钟里，他解释了自己的专业背景，告诉我他在东德接受过培训，曾与顶级足球队合作过，等等。他就像一个伟大的推销员。然后，在我们开车的时候，他开始细数所有可能的方法：睾酮、EPO、输血、胰岛素、人体生长激素等。我告诉他我只想用最低限度的药品，这样没有风险。然后，富恩特斯就把手伸到我们中间座位上的一个纸箱里，拿出一些药片。药片装在锡纸包里，他用大拇指弹出一片，拿出来递给我。它看起来像一粒糖果。"这些是俄罗斯的合成代谢产品，"他说，"仪器检测不到，想要一片吗？"我说不了，谢谢。"好吧！"他说。然后他把它拿出来，直接塞进嘴里，就这样吞了下去。我惊讶极了！

富恩特斯有点疯狂，但他绝对是个天才。他知道该怎么做，也知道如何避免被抓。在我们的合作过程中他多次告诉我，我们所做的事情完全合法。事实证明他是对的，至少在西班牙是这样的。而且，一旦你和他打交道，你就必须信任他。你在他的体系里，没有其他人来检查确认无误。富恩特斯就像一个父亲，他是这个世界里的权威，因此你必须相信他。你真的没有什么选择余地。

第9章 新的开始

从我第一次拜访乌菲以来，我就明确表示：我对那些花哨的东西不感兴趣。我只想让他给我提供睾酮和"埃德加"，并负责输血。乌菲同意了，他总是很和蔼可亲。这会很安全、容易，没有任何问题。乌菲会收取每次输血的费用、医药费（EPO 和睾酮），外加一份比赛奖金的计划表——如果我赢得了大环赛的一个赛段或一场大型比赛，我要付给他一些奖金。奖金数目并不小：赢得环法赛，给他 5 万欧元，如果只是登上领奖台，奖金是 3 万欧元；赢得环意赛，3 万欧元，登上领奖台是 2 万欧元；赢得世界杯比赛，3 万欧元。

乌菲把我介绍给了他的助手何塞·路易斯·梅里诺·巴特尔斯，一个彬彬有礼、白发苍苍的 70 多岁的绅士，曾任马德里医院的血液科主任。在我输完第一袋血后，巴特尔斯问我想用什么代号。他建议我用我家狗的名字。但我不想这样做——现在，"拖船"在自行车界众所周知。所以，我选择了 4142，这是杰夫·比尔电话号码的后 4 位，他是我最好的朋友，我们从小在马布尔黑德一起长大。考虑到我也需要一个乌菲的代号，所以我决定叫他"山姆"，巴特尔斯就叫"尼克"，山姆和尼克——我的新助手。计划马上就开始了，我们的目标是要有两个血袋，这是为环意赛准备的，也可以为环法赛做准备。（"血袋"这个词有点恶心，因此从现在开始我们就叫"BB"。）

血细胞是活的，这让 BB 的物流变得复杂。它们可以在体外存活约 28 天。在 2000 年我第一次输血是最简单的一种：取出 1 个 BB，放在冰箱中储存 4 个星期，然后在下一场比赛期间注入身体。但是，准备好多个 BB 就要复杂得多。在比赛开始前 4 个星期，你不能抽出两三个 BB，因为失血太多会影响你的训练水平。升级版的轮换法简单解决了这个问题：取出新鲜的 BB，同时将储存的 BB 重新注入体内。这种方法确保了冰箱中 BB 的新鲜供应，同时让你的身体充满活力，能够进行艰苦的训练。我们每隔 25 天左右更新一次。

例如，如果你要为环法赛准备 3 个 BB，那么你可以在比赛前 10 周开始准备，你的计划差不多是这样的：

赛前 10 周	赛前 6 周	赛前 2 周	比赛期间
取出 1 个 BB	取出 2 个 BB，然后注入 1 个 BB	取出 3 个 BB，然后注入 2 个 BB	注入 3 个 BB（每周 1 个）

乌菲告诉我，每次输血都必须仔细地按照顺序进行：(1) 取出新的 BB；(2) 重新注入存储的 BB。这是为了避免在新的 BB 里填充进已经老化的旧红细胞。新鲜就是一切。实际上，这就是我们所说的"更新 BB"。乌菲还教会了我有关注入阳性的危险：注入含有违禁物质的 BB 是会造成检测结果阳性的。因此，你在储存任何 BB 时必须小心，不要在身体内有药性的时候，因为重新注入 BB 的风险相当于一次接受药检的风险。他给了我一种灰色粉末，他称之为"波尔沃"。如果你在体内还有药性时被要求进行检测，你可以把它放在指甲下，让尿液流过指甲，这样检测结果肯定是阴性的。我什么也没拿。我想我希望去相信，我永远不会让自己陷入非要使用它的境地。

乌菲和我很快形成了一套固定程序。我会从巴塞罗那飞到马德里，坐出租车去他的办公室，进行抽血和输血，然后当天飞回来。我戴

第 9 章 新的开始

着墨镜和棒球帽,以免被人认出来。我付现金给乌菲,他会为我提供"埃德加"和睾酮贴剂。我拒绝了他提供给我的大多数其他药物(而且有很多),但是我接受了一种叫作"弥柠"(Minirin)的鼻腔喷雾剂,它通常用于帮助孩子们改善尿床(它会让你保持水分,从而降低你的红细胞比容)。我曾经尝试过胰岛素,他告诉我这可以帮助我的肌肉恢复,但是在胰岛素让我有发烧和奇怪的感觉之后就不用了。

用暗号与乌菲通信有时会导致混乱。当我们来来回回发短信计划输血时,我们会使用"吃晚饭""送你礼物"或"见面喝杯咖啡"之类的暗语。我喜欢保持它的通用性。但是,有一次,我犯了一个错误,我发短信说我想去马德里"给你那辆自行车",但其实我并没有一辆自行车可以送给他。当然,我以为这对乌菲来说是显而易见的,我说的是 BB。

但当我到达他的办公室时,乌菲兴奋地告诉我,他多么期待他的新自行车。我不忍心告诉他我只是在讲暗语。下次旅行时,我给他带了一辆额外的训练自行车 Cervélo Soloist。(我很庆幸没有发短信说要"送他一辆车"。)

随着时间的流逝,我注意到乌菲经常迟到,迫使我在收到短信前要在咖啡馆里等上一个小时或更长时间。我们在一起时,他对我很用心,但他总是显得很紧张和匆忙。又过了一段时间,他越来越多地把我交给尼克。我喜欢和尼克打交道,尽管他的健忘有时让我犹豫一下。他一直在问我的 BB 代号。我的是 4142,对吗?

"4142,是的。"

从赫罗纳到马德里的频繁来回让人压力很大。尽管乌菲给了我开了一张携带"埃德加"的处方(哈文,月经不调),尽管我有一个小冷藏袋很适合放在我随身行李的底部,但我还是讨厌这么做。安全检测自"9·11"起收紧;我现在变得更加出名了,每次站在安检线上,我全身冒汗。进行 BB 交换,在机场排队,陷入交通拥堵,浪费宝贵的训练时间,我有时发现自己想念邮政队那个给力的系统。

还有一个更实际的问题,就是向我的朋友们解释这些行为。赫罗纳不是一个大城市,自行车运动员对彼此的日程安排都了如指掌。每三周去马德里一日游是不正常的;人们开始谈论这件事情,这大概会显示在兰斯的雷达上。当我被人问到时,我说我是去看马德里的过敏科医生(我确实有过敏问题)。很多时候,我什么也没说,就直接离开了。谎言越多,压力越大。

使事情变得更加复杂的是,兰斯和我现在是邻居。在我与邮政队解约之前的那年春天,我们的关系还是融洽的,兰斯和我在赫罗纳的同一栋大楼里买了房子,这是一栋在老城区里重新翻修过的房子,已经改建成了豪华公寓。兰斯买了整个 2 楼。我和哈文在 3 楼买了一间小一点的公寓。

兰斯和克里斯汀的房子很棒。富丽堂皇,宽敞明亮,装饰精美,15 英尺高的天花板,直接出自《建筑文摘》的装饰。它有一个为克里斯汀(虔诚的天主教徒)翻新的小教堂,在主庭院里有一间大储藏室,兰斯可以存放几十辆自行车、鞍座、车轮和设备。他的团队可以在那里聚会,不仅是骑手,还包括来自崔克和耐克的人,还有律师、大佬、技师和后勤人员。如果兰斯以前很出名，那么他的第三次环法自行车赛胜利将他推向了一个新的高度：全球偶像。与其说他是个名人，不如说他是个超级英雄。他总是乘坐私人飞机来来回回，去特内里费岛、瑞士和费拉拉，谁知道还有什么其他地方。邮政队已经签了一些新的骑手，包括一个超级强壮的前门诺派小子，名叫弗洛伊德·兰迪斯。兰斯和他的队伍正在重组，并且比以往任何时候都更加有实力。

所有这些让我向另一个方向倾斜。我和哈文没有助手，也没有后勤人员和按摩治疗师来帮忙。每天训练后，我把自行车抬上楼靠在墙上。我的自行车坏了，我就自己修理，或拿到当地的商店修理。我喜欢这样的生活：简单，专注，没有周围的人来分散我的注意力。我们的日子忙碌而疯狂，但也令人满意。我还像儿时在野猫山上试图用比登山缆车还快的速度骑车上山。我和哈文就像是对抗蒸汽机的约翰·亨利：我们的血肉之躯与兰斯那闪闪发光的现代机械系统抗衡。毫无疑问，他有很多优势，但他并不是唯一拥有秘密武器的人。

我的秘密武器不是私人飞机，甚至不是乌菲。那是个身材矮小、结实的意大利人，名叫路易吉·切奇尼。我叫他"切科"。切科是一名教练，住在离比亚内很近的卢卡。比亚内在我签约后不久就把我介绍给了他，说他可以帮助我达到更高的水平。排在切科的客户名单前几位的有：乌尔里希、潘塔尼、布尼奥、巴托利、佩塔基、奇波利尼、坎塞拉拉和卡萨格兰德。事实上切科早在20世纪90年代初就帮助比亚内·里斯重振了职业生涯，这就是里斯在卢卡附近买房的原因。

切科有一头灰白的短发，一双敏锐的大眼睛，看上去有点像巴勃罗·毕加索。他对兴奋剂有一种革命性的、令人耳目一新的态度,也就是说,他鼓励我尽可能少地使用兴奋剂。他从不给我任何"埃德加",连阿司匹林都没有给过我,因为切科认为大多数车手的兴奋剂都用得太多太多了。胰岛素、睾酮贴片、合成代谢类药物——啊哈!要赢得环法赛,你只需要3项素质。

1. 你必须非常非常健康。
2. 你必须非常非常瘦。
3. 你必须保持你的高红细胞比容。

切科认为第3项看起来令人遗憾,但最终不可避免,这是一个简单的生活事实。切科明确表示:他从来不会涉及阴暗面。他经常告诉我,我不需要去参与有风险的、医学上还存疑的、会诱发压力的"军备竞赛",去追逐物质 X 或物质 Z 或某些俄罗斯人的合成代谢糖豆。他就富恩特斯经常警告我,告诉我没必要用他提供的所有东西。我可以简化生活,专注于重要的事情:我的训练。

如果说和乌菲的合作压力很大,那么与切科的合作就是一种享受。每当我去拜访他时,他都坚持让我住在他家里,那是一栋充满生活气息的别墅:一家人围坐在厨房的大餐桌旁吃饭,他的妻子安娜,还有已经长大成人的儿子斯特凡诺和安扎诺,他们都住在附近。切科的生活是欧洲贵族的生活。他的妻子在卢卡开了一家时装店,切科有一架小型私人飞机。斯特凡诺开着跑车。他的钱给了他精神上的自由,

第9章 新的开始

这是别人所缺乏的。虽然我们紧密合作了几年,但切科从未向我收过一分钱。*

每次拜访都是从简单的早餐开始的,接着我们去兜风,一起聊天(就他的年龄而言,他是一个非常强壮的骑手)。然后,我们去他石屋里的办公室,切科会给我称重,测量我的体脂,之后开始真正的工作,按照规定进行各种间歇训练和测试,要么在公路上,要么在固定训练机上,取决于天气情况。

切科很快诊断出我的主要缺点:我的最快速度不够快。在邮政队效力时,我的动力系统多年来一直被训练成柴油机一样,能够长时间、稳定地输出功率。但是,赢得大赛冠军的不是柴油机而是涡轮增压发动机,它能在最陡峭的爬坡上持续输出 5 分钟的高功率,创造一个时间差,然后稳速地到达终点线。这正是我所欠缺的。

切科分析了我的瓦特和踏频,并制定了一份有强度间歇训练的计划:将我的引擎反复加速到红色区域并短暂保持。我做了很多他所谓的 40-20 秒钟的动作,这意味着 40 秒全力加速,接着休息 20 秒,如此反复。这些可能是我做过的最艰难但也最有效的锻炼。他建议我使用海拔模拟器。很快,我就看到了结果:我的最大功率正在迅速提高。

---

* 在学生时代,切奇尼曾在运动科学之父弗朗切斯科·孔科尼(Francesco Conconi)的带领下与费拉里一起训练。切奇尼和费拉里后来在一支意大利车队共事过,他们各自都有自己的风格。和费拉里一样,切奇尼也被调查过好几次,意大利警察窃听他的电话、突袭检查他的家,并一度起诉了他(这些指控后来被撤销了)。所有这些都可能促成了切奇尼希望继续做一个无报酬顾问。

我们很合拍。我欣赏切科的专业性，还有他的智慧和幽默感。他很欣赏我的真诚，也很欣赏我是如何把他的训练都做到极致的。我知道其他车手会做到 90% 的运动量，也可能是 95%。我总是完全按照他的要求去做，甚至超额完成。每天我都会精确记录我的训练数据发给他，包括我的瓦特和踏频，还有每一次蹬踏。他每天都会阅读和分析它，并计划好第二天的训练。我们来回发文件，我看到我的数据上升了，并一直保持上升的趋势。

随着 5 月环意赛的临近，比亚内和我开始完善计划。我和乌菲决定使用两个 BB，一个在比赛前，一个在比赛期间。重新注入第一个 BB 不会有问题，我会在乌菲位于马德里的办公室里操作，那是安全地带，刚好在第 1 赛段开始之前。

第二个 BB 可能有点问题。意大利的反兴奋剂法非常严格；警察有一种令人不安的倾向，喜欢突袭检查酒店房间和车队巴士。乌菲明确表示，他对冒险前往意大利毫无兴趣。比亚内找到了解决办法，他注意到第 5 赛段在利莫内皮埃蒙特结束，这里距离独立又便捷的小国摩纳哥只有一个半小时的车程。

这个计划成形了。我和哈文将于 4 月在摩纳哥租一间公寓。4 月中旬，在环意赛前 4 周，乌菲将在摩纳哥的公寓与我们会面，取出一个 BB，并把它存放在冰箱里。5 月 17 日，在环意赛第 5 赛段之后，哈

第 9 章 新的开始

文会在比赛终点接我,开车送我去摩纳哥。乌菲会再次在公寓与我们会合,我们可以安全地进行输血。这个计划并不完美,从策略上来讲,在比赛的第 2 周或第 3 周重新注入 BB 会更好,因为这对比赛的表现有最大的影响,但这已经是我们能做到的最好结果了。

因此,在 2002 年 4 月中旬,兰斯搭着他的私人飞机飞驰而过时,我和哈文、"拖船"开着我们的蓝色现代旅行车从赫罗纳前往摩纳哥。我们租了一套一居室的公寓,那是一幢有着蓝色遮阳篷的大楼,名字叫拉格兰德布列塔尼,从蒙特卡洛赌场步行 5 分钟就到了。几天后,乌菲带着输血设备从西班牙开车过来。BB 提取得很顺利,我躺在沙发上,看着血袋装得满满的。我们把 BB 储存在豆浆包装中,打开硬纸板,把袋子塞进去,重新粘好硬纸板,再把它塞入冰箱里面,非常完美。如果你挤压包装边缘,感觉就像牛奶一样。

我们在那套公寓里住了 4 个星期。我不得不经常离开去参加训练和比赛,离开在摩纳哥的哈文和"拖船"。这是一个很好的例子来证明哈文是多么好的团队成员,因为尽管我们已经做好了所有的准备,但有一个因素是我们无法控制的:电力。我们担心停电会导致血液升温而变质。所以我们决定不冒任何风险,哈文和"拖船"留在公寓照看我们的 BB。*

环意赛序幕赛的那天,我激动万分。这是我大学毕业后第一次成

---

* 当然,汉密尔顿并不是唯一对此感到担忧的人。弗洛伊德·兰迪斯曾说过,阿姆斯特朗将血袋放在他的赫罗纳壁橱里的一个小型医用冰箱里,2003 年,阿姆斯特朗要求兰迪斯留在公寓不要离开,以确保没有停电,让冰箱保持温度不变。

为一名毋庸置疑的车队主将,这是我证明自己的机会。也许这就是为什么我在序幕赛中骑得非常有攻击性。比赛开始 500 米时右转弯太快,撞到了路障,我的头盔摔坏了,肘部和膝盖也擦破了一点皮,我站起来,继续前进。

比赛很激烈。如果环法赛是自行车比赛中的印地 500,那么环意赛就是纳斯卡赛车:热情的车迷,摔车,很多戏剧性的画面。一部分原因是意大利的公路比法国的公路更窄更陡,另一部分原因是意大利车手无论在平时还是在比赛中都喜欢冒险。这次环意赛也不例外。两名主将斯特凡诺·加泽利和吉尔伯托·西莫尼因为尿检呈阳性被遣送回家。

现在我是车队主将,承担更大的风险,看到其他顶级车手被检测出局真是令人神经紧张。前一天他们还在比赛,还在距离你几英寸的地方聊天,第二天他们就不见了,好像被一只大手拽了出去。刚开始,你感到害怕和脆弱。检测人员突然变得聪明起来了吗?我是下一个吗?然后,各种小道消息开始在私下里流传,原因很快就找到了。就加泽利和西莫尼而言,有消息说他们药检呈阳性,他们的 BB 被几周前服用的东西污染了。听到这些消息让人放心多了,但归根结底,他们根本不应该让这样的事发生。

因此,我感谢我的幸运星,这已经不是第一次了。你会毫不惊讶地发现,自行车运动员往往是一个迷信的群体,包括我自己在内。因为有太多我们无法控制的事情,我们只有竭尽所能地去创造属于自己的运气,有些车手不停在胸前画十字,有些车手在爬坡时不断地低声

第9章 新的开始

祈祷，有些车手在他们的车把上贴上神圣的奖章。我更倾向于敲击木头。如果周围没有木头，我就敲我的头。还有关于撒盐的迷信。在环意赛期间的一个晚上，我的CSC队友迈克尔·桑德斯决定冒险打破规则。他故意打翻了盐瓶，然后将盐倒在手中，扔得到处都是，笑着说："这只是盐！"我们也笑了，但更紧张了。第二天，迈克尔在一次陡下坡时摔车了，摔断了8根肋骨，肩膀骨折，肺也被刺穿了，差点就死了。在那之后，我开始在运动服口袋里放一小瓶幸运盐，以防万一。

即便如此，我也有运气不好的时候。由于机械故障，我在第5赛段中摔倒，肩膀骨折。我们当时不知道骨折了，只知道我疼得要命。我一瘸一拐地从自行车上下来，找到了哈文和我们的现代汽车。我们本来应该去一下医院，但我们还有更重要的事情要做——开车去摩纳哥，这样我就可以和乌菲见面，重新注入我的BB。

乌菲在附近的一家咖啡馆等着。我们给他发了短信，他急忙上楼了。我们已经很紧张了，但他很兴奋。他语速很快，还不停地说我快要领先了，真是太棒了，现在我已经准备好赢得比赛了。一切都太棒了。

乌菲从冰箱中取出豆浆包装，拆开来，把袋子贴在墙上，帮我把输液管子接好，随着我的血液流进手臂，我感到一阵寒意。哈文待在房间里，试图闲聊，避免看到BB。乌菲解释了在输血后我应该怎么骑行。

"当你遭受痛苦时，你必须记住：你还可以更努力。"他说，"你油箱里的东西比你想象的更多。坚持下去就好了。"

我仔细听着，在接下来的几天里，我发现乌菲是百分百正确的。这些认知改变了我的职业生涯。我没有在2000年的旺图山上意识到这些。使用BB骑行的关键是你必须突破所有的警告，突破所有常见的阻碍。当你到达极限的时候，在那个你跌倒了无数次的地方，突然之间你发现你可以坚持下去。你不仅是在生存，你在竞争，在行动，也决定了比赛走向。

现在，我开始关注自己的数据，我可以感觉到差异。在输血的情况下，我的功率增加了3%—4%，这意味着多了12—16瓦。我可以维持每分钟180次的心率，而不是175次。每分钟多了5次，让一切都不一样了。

竞争的快感有助于平衡我的肩膀疼痛，它实在疼得要人命。深刻的剧烈的疼痛，就像有人把螺丝刀插入我的肩窝里，想把它撬开一样。比赛的肾上腺素在一段时间里尽管有所帮助，但最终还是消失了，我只剩下了伤痛。所以我开始咬牙切齿。这不是故意的，一开始只是条件反射。但我发现，当我把它们磨得很硬时——当我能感觉牙齿间令人满意的摩擦感时——它起了作用。我知道这听起来很奇怪，但磨牙让我分心，有一种控制感。正如我的牙科账单最终显示的那样，我可能过分用力磨牙了（我需要重新修整11颗牙齿）。但我成功了。

事实证明，我差点赢得了环意赛。但是在最后一个山地赛段，在最后的3公里爬坡时，我的能量耗尽了，我撞墙了。最终我屈居第二，仅次于意大利的"猎鹰"，保罗·萨沃尔代利。我犯了一个典型的错误：我感觉太好太强壮了，以至于我忘了吃足够的东西。切科后来告

第 9 章 新的开始

诉我,我可能距离比赛胜利只差 100 卡路里的能量胶。这是一个很好的教训,证明了我们这项运动的本质。你计划了几个月,冒着坐牢和丑闻的风险,比以往任何时候都更加努力,最后因为没有吃能量胶而失败了。

即便如此,在大环赛中获得第 2 名的成绩,足够证明我的能力,证明了我是比亚内聘请的车队主将。我很快就被置于环法自行车赛冠军竞争者的行列。

当我回到赫罗纳时,我发现自己登上了《骑行》杂志的封面,标题是"泰勒坚持自己的主张",下面引用了我的一句话,"与兰斯对抗不成问题"。

完全正确。

第 10 章　巅峰人生

我在 2002 年学到的一件事就是,和兰斯住在同一栋楼里会带来很多麻烦。墙壁像监狱一样厚,但我们仍然能够听到彼此走来走去的声音,还有盘子碰撞声,开门声,说话声,等等。兰斯自行车车库所在的内院就像一个扩音器,兰斯喜欢大声说话,当他在那里时我们可以听到每一个字。当我们碰面时,我们很友好地打招呼。"嘿,伙计,最近怎么样了?"有时他会做一些简短的评论,来表明他知道我私下里在做什么。"嘿,马德里怎么样?"但我没理他,直接走开了。

自从我开始在 CSC 工作,我在赫罗纳的生活就改变了。我不想跟我的邮政车队老朋友一起训练(在正常情况下,在没有兰斯的情况下,是可以接受的);相反,我宁愿独自一人训练,或有时与列维·莱菲海默在一起,他是一个安静又热烈的蒙大拿人,现在为荷兰合作银行车队效力。我不在我们住的那条街对面的咖啡店活动,也不在院子里徘徊。我只专注于自己的训练数据、自己的目标,而不是组队骑车时和队友们谈论八卦。我应对兰斯的方法类似于你住在斗牛场附近那样:缓慢而冷静地移动,不要做任何突然行动。即使这样,我与邮政队的关系从未结束。

那年春天的某一天,我听到有人敲门,一开门竟然是费拉里,我大吃一惊。这次他用另一种方法来对付我。费拉里在楼下拜访了兰斯，然后突然到我家来，说我去年欠他 1.5 万美元的报酬。我不太确定具体的数字——自从 2001 年的年中我被踢出了核心圈以来，费拉里就没有给过我任何帮助。但是我不想惹麻烦。我说服他把价钱降到了 1 万美元，当即给他开了一张支票，让他永远离开了我的生活。

说到在大楼里维持和平方面，我有一个优势：哈文。兰斯一直很欣赏哈文。他欣赏她的商业头脑，希望在一些事情上得到她的意见。在他的眼里，她似乎比其他妻子和女友都突出，因此，他对她很尊重。这使得哈文成为我们大楼的维和人员，保持对话的畅通，防止小问题变成大问题。哈文擅长扮演她的角色，因为她了解兰斯。从她嘴里，我曾听过关于兰斯最好的评论之一："兰斯是唐纳德·特朗普。他可能拥有整个曼哈顿，但是只要那里有一家小杂货店没挂上他的名字，那他就会疯掉。"

打个比方，我和哈文就是一家不起眼的杂货店。虽然我现在赚的钱比在邮政队少，但我的新成绩带来了一些变化：赞助商、关注度、媒体和我们自己的慈善基金会。几年前，我看到一个朋友的岳母患有多发性硬化症，我开始对这一事业产生了兴趣，参与了几次多发性硬化症的募捐活动。现在，我们决定正规化并扩大我们的工作，开始建立泰勒·汉密尔顿基金会。回馈社会的感觉真好。

如果我们是一家初创公司，那么哈文就是我们的首席执行官。她回复电子邮件，审查合同，甚至为《速度新闻》写了我的专栏。她为我安排了前往卢卡看望切科以及去马德里的行程。她还要帮我取钱付给乌菲。这些让她很忙，压力很大。但另一方面，我们只有几年的时间来做这件事，在我退役之前，我们会一直这样生活。

不过，就目前而言，我和哈文决定暂缓要孩子。关于这个话题，我们谈论了很多。我赞成我们生个小孩，但如果有了孩子，我可能帮不上什么忙。哈文想等到我退役之后再要孩子。她知道如果现在要孩子将是多么艰难，基本上是自己一个人独立抚养孩子。当附近的西班牙老太太问哈文什么时候有孩子时，我们礼貌地笑了笑，说："总有一天会的。""拖船"成为我们这个家的成员。"拖船"总是很高兴看到我们，不是准备找点乐子，就是在鹅卵石街道上欢快地追逐那个网球。我们带着它去训练，给它买三明治，像宠爱自己的孩子一样宠着它。从某种意义上说，它就是我们的孩子。

2002年春天，弗洛伊德·兰迪斯也来了。弗洛伊德刚刚和邮政队签约，但他似乎和其他人不太合得来。其他邮政车手都处于辛卡皮模式，都表现得安静、服从和中立，而兰迪斯则不同。他来自宾夕法尼亚州，曾是一个门诺派教徒，有着深厚的不相干的幽默感、出色的职业道德和一种不屈不挠质疑一切的习惯。他觉得花很多钱在住的方面没什么意义，因此他住在赫罗纳新区的一个大学式的小公寓里。他喜欢踩着滑板上下班。他从逻辑的角度看待所有事情，非黑即白，非对即错。他的父母告诉他，如果他参加自行车比赛，他会下地狱的，但他还是决定去做。我想你都愿意冒着下地狱的风险，那就没什么能吓到你了。

每个人都能看出弗洛伊德是自行车运动领域冉冉升起的大明星。

第10章 巅峰人生

我想兰斯在弗洛伊德身上看到了自己的影子——无所畏惧，坚韧，敢于挑战传统；因为兰斯和弗洛伊德开始经常一起骑车。从某种意义上说，弗洛伊德是我的替代者。我看到他们一起出去骑车，我听说他们一起参加训练营。但是弗洛伊德不像我，那个曾经唯命是从的人。如果弗洛伊德很恼火，他就会大声说出来。

例如，弗洛伊德指出了一个困扰我很长时间的问题：兰斯拥有最棒的自行车，而车队的其他成员只能用翻新的车辆。每年，我们的赛车都是由首席技师朱利安·德夫里塞负责在比利时养护的，他只让我们在环法赛和大型比赛中使用它们，赛季结束后他就把自行车带走，然后就消失了。尽管我们知道吉罗公司会寄来很多个新头盔，但是我们从来没有拿到过。我们推测有人在出售我们的新装备，这在自行车运动界很普遍。这真令人讨厌。当兰斯拿到了一堆世界顶级的装备时，我们只能用破旧的自行车和凹痕累累的头盔跟他一起训练。我告诉弗洛伊德，我的一个邮政队友迪伦·凯西运用了一种创造性策略：他用自己的汽车碾压他那破旧的邮政车队自行车，迫使车队给他换了一辆新自行车。弗洛伊德喜欢这个做法，因为这也是他会做的事。

弗洛伊德和我开始偶尔一起出去玩。他和我偶尔见面，就一起去骑车。弗洛伊德会很善意地抱怨邮政队最近发生的事。我们从未谈论过兴奋剂问题。相反，我们谈论的是兰斯如何飞往特内里费岛或瑞士，或者当弗洛伊德决定试试一次能喝多少杯卡布奇诺咖啡时兰斯有多生气（事实证明是14杯），或者整个车队是如何被迫和"冠军俱乐部"一起骑车，"冠军俱乐部"是由托马斯·韦塞尔和他的百万富翁朋友组成的企业家团体,他们每年都喜欢在训练营期间与邮政队员们一起骑行。我们称他们为"富人队"。这种娱乐活动终结了弗洛伊德的门诺派诚实感,部分原因是他认为这种行为是不公平的,这是强迫车队在没有报酬的情况下为兰斯的企业关系增值,部分原因是与一群业余的百万富翁一起骑车显得很可笑。"嘿,如果我是NBA球迷,我很想看湖人队的训练,"他会说,"但是我不会带个该死的球上场。"

我喜欢弗洛伊德。他总是逗我发笑。另外,我喜欢没有邮政队的新生活。我不再是兰斯系统里的小齿轮了;我只需要按照自己的方式来解决问题。从某种意义上讲,我有时觉得自己对于兰斯的处境感同身受,这让我感觉很奇怪。以前,他是将军,而我是士兵。现在我们处于同样的位置,必须做好计划,激励整个车队,处理好赞助商和老板的关系。我能感受到承载人们希望所带来的快乐和压力。

我有时也感到恐惧。特别是那年夏天,当我第一次与巨魔们——那些把你卷入兴奋剂丑闻的记者——打交道时。到目前为止,我的形象一直是一个干净的骑手,从来没有与任何兴奋剂的传闻联系在一起。当邮政队早期的队医普伦蒂斯·斯蒂芬向一名荷兰记者讲述1996年环瑞士赛的故事时,这一切就结束了。斯蒂芬声称,那时我和马蒂·杰米森联系过他,询问有关兴奋剂使用的问题。

这篇报道刊登在一家荷兰的报纸上,让我们精心建构的世界为之震动。一个我多年未见的人说的一句话,让我黯然失色。尽管我对这件事的记忆跟斯蒂芬不一样,尽管马蒂也不一样,但是赞助商和车队都很担心。我们为保密而采取的所有谨慎措施——偷偷摸摸地行动,使用暗语，刮掉标签，塞进冰箱的锡纸包——突然显得一文不值。一个小小的故事，就让我们的生活变成了一堆即将倒下的纸牌屋。这感觉很恐怖。

所以我做了我唯一想做的事：我反击了爆料人。我对记者说，我就是毫无根据的恶毒诽谤的受害者。我推测斯蒂芬的动机，我指出，他自己曾因吸毒而挣扎（这是事实；他遇到了一些问题，但他克服了）。我说这是吃不到葡萄说葡萄酸。

我学到的是：当指控来临时，要加倍地反击回去。

2002 年 7 月，我参加了环法自行车赛，目睹兰斯轻而易举地拿到了第 4 次环法赛冠军。乌尔里希当时因膝盖受伤和被禁赛而没参赛（他因服用娱乐性毒品被禁赛）。潘塔尼和意大利选手被卷入了一系列的兴奋剂丑闻中，而法国人仍在苦苦挣扎，部分原因是他们国家严格的兴奋剂检测。即便如此，邮政队对比赛的统治令人印象深刻。我看到了身材高大的乔治·辛卡皮，虽然他爬坡能力不行，却带领着主集团爬上了奥比斯克的陡峭山坡。新来的弗洛伊德强壮得可怕。在我看来，好像整个团队都用了多个 BB。

当涉及我自己的 BB 时，该系统既简单又复杂。很简单是因为很少有人参与，只有我和乌菲知道，很复杂是因为我们必须偷偷摸摸的。在环法赛之前，乌菲会安排好我们见面的时间和地点。我们通常在环法赛的两个休息日在酒店注入 BB。乌菲一般选择一些中型酒店：不是太好，也不会太简陋。他会在比赛前我们在马德里见面时告诉我酒店的名字，我把这些信息写在一张纸片上放进钱包里，还有乌菲最新的秘密电话号码（他总是不停地换号码）。我们约定见面的那天早上，乌菲会用秘密电话给我发短信，我买的是预付费电话卡，只有我们俩知道。这些信息可能是一句话，比如"车程有 167 公里"或者是"餐厅的地址是香榭丽舍大道 167 号"。这些话完全是胡说八道，最重要的是数字。这表示着他会在我们预先安排的酒店 167 号房间里等我，而我的 BB 放在野餐冷藏箱里。

我从来不坐队车，通常哈文会开车送我去。我衣着平常：不起眼的衣服，戴着墨镜，拉低的棒球帽。我们会把车停在酒店后面，从后门进入，不惜一切代价避开酒店大堂。（那是我在欧洲有点出名的缺点之一：如果有个记者发现了我，这可能带来一场灾难。）一般我不喜欢走得太快，但我现在必须做到：全速前进，低着头，上楼梯，穿过走廊，轻轻地敲门，心怦怦直跳。当乌菲打开门时，我非常想拥抱他。

我确信自己不是唯一执行这些秘密 BB 任务的人，但你永远不会从报纸上读到。随着这一模式的形成，环法自行车赛几乎没有任何兴奋剂丑闻：没有一名车手药检呈阳性。唯一的意外是，获得第 3 名的选手雷蒙达斯·拉姆萨斯的妻子伊迪塔·拉姆西恩被发现，她的汽车后备箱里携带大量的 EPO、皮质类固醇、睾酮、合成代谢激素和人体生长激素。她蛮横地声称这是给她妈妈的（她妈妈一定是个出色的赛车手）。拉姆萨斯保住了自己的比赛成绩，这证明了：(1) UCI 依然没有认真对选手进行惩罚;(2) 在环法赛期间可以微量注射一些兴奋剂药品,而不会被抓住。

我的环法自行车赛进展顺利。自从我在环意赛担任主将之后,我的工作就是支持车队主将法国人洛朗·雅拉贝尔和西班牙人卡洛斯·萨斯特雷。我用了两个 BB,与 A 级选手一起参加比赛,获得了相当不错的第 15 名。大多数时候,我只是在观察和学习。

看着兰斯在环法赛中的表现,我不禁想知道他现在用的是什么方法。我已经知道得相当多了,我猜测这是输血和 EPO 微量给药的结合。但这并不能说明一切,不能解释兰斯每年 7 月所取得的重大进步。这种情况每年都会发生。在环法赛前一个月,兰斯将处于一个相当正常的水平。接着在两三周的时间内,他将进入另一个状态,再提升 3% 或 4% 的实力。在 2002 年环法赛中,他的优势几乎让其他选手很尴尬。

他的优势在第 15 赛段中完美地展示出来,在登顶莱德萨尔普的时候。就在赛段的最后,伟大的西班牙爬坡手何塞巴·贝洛基决定去争取赛段的胜利。贝洛基发起进攻,然后领先。在距离终点不足 1 公里的地方,他仍然处于领先地位,但你可以看到他为此付出的代价。他快死了,他的眼睛往后翻,肩膀抖动,陷入痛苦,像其他人一样。

然后,兰斯像摩托车警察一样从贝洛基身后蹿了上来。他嘴巴紧闭着,目光透过墨镜环顾四周,审视着其他人,审视着整个世界,好像要把贝洛基拉过来给他一张罚单。这是 1999 年塞斯特里埃情景的再现:兰斯像在另一颗星球上。整个环法赛就是这样:兰斯赢得了 4 个赛段，从未陷入困境，总成绩领先贝洛基 7 分 17 秒。没有人可以超越。

对我来说，问题是这究竟是怎么做到的。兰斯一直对自己的方法讳莫如深。即使是我和凯文在团队核心圈的时候，我们总有一种感觉，就是还有一个核心层我们没有看到。

我知道兰斯有个习惯，就是在环法赛前，飞往瑞士和费拉里一起训练几个星期。我也有一种预感，无论他和费拉里采用了什么方法，BB 都始终处于核心地位，环意赛让我明白了这一点。我也知道兰斯的想法：尽一切可能，因为像往常一样，那些混蛋做得更多。如果两个 BB 很好，为什么不试试 4 个呢？如果有人造血红蛋白，为什么不用呢？在邮政队里，我们常说兰斯领先其他人两年。

无论兰斯在做什么，可以肯定的是在 2002 年和 2003 年，大集团正在全速追赶中。好的信息很难保密。创新势不可挡，尤其是在自行车界。有趣的是，你经常会听到有关骑自行车的各种信息，这都是真实的。当你身在其中时，这不是八卦而是有目的的聊天。车手们总是在聊天，窃窃私语，比较笔记。因为奖励太大，惩罚太轻，所以寻找下一种神奇产品的想法太诱人了。大集团如在车轮上的脸书——正是这个时期，信息传播得很快。到处都在谈论人造血红蛋白，一种来自西班牙的新型"埃德加"叫作 CERA，还有一种叫作"阿法达贝泊"（Aranesp）的东西。BB 变得越来越普遍。一个低级别的西班牙车手做了一件疯狂的事情，他无力承担输血的费用，所以就用狗的血代替（他赢得了比赛，但后来生病了，再也不行了）。后来，我遇到了一名意大利低级别车手——相当于棒球小联盟的双打——正在输血。这就是传播的速度。在几年内，一项曾经最尖端的技术逐渐渗透到这项运动的最底层。

大家心目中最大的绯闻人物扬·乌尔里希要回来了。在因为使用摇头丸失去一年后，乌尔里希试图抛弃他那毫无纪律的生活方式，打造出扬2.0版。他当时在卢卡和我的教练切科一起工作。和其他人一样，我认为这意味着乌尔里希也在与乌菲合作，乌菲很快证实了这一点（对于一个秘密医生来说，乌菲在保守秘密方面有点糟糕）。我觉得这意味着乌尔里希将比以往任何时候都更强大。此外，新一代的西班牙和意大利车手正在崛起，像伊万·马约、伊万·巴索和亚历杭德罗·巴尔韦德这样的年轻选手。比赛的最后阶段竞争将变得更加白热化。

当我13岁左右的时候，我加入了一个名为"美国疯狂孩子"的俱乐部，这个俱乐部的成员都是在新罕布什尔州野猫山滑雪的同龄人。没有成年人，也没有正式的会议和会费。这个俱乐部的宗旨基本上是让彼此敢于做一些危险的、近乎愚蠢的事情：爬上悬崖，爬过长长的排水管，晚上用自助餐厅托盘滑下结冰的雪道。疯狂的关键就是要走在死亡的边缘，看看你能走多远。

疯狂俱乐部里没有人比我走得更远。我不是最高大的，不是最强的,也不是最快的,但是我总能把事情推向极限。我一直热爱极限运动,需要肾上腺素。也许是因为抑郁症,也许是我需要刺激。当我有机会走到极限,我会去的。

从某种意义上说,2003年是我自行车运动最疯狂的一年,也是我快到极限的一年。到目前为止,那是我职业生涯中最成功的一年。我得到了我想要的一切——每一次胜利,每一项荣誉,每一个重要时刻——结果却差点把我毁了。

你可以在本赛季的第一个重要赛事,3月的巴黎—尼斯赛,看到我全新的态度。那是为期1周的比赛,被称为"向着太阳竞赛"。过去,我总是带着一个问题参加巴黎—尼斯赛:我行不行?现在,在切科、乌菲和里斯的帮助下,我知道了。我也做到了。在序幕赛中,我拿到了第2名。在第6赛段,我自己做了一个高难度动作:101公里的单飞。我在环巴斯克赛(Tour of the Basque Country)排名第二,而在国际自行车赛(Critérium International)排名第六。在每场比赛中,我都是A级车手。

这个春季规模最大也最艰难的比赛是列日—巴斯托涅—列日赛,穿越比利时境内的257公里,被称为"经典女王赛"。这是我的最爱之一,从1997年起,我每年都参加。但是,这将是我第一次在BB的帮助下参赛。比亚内和我把路线划分成指定的区域,并挑选队友以完成特定的爬坡。他们不用全力以赴地跑完全程,而是尽一切努力让我到达某个点,就换人领骑。

我不是唯一想赢的人。兰斯自1996年以来就没有赢得过一场经典赛，而且因为只专注于环法自行车赛，受到了业内媒体的很多批评。比利时的天气真是太完美了，多雨、潮湿、凄惨。兰斯在整个比赛中都显得非常出色，但邮政队的其他人并非如此。距离终点大约30公里时，他在比赛后期发起了进攻，处于一个很好的位置，如果他能够留下来或者有一些队友在那里支持他，他就有机会赢得比赛。尽管兰斯很强大，但我们其他人都很厉害。我和我的队友们把他包围了起来，尤其是尼基·瑟伦森。距离终点还有3公里时，只剩下8个竞争者，包括兰斯和我。这种情形似曾相识，就像我们回尼斯的路上一样：兰斯和我看着对方，我们的车轮相距1厘米，看看谁更强大。

大家僵持了好一会儿。就在这时，我发动进攻。我拼命地骑着，把我所有的力量都踩在踏板上，他们看着我向前走，觉得我启动得太早了。我们都知道，列日赛的终点是一条可怕的、湿滑的、缓慢上升的道路，似乎永远没有尽头的最后一段路。他们认为我不可能保持领先。

但我做到了。我感到一种从未有过的肾上腺素水平，一种恐慌，就好像被一群狼追赶着。我感到乳酸渗入了我的指尖、嘴唇和眼睑。大雨模糊了我的视线，我只能一直往前骑。当我接近终点时，我回头看去，看到了我所见过的最美丽的景象：一条空荡荡的路。

我越过了终点线，成为第一个赢得列日—巴斯托涅—列日赛的美国人。媒体已经开始大肆报道我的环法自行车赛；如果说环意赛让我登上了头条，那么列日赛就把我推向了风口浪尖。1周后，我赢得了为期6天的环罗曼蒂赛，成为UCI年度积分榜领跑者，世界排名第一的自行车运动员。内心深处，一部分的我在想：哇哦。

在我参加比赛的那些年里，你有没有看过一个赢得重大比赛的自行车手的脸？如果你仔细观察，在笑容之下可能会看到一些阴暗的东西——忧虑。车手很忧虑，因为他知道获胜会带来其他问题，比如百分百确定要接受药检。无论你多么确信自己遵守了药物在体内有效时间的规则，但总会怀疑自己测量错了，或是忽略了静脉，或是检测人员启用了某种没人听过的新测试。站在奖台上却清醒得吓人。你意识到自己的职业生涯完全取决于你从某个西班牙医生那里得到的信息，一个没有合法证件的医生，谁知道他到底在说什么。所以当你表面上微笑时，你的内心却惴惴不安。

我还有其他理由要担心。我知道兰斯会生气。我试图在媒体面前对他表现得友好一点。（"这次胜利有一部分是兰斯的功劳。"我说。）但这没用。他没有理任何人，一言不发地走了出去。后来我听说他把头盔扔到了车队巴士上。我回来的时候公寓周围很安静。

我在列日赛获胜后，有很多新的机会不断涌向了我们的小公寓：赞助商、代言、媒体等等。那年春天，一家制作公司联系上了我和哈文，他们想制作一部关于我即将到来的环法自行车赛的 IMAX 纪录片。制片人原本是想邀请兰斯的，但是兰斯拒绝了，因为他已经在马克·沃尔伯格或杰克·吉伦哈尔主演的电影中参与了演出。所以就像经常发生的那样,我成了下一个最好的选择。我想这就是市场运作的方式,我猜测:如果你找不到蝙蝠侠,就必须抓住侠盗罗宾汉。

这部纪录片的名字叫《大脑的力量》,打算利用我在2003年环法自行车赛中的经历,深入洞悉将身体推向极限时人类的大脑是如何工作的。制作方有680万美元的预算,并计划在我参加环法自行车赛期间,用最先进的电脑图形技术把我脑海中的图景展现给观众。

我的大脑正忙于制订一系列的计划,但我不能直接告诉制片人。整个春天,我都在疯狂地穿梭各地,去马德里和乌菲见面,去卢卡和切科见面,为2003年环法自行车赛做准备。我们决定根据里斯1996年的计划准备3个BB,1个在赛前用,2个在比赛期间。我暂停了所有比赛,全身心地投入训练。我听从了切科的建议,他一遍又一遍地强调,世界上所有的医疗手段都不起作用,除非我首先做到:(1)非常非常健康;(2)非常非常瘦。

瘦身是环法赛准备工作中最容易忽略的部分。听起来很简单:减重,不要吃东西。但实际上,这就像一场战争,尤其是当你像魔鬼一样训练时,身体里的每个细胞都在尖叫着渴求营养。我花在瘦身上的时间比花在兴奋剂上的时间还要多。这个问题困扰着我每一顿饭,每一口食物。

比亚内推荐了他的特殊技巧:训练结束回家后,喝一大瓶汽水,吃两到三片安眠药。当你醒来的时候,已经到晚餐时间,或者如果你幸运,还可能是早餐时间。我什么方法都试过了。我喝了大量的健怡可乐,我也吃很多生的食物,比如苹果和芹菜。我吃奶油糖果来安抚我咆哮的胃。我吃的任何一点东西都要燃烧掉。(比亚内甚至提醒我需要考虑在比赛中由 BB 增加的额外体重。)

我开始痴迷于瘦身。当我和朋友一起吃饭时,有时我会吃一大口食物然后假装打喷嚏,这样我就可以把食物吐到餐巾纸上,借口自己要去洗手间,冲洗干净。如果"拖船"在附近,我就把食物偷渡给它吃,这样我的盘子就显得更空了。这实在太尴尬了。我感觉自己像一个偷偷摸摸的三年级学生或是一个厌食症少年。在我职业生涯的中期,客观地说,我差点患上了饮食失调症(这在顶级赛车手中并不少见)。但事实是,瘦身卓有成效。如果给我两种选择,体重减少 3 磅或红细胞比容增加 3 个百分点,我每次都会选减少体重。

当我处于瘦身模式时,和我在一起就没多少生活乐趣了,哈文对此感到厌倦。我们是一对年轻的已婚夫妇,住在世界上最美丽的地方,有一间漂亮的公寓,我们几乎没有做任何与我的训练无关的事情。假期?抱歉。高档餐厅晚餐?但愿我能。在巴黎度周末?也许在赛季结束之后。不管你怎么调剂,苏打水和芹菜都没有什么浪漫可言。

即使最简单的快乐也变得复杂起来。赫罗纳是一座适合步行的城市,哈文喜欢每天去面包店、市场和咖啡厅逛逛。她会要我陪同,但我总是行动迟缓。我知道这听起来很不可思议,我可能是这个世界上最健康的人之一,但我走起路来像个老人:慢慢地,迈着小步子。当然哈文觉得这很烦人,我们有时会为此争吵。她会说:"你为什么不能走快一点?"我会说:"你为什么不能走慢一点?"

比亚内和我也相处得不太愉快。他希望 CSC 车队在环法自行车赛中有两名主将,卡洛斯·萨斯特雷和我。我觉得我们应该把全队的资源都放在我身上。我们反复争论,我指出,邮政车队是赢得比赛的典范。比亚内坚称,如果我们有几张牌可以打,那么作为一个团队会更好。这个争论在整个环法赛过程中都没有任何解决的迹象。那是我合同的最后一年,在我的内心深处,我开始对比亚内和CSC车队以及我自己的未来产生怀疑。

虽然在自行车外的生活波折不断,但在自行车上的比赛进展顺利。随着环法赛的临近,我的功率不断提高,体重不断下降。6月中旬,我开始发现一些迹象。首先是我的手臂变得很细,以至于我的骑行服袖子开始在微风中飘动,我能感到它们在我的三头肌上震动。另一个迹象是当我坐在木制餐桌椅上时,感觉有点疼。我屁股上没有脂肪了,我的骨头扎在木头上疼得要命。我必须铺上毛巾坐着才能舒服。还有一个迹象,我的皮肤变得薄而透明。哈文说,她可以开始看到我内脏的轮廓了。最后一个迹象是,朋友们开始告诉我,我的脸色看起来很糟,我只有皮包骨头了。在我看来,这像是一种赞美。我知道我正在接近胜利。

第 11 章 发起进攻

2003年的环法自行车赛实际上早在3周前就在环多菲内赛开始了。尽管兰斯赢得了比赛,但他还是受到了伊万·马约和其他选手的挑战,他们做了新的尝试:他们超过了兰斯。这次不是兰斯通过加速给对手施加压力,而是马约通过一次又一次的短时间的爆发来扭转局面。这虽然不足以让兰斯输掉比赛,但足以让兰斯受伤,我们一直在密切关注着赛况。

比亚内、乌菲和我没有在环法赛前4天在马德里注入BB,而是想出了一个更好的、更冒险的计划:在比赛开始的前一天在巴黎注入第一个BB。我的想法是,离比赛越接近,BB的效果在比赛中持续的时间就越长。为了做好准备,我在比赛前将红细胞比容保持在45。我和其他队员一起做了赛前身体检查,然后乘出租车去了乌菲选择的酒店:一个距离比赛总部15分钟车程的破旧小旅馆。一切都很顺利,很快我的红细胞比容就达到了48,我已经准备就绪。第二天,情况更妙了,我第一次在环法赛的序幕赛中击败了兰斯。一切都很顺利:我在自行车上的各项数据都很好,体重也很好,乌菲准备好了另两个BB,整个车队都很强劲。第二天,当我们加速冲向第1赛段的终点时,我开始感到一种可能性。也许,机会就在今年。

第 11 章 发起进攻

这时,来了一场摔车。

通常,你会在摔车之前听到声音。这是一种金属的、刺耳的、嘎吱作响的声音,就像被碾碎的可乐罐刮擦水泥地的声音,但被放大了1000倍。然后,你会听到刺耳的刹车声,还有一种轻柔的砰砰声,那是身体摔倒在地的声音。人们用不同的语言大喊大叫:"小心!""天哪!"但为时已晚。这是世界上最可怕的声音。

环法赛的摔车与其他比赛一样,只是更大,更有破坏性。这一次特别壮观:在赛段的最后,一个急转弯,每个人都像疯了一样,为抢位而战。在这种情况下,一个法国车手抢在了一个西班牙车手的前面,这个糟糕的举动引发了整个连锁反应。从远处看,好像一枚炸弹在主集团里爆炸了。我被挤在队伍中间,无法停下,无法拐弯,不能做任何事,只能紧张地准备保护好自己。我撞到了前面的那堆人,瞬间停了下来,像被鞭甩一样翻倒在地。当我撞上人行道时,我的世界好像炸出了满天星。我听到了什么裂开的声音,那是我的肩膀。

该死的。

我越过终点线,左臂无力地垂着。X 光片确认锁骨两处骨折,一条整齐的 V 形裂缝。出于本能,我问是否有可能继续比赛,医生毫不犹豫地说,这是不可能的。

头条新闻在世界各地一闪而过:汉密尔顿出局了。车手经常摔断锁骨,而且流程很明确:休息一两个星期,再骑自行车没问题的。我的伤情带来的打击太大了。所有的工作,所有的准备,所有的冒险。IMAX 纪录片,赞助商,车队,全部都要完蛋了。比亚内和我都忍不住流下了眼泪。

我问另一个医生,他是怎么看的。

他说,不可能的。

我又问了第三个医生,看到一丝希望。他说,虽然骨头明显骨折了,但是情况很稳定。还有机会。我决定试试。

第二天早上,我做了几次深呼吸,痛苦地扭动了几下肩膀,我终于穿上了骑行服。CSC车队教练在我的锁骨上绑了几条运动胶带,来帮助稳定它。技师降低了我轮胎的压力,并在我的车把上加了3层胶带,来增加一些缓冲。团队以为我会骑几分钟然后退出,就把我的行李箱带到了第一个补给区,这样我就可以直接去机场了。

我骑上了自行车。

痛苦有着不同的味道。这是一种新的味道:更浓烈,更让人头晕眼花;如果它有颜色,那会是电光绿。车轮滚过一块鹅卵石时我感到一阵剧痛,从指尖直蹿到我的头顶。我不知道是该大喊大叫还是呕吐。但问题是,如果你可以坚持前10分钟,那么你就可以坚持更长的时间,时间开始变得无关紧要。奇怪的是,比赛的混乱和匆忙使人平静了下来。我用力骑着,利用肌肉的疼痛来分散我对锁骨疼痛的注意力。

谢天谢地,这是平路赛段,相对容易——就环法赛而言。我一整天都骑在车群后面,尽力完成了那天的比赛。我脸色苍白,几乎说不出话来。我可以从周围人的表情看出来,其他车手没想到第二天还能再见到我。

第二天早上，我又出现了。再次感受到那些电光绿的闪电。又一次感觉自己要吐了，快昏倒，死去。但我又一次成功挺了过来。

就这样，我度过了第一周。虽然伤得不轻，但我感到我的身体和大脑都适应了这个任务。人们开始注意到我，这引起了一个小小的轰动。IMAX 制作人欣喜若狂，"谈谈大脑的力量"，他们不停地说。我不得不提醒人们，请不要再拍我的背了，它也很疼的。

真正的考验是第 8 赛段，有着残酷的三段爬升：电报山，加利比耶山，还有最著名的爬坡终点——有 21 个传奇弯道的阿尔普迪埃。我们都知道兰斯和邮政队会在阿尔普迪埃采取行动：让车队以极快的速度消耗掉所有人，为兰斯惯常的环法赛第一爬坡进攻铺平道路。

在第 8 赛段的 3 天前，我走了一步棋。乌菲和我原计划在环法赛的第一个休息日，也就是阿尔普迪埃之后的两天注入第二个 BB。但是由于锁骨骨折，我感到很虚弱。第一周我就消耗了很多精力，我现在需要 BB。我用秘密电话给乌菲发了短信。

> 我们 11 日在里昂共进晚餐。

他立刻回复短信：我们不是说好晚一点会面吗？他不确定是否可行。我没有退让。对我来说，这像是一个陌生的角色：一个非常不好说话的老板。我基本上是让乌菲闭嘴，做我想做的事。

> 这很重要，我们就订在 11 日。

11日晚上,我在里昂的酒店房间里。晚上10点一过,我听到了敲门声,乌菲带着一个软边冷藏箱进来了。他衣衫凌乱,有点不高兴,因为他不得不想尽办法来完成这项工作。但他也很兴奋,像往常一样,滔滔不绝。

"该死的泰勒,你疯了!锁骨断了还去比赛?你的环法赛肯定很不错吧!"

即使乌菲情绪很激动,他的行动还是很有效率的。几分钟后,他把袋子拿了出来,橡皮筋、针头、阀门、拉链,接着就给我做了输血。15分钟后,他踏着月色走了,我也为阿尔普迪埃准备好了。

不是每个人都这么幸运。在第7赛段,卡尔美车队的车手杰斯·曼扎诺晕倒在路边,险些丧命。接下来的几天里,主集团的小道消息传了出来。有传言说他的BB出了点问题,也许是处理得不太小心,也许是储存温度过高了,也许是被感染了。变质的BB可能会要了你的命,因为它就像是注射毒药一样。我很感激有专业人员和我一起工作。*

当然,我们依然要和药检人员周旋。我们称他们为"吸血鬼"。在环法赛期间,他们往往早上第一件事就是要我们提供血液和尿液。在注入早期的BB之后,我就开始担心要接受检测。果然,第二天早上,

---

* 据曼扎诺说,队医给他注射了50毫升的血红蛋白,一种血液替代制品。(卡尔美车队官方人员否认了这一指控,称曼扎诺中暑了。)那个赛季的晚些时候,曼扎诺在环葡萄牙赛中输了一个血袋,再次病重,并在西班牙《阿斯报》上向公众坦白。他的坦白引来了西班牙警方的调查,称为"港口行动"(Operación Puerto)。此次行动导致尤费米亚诺·富恩特斯被捕,引发的丑闻终结了扬·乌尔里希和其他顶级车手的职业生涯。

我们车队被选中接受检测。对我来说幸运的是，这些规则对我很有利：按照惯例，车手在接到通知后会有一个短暂的窗口期，让车手自己储存好要检测的体液。虽然时间不多，但足够用来静脉注射一袋生理盐水，我们称之为速溶袋，它可以将红细胞比容降低约 3 个百分点。这就是那些后勤人员和队医赚钱的地方：他们随时待命，以备不时之需。CSC 车队的工作人员与邮政车队的一样出色。一个速溶袋之后，我又回到了安全区。这是一项团队运动。

2003 年 7 月 13 日，星期天，阿尔普迪埃，其他人的创新技术赶上了兰斯和邮政队。天气热得冒火，柏油路在高温下开始融化。在当天第二段爬坡中，在加利比耶山，邮政队派了 5 名骑手到最前面，然后开始了他们的进攻。在过去的几年中，主集团会在这种策略下被击溃，最后兰斯只剩下几个对手。但是今年这种情形没有发生；我们中约有 30 个人和他们一起翻越了山顶。而且我们看起来状态相当不错。

其中有乌尔里希，他比我以前看到的更加锐利和苗条。你几乎可以在他放松的肢体语言中感觉到切科所施加的影响力，那种加速时自如的状态。

马约和贝洛基分别效力于不同的车队（马约代表巴斯克电信车队，贝洛基代表 ONCE 车队），性格截然相反：贝洛基有着悲伤的眼神和态度；马约魅力非凡，英俊潇洒。但是他们两人都喜欢进攻，而且都无所畏惧：他们不是为了排名去比赛，而是为了夺冠。

还有疯狂的哈萨克人亚历山大·维诺库罗夫。尽管维诺库罗夫有着消防员般的身材，但他仍然是一个强大的竞争对手：一个不知疲倦的进攻者，同样擅长计时赛和爬坡，拥有主集团中最好的扑克脸之一。你永远不知道他什么时候会发起自杀式进攻。而且我认为进攻时他已经做好了充分的准备。有一次，我在乌菲的马德里办公室外面等待，在附近的一家咖啡馆发现了维诺库罗夫。

在阿尔普迪埃的山脚下，有 5 个邮政队员骑在前面。埃拉斯和切丘开始全速冲刺，尽他们所能地向前冲。这是他们以前赢得 4 次环法赛的一种战术，几分钟超高功率的集团冲刺。一会儿，我就掉队了，然后我又赶了上去。

那是一个重要的时刻。如果有人想知道兴奋剂对比赛的影响，我建议他们看看 2003 年阿尔普迪埃的山脚下的那 10 秒钟。当兰斯和他的同伴开始加速前进的时候，我立刻被甩下二三十英尺的距离。如果没有 BB，我可能被拉得更远，再也赶不上去，那么我的比赛就提前结束了。但用了 BB，我的心跳每分钟增加了 5 次，又增加了 20 多瓦的功率。有了 BB，我可以重整旗鼓，迎头赶上。在视频里你可以看到我从画面底部升起来了，赶上了领先集团。兰斯回头一看，我就在那里。

兰斯继续进攻，踏板踩得飞快，去达到他想要的水平。但是他甩不掉我们：马约和他的队友海马尔·祖贝尔迪亚，贝洛基，维诺库罗夫。但没有邮政队的人，兰斯现在是孤身奋战，他耗光了他的助手们。

进入阿尔普迪埃的几分钟后，兰斯从自行车上站起来骑着，像他最努力的时候一样。我不能站，锁骨太疼了，所以我咬紧牙关，继续坐着，尽可能地用力骑。就像以前训练时那样，只有我和他两人在尼斯的山上。他全力以赴，我紧随其后。

"怎么样？"

"我还在这儿。"

"怎么样？"

"还在这儿。"

有一道简单的算术：爬坡的领骑通常比跟风的车手多消耗15—20瓦的功率。这就是为什么你要尽量多跟风。为了在关键时刻进攻和反击，节约你的能量。我们使用的短语是"点燃火柴"，意思是每个选手都有能力加速反击那么几次。现在，在阿尔普迪埃，兰斯正在点燃一根又一根火柴。

我们感觉到了，开始向他发起进攻。首先是贝洛基，然后是马约，最后是我进行了超越，将兰斯甩在了身后。战术非常有效。几秒钟后，我身后没人了。在电视转播中，评论员菲尔·利格特和保罗·舍文都快疯了。

"我们从未见过像这样的爬坡。"利格特喊道，"他们认为兰斯很脆弱！他们真的相信阿姆斯特朗会被打败！"

兰斯的脸色很不好，前额上有很深的皱纹，下唇向外突出，头部向前倾斜。他努力追赶上我。然后，马约加速离开了，冲向公路，他那没有拉上拉链的橙色运动衫，像超级英雄的斗篷一样拍打着。维诺库罗夫紧随其后。兰斯让他们俩先走了。我试图再次甩掉他,但兰斯紧紧地跟随着。现在,我们的角色互换了。他告诉我:"我还在这儿,伙计。"

到最后的急转弯时,我们都没有火柴了;在最后几公里的爬坡中我们彼此紧挨着。马约拿到了冠军;维诺库罗夫排名第二;兰斯和我还有其他 5 个人一起完成了比赛,乌尔里希仅落后 1 分 24 秒。之后,媒体谈论的都是关于兰斯的弱点。但我们这些车手知道他们搞错了。事实上,在我的环法自行车赛生涯中,这是第一次最公平的比赛。

接下来的几天里,我受伤的锁骨压迫了背部的神经,引发了比锁骨骨折更严重的疼痛,并导致我的背部痉挛。第 10 赛段的晚上,疼痛变得难以忍受,走路都越来越困难。我的呼吸也受到了限制。我们尝试了所有常用的方法,按摩,冰敷,加热,泰诺。没有任何好转。那感觉就像一个铁拳紧紧地缠绕在我的脊椎上。

CSC 车队的治疗师是一个身材苗条的新手,名叫奥莱·卡雷·福利,他决定尝试一种极端的脊椎矫正疗法——基本上,是要像拉直一根弯曲的铜管一样来矫正我的脊椎。我叫他快点试试,他就尝试着做了。我在尖叫,奥莱和哈文在哭,"拖船"在叫。但当一切结束时,我感觉好多了。在接下来的几个赛段中,我损失了一些时间,但我仍在离领奖台不远的地方。

进入第 15 赛段后,比赛变得比以往任何时候都更加紧张:5 名选手之间的差距只有 4 分 37 秒。邮政队似乎只有一张牌能打了,就是再次尝试用蛮力击败我们;但他们又失败了。一直到那天最后一段爬坡,终点为吕兹阿迪登,我们都在一起。马约是第一个进攻的,兰斯回应了,我们跟随着。兰斯追回了马约,然后自己发起了进攻。

当兰斯领先时,他有时喜欢在路边尽可能靠近观众的地方骑行,让追击者更难;而且这样,他身后的对手也会比他在中心位置时利用到的尾流更少。只给别人挡一半的风,这个方法虽然有用,但也有风险。因为当你靠近观众时,事故就有可能发生。

这时一个大约10岁的男孩出现了。他拿着一个黄色的塑料补给袋玩耍,当阿姆斯特朗经过时,他的右车把钩住了这个袋子,这个男孩本能地抓着袋子,把阿姆斯特朗带翻到了人行道上,也导致马约摔车了。乌尔里希紧急打弯,才避免了和他们撞在一起。

我们继续前行。在这种情况下,传统的做法是停止所有进攻,等待黄衫选手重新加入队伍,这是骑自行车比赛的古老骑士精神的一部分。因此,我们一直以稳定的速度蹬着踏板,等待着兰斯重新加入。

乌尔里希也一直踩着踏板,我看见他在离马路几百米的地方,我觉得他不像是在等我。确切地说,乌尔里希并没有进攻,但他也没有放慢脚步。我决定点燃一根火柴,赶上他,并告诉他把速度降一点。我花了大约1分钟的时间赶上去,当我们并排时,我示意他和其余的人等一等。乌尔里希一直等着,直到兰斯重新加入了我们。然后,兰斯加速骑行,以令人印象深刻的方式赢得了比赛,他超过乌尔里希40秒,比我快1分10秒,为自己进入环法赛的最后几天多赢了一点时间。

那天晚上,哈文收到了兰斯的短信。短信写着:"泰勒今天极有风度。你丈夫是真正的男子汉。非常感谢。"我很感谢兰斯能这么做,但是,我更欣赏去做正确的事情的那种感觉。这与兰斯无关,这是关于公平。即使在我们的世界,尤其是在我们的世界里,有时候遵守规则的感觉很好。

那天晚上,我在附近的一家酒店与乌菲碰了面,并拿到了第三个BB。一切都很顺利,但我总有一种后悔的感觉,希望我能早点注入BB。这样,我就不会在第13和第14赛段损失时间了。现在我的锁骨感觉更稳定了,我知道我必须很好地使用这个BB。第二天是我在环法赛中最后的机会:第16赛段,从波城到巴约讷,包括环法赛最后的大爬坡。

这一天的开局并不顺利:刚开始的时候,我在一个突围集团之后被追上了,掉队了。我觉得自己无法突破,很沉重,就像我有时在使用了BB后那样。我不得不叫来一些队友,让他们给我配速。很快我又回到了前面,感觉好多了。

当我们到达当天的第一个主坡时,我发起了进攻,成功追上了一个小突围集团。我们与主集团拉开了一段距离,当我们接近当天的大考验——巴加基山口时,我决定再次进攻。我低下头,仿佛进入了死亡地带般骑着,当我抬头时,发现只有我独自一人在雾中,距离终点线还有96公里。

单人突围是一种奇怪的体验。我想这有点像划船横渡大西洋。一开始你有一种自由放飞的感觉,你可以肆无忌惮地消耗你的精力,不会有任何损失。然而随着时间的流逝,你的大脑开始捉弄你,你的情绪从一个极端跳到另一个极端。某一刻你感到孤独和绝望；下一刻你又会感到自己所向披靡了。

我和以往一样努力。我通常为自己保持一张扑克脸而感到自豪，但正如那天的照片所显示的那样：目光散乱，眼睛浮肿，舌头伸了出来，头往后仰。我生病了。但是我的腿很强壮，还在不停地运动。

我慢慢扩大着领先优势。先是领先2分钟，然后是3分钟，4分钟，令人难以置信的5分钟。随着差距的扩大，我感到自己变得越来越强大：我今天开始的时候落后兰斯9分钟；而现在我正奔向环法自行车赛的领奖台。在我身后，主集团很担心并开始追赶，特别是那些可能站不上领奖台的车队们。我几乎能听到兰斯的咆哮——"不正常！"。他们竭尽全力地追赶我，车队之间轮流领骑。但是他们追不上我，今天不行。这场比赛中所有的一切都偏离了方向：摔车，我的锁骨，紧张的神经。而今天有所不同。通往巴约讷的漫长旅程就像过山车一样，有陡峭的短上坡，也有陡峭的短下坡。我看到后，心里笑开了花。它就像和切科在托斯卡纳山上的训练一样，做我们的40-20秒训练。我用的是我的新发动机系统。在我的耳机里，我可以听到比亚内的平静声音，催促着我前进。

"你正在击垮环法自行车赛。

"泰勒，泰勒，泰勒，你真强大。

"他们追不上你。"

你可以谈论所有关于BB和"埃德加"的信息；你可以叫我骗子和服用禁药的人，但至少得坚持到比赛结束。事实是，在一场人人机会均等的比赛中,我就像参加了一场游戏,而且做得很好。我抓住了一个机会,尽我所能地发挥,当一天结束的时候,我率先完成了比赛。当我接近终点线时,我放慢了速度,以便比亚内能在我旁边,我们携手取得了胜利。媒体称这是环法赛历史上最长、最勇敢的一次单人突围。一些车手抱怨我是"外星人",但我不在乎。几天后,兰斯以微弱的优势战胜了乌尔里希和维诺库罗夫赢得环法赛;由于我的突围,我取得了个人历史最佳成绩,总成绩排名第四。我当时还没登上领奖台,但是我离它很近了。

遗憾的是,几天后,我和比亚内·里斯分道扬镳了。尽管我们非常喜欢彼此,尽管我们取得了成功,但我们在一个关键问题上一直存在分歧。我觉得我需要在环法赛中得到整个车队的支持,而比亚内致力于双主将的理念。我意识到我们的关系在第13赛段就结束了,当时比亚内开着我们的队车从我身边疾驰而过,去帮助卡洛斯·萨斯特雷取得赛段胜利。离开CSC车队并不容易,当我告诉比亚内我的决定,我们俩都哭了。他说他从未见过像我这样努力工作的人。我很感激他,并对他表示赞赏。但是我不再是一只幼犬了。我已经33岁了,没有多少时间可以等待。

在2004年和2005年赛季,我与一支崭露头角的瑞士车队峰力签约。车队老板安迪·里斯(Andy Rihs)是一个性格开朗、长得像熊的瑞士大亨。他是你梦寐以求的那种老板:积极的态度,远大的雄心,纯粹的支持。我的合约是年薪90万美元外加奖金。这些数字加上安迪的支持,使我确信我将成为环法赛的领头羊,而2004年将是我把所有筹码推到桌子中央的一年。

8月初，我回到美国，有了一个惊喜：我出名了，而且至少有几个星期了。我知道我的环法赛表现吸引了人们的注意，但是还没有意识到影响到底有多大。我知道的第二件事是，我将在《今日秀》节目中接受马特·劳尔的采访，在红袜队的比赛中投出第一个球，在美国证券交易所敲响开市钟。场内的交易员们见到我特别高兴（显然他们中很多人观看了环法赛）。他们开始叫我泰勒·去他的·汉密尔顿，"嘿，看看，这是泰勒·去他的·汉密尔顿"，直到我们确定这是我的新中间名。

我的家乡举办了一次游行。3000多人聚集在马布尔黑德的海滨公园，到处是彩旗、T恤衫和黄色标语，上面写着"泰勒是我们的英雄"。一块界碑在城市的边缘竖立起来：世界级自行车运动员泰勒·汉密尔顿的家乡。一队骑自行车的人把我们带了进去。我和哈文坐在一辆闪闪发光的敞篷车后座上，向人们挥手致意。我站在讲台上发表演讲，并收到了这座城市的钥匙。我望着外面的一张张面孔——这些快乐的、钦佩的、微笑的脸庞。

我受不了了。

不要误会我的意思。我内心的感激之情难以言表。我对所有的美好愿望感到荣幸和感激。身边是我一起长大的朋友和家人，真是太棒了。但在内心深处我感到羞愧,被大家赞扬后感觉更羞愧。

最糟糕的是,赞扬之声好像永远不会停息。完全陌生的人在我们家门口留下礼物;给我写了很长很感人的信,讲述了我给他们带来多少启发;通过电子邮件求婚,以我的名字来命名他们的孩子。为了缓解这种感觉,我试着将注意力转移到其他地方。当粉丝开始询问我的锁骨或我的赛段胜利时,我会转移话题。我会问他们关于他们的家乡、他们最喜欢的棒球队或者他们的宠物,除了谈我自己。当他们赞扬我时,我会回答:"嘿,这只是一场自行车比赛。"我真的是认真的。最终,我们并没有解决世界饥饿问题,我们只是一群瘦骨嶙峋、想要第一个冲过终点线的疯子。但我的尝试通常会产生相反的效果,因为人们认为这是我的谦逊和体贴。我被这些赞誉困住了:无论我做什么,它都创造了更多的名声、更多的关注。

我记得当时在想,这就是兰斯每天的生活,只是他比我糟糕100倍。我们被困在同一个游戏里,没有出路。我要怎么办,退役吗?说实话吗?开始骑"帕尼亚瓜"吗?世界需要更多精彩,需要更多英雄。因此,我必须给他们更多希望——继续保持胜利,继续成为他们希望我成为的那个英雄。

那年秋天,我和哈文在博尔德市的阳光峡谷路买了一栋新房子,可以欣赏到大陆分水岭的美景,客厅里放着一架三角钢琴,所有的装修都很精致,连墙上雕刻的木制驼鹿头都有。我们觉得已经拥有了一切。但在内心深处,真相一直在折磨着我。

2003年秋天,我陷入了人生中最深的沮丧。我快沉入黑色的海底，我好几天都下不了床。我对骑自行车、吃饭以及任何能带来快乐的事情都没有兴趣。从各种可能的角度来看，我正处在事业的巅峰期，我几乎完成了所有我想做的事情，甚至更多。我很成功，也很富有，好像每一扇门都向我敞开。但我非常痛苦。

人们对抑郁症不了解的是，它有多让人痛苦。就像你的大脑确信它即将死去并产生一种酸，这种酸会从内部侵蚀你，直到最后剩下一个可怕的空洞。你的脑子里充满了黑暗的思想；你会觉得你的朋友暗地里恨你，你一文不值，也没有希望。我从来没有想过要结束这一切，但我能理解为什么有些人会这样。抑郁症实在太让人痛苦了。

我终于挺过来了。哈文在朋友中为我找了借口，预约了一个很棒的医生，这个医生给我开了怡诺思，每天服用150毫克，这足以使我的大脑恢复正常。渐渐地，我感到自己正在恢复。几周后，黑暗开始消退，我对生活的渴望又回来了。哈文真的很棒。在这几个星期中，她理解我，照顾我，直到我感觉自己足够坚强，可以公开露面，可以再次骑上自行车。

有一件事对我帮助很大，那就是我们与泰勒·汉密尔顿基金会的合作，基金会迅速发展起来，这要归功于我的知名度。我们的主要项目之一是组织团体骑行来筹集资金和增强人们的意识。其中一个惊喜是，有不少多发性硬化症患者加入我们的活动。当我看到患者脸上的微笑，或者当我看到他们在陡峭的山坡上艰难前行时，我对成功的所有疑虑都烟消云散了。他们的奋斗，他们的坚韧，让我的生活更有意义。

2004年赛季开始时,我们感到有些难过,但也变得更理性了。我们已经登上了自行车世界的顶峰,当我们到达那里时,发现大部分都是荒凉和空虚。我想那是我和哈文都开始谈论退役的时候,谈论我们什么时候才可以放弃这种疯狂的生活,安定下来,过上正常的生活,生个孩子,交交朋友,吃顿真正的晚餐,一起散散步,一起度过美好时光。我们开始梦想着另一个目标,而不是展望一个漫长而富有成效的职业生涯:我将为峰力车队效力两年,然后兑现了奖金就回家。

第 12 章　孤注一掷

2004 年初当我回到欧洲的时候，就已经准备好再次出征，而峰力车队也已经准备好了。从老板安迪·里斯到技师，所有人都在同一战线，瞄准了环法自行车赛。如果我们今年有一个主题，那就是"人人为我，我为人人"。

峰力车队一开始是这些人。我们的车队总监是一个冷静开朗的人，名叫阿尔瓦罗·皮诺，他曾领导过强大的卡尔美车队。我们签下了 3 名西班牙车手，奥斯卡·塞维利亚、桑托斯·冈萨雷斯和何塞·古铁雷斯，以补充现有的队员，其中包括圣地亚哥·佩雷斯，瑞士车手亚历克斯·祖勒、奥斯卡·卡门青德和亚历山大·莫斯，以及斯洛文尼亚硬汉塔代伊·沃利亚韦茨。我也从 CSC 车队带过来一个聪明的车手，也是我的好朋友尼古拉·雅拉贝尔。还有一些西班牙人已经和乌菲一起工作过了，乌菲曾经是西班牙卡尔美车队的队医，这增强了团队凝聚力。

在训练营，我定下了基调：我们会努力工作；但我们也会善待彼此，我特意向大家证明我不是一个自大狂。我是最努力的；我拜访了每一个人，了解我的每个队友和他们的家人。我尽力确保没有人会把我们的团队文化和邮政队文化混为一谈。

我们致力于创新和技术。我们开始与BMC自行车公司（该公司也是为里斯所有）合作，车队将为我设计一系列新自行车，供我参加环法自行车赛——基于赛车的轻便而快速的设计。我们将为计时赛提供最好的紧身衣，还有最好的厨师，最好的技师。我们的车队巴士是个美丽的亮点：一辆摇滚明星风格的巴士，比邮政队的巴士更新颖、设施更好，有两个浴室，真皮沙发，立体音响，电视，海拔模拟器，等等。

当我2月碰到乌菲时，他告诉我一个大消息：他刚买了一台冷冻机。这不是普通的冷冻机。它是一台特殊的医疗冷冻机，以及一些配套的设备，这将是他计划内一项重大创新的基础。乌菲给它取了个绰号叫"西伯利亚"。

乌菲以比平时更快的语速解释了这个想法：与其采用常规的冷藏血液方法（每隔几周需要往返马德里一次），还不如试着冷冻BB。一旦BB被冷冻后，它就可以无限期保存。这真是我的福音。我可以避免为了注入BB来回跑的麻烦和压力，还可以在任何合适的时间抽血。而且我可以在环法赛中不局限于使用两个或三个BB，我可以用得更多。

乌菲解释说，我应该考虑两个主要因素。其一，使用"西伯利亚"要花费更多的成本。他必须做很多耗时的工作来保持红细胞的活力，慢慢地将它们跟乙二醇溶液（基本上是防冻剂）混合，用于代替水，从而防止细胞在冷冻时破裂。其二，"西伯利亚"BB的功效要稍弱于冷藏BB：因为冷冻过程中固有的创伤，只有90%的细胞能够存活——差异不大，但值得注意。乌菲解释说，我的身体会把那10%的死亡红细胞排出体外，我的尿液会有一点锈色，这是有点令人不安的副作用，但基本上是无害的。

最精彩的部分是（乌菲总是知道如何营销），他告诉我，他不会把"西伯利亚"卖给所有的客户，只会卖给少数几个人：我、乌尔里希、维诺库罗夫和伊万·巴索。这个赛季的标价是 5 万美元，加上我每一次胜利的奖金。

我的选择很简单，因为这并不是一个真正的选择。我可以让竞争对手使用新的冷冻机，而我会落后；我也可以加入这个俱乐部。从某种意义上说，我们四人一起接受同一个医生的看顾，我们的血液保存在同一台冷冻机里，这是很公平的，一个公平的竞争环境。所以我告诉乌菲，我同意这样做，还对他表示了感谢。直到后来，我才发现我的感激之情完全用错了地方。

我从来没有像那个春天那样忙碌，当时我和峰力队都在为 2004 年环法赛做准备。有上千个细节需要考虑，有上千个决定要做。有时，我会感到很平静。但在其他时候，感觉生活正处于失控的边缘。

我记得有一次去和乌菲会面，很特别。我是直接从一场比赛下来的，累坏了，还背着一个行李袋。我只记得乌菲让我在咖啡厅里等了很久。我已经订好了回赫罗纳的机票，非常想回家。我喝了一杯又一杯咖啡。当我终于收到短信"警报解除"，我冲了进去，躺在床上，乌菲开始工作。当我开始抽血时,我把手弯曲成拳头,促使血液更快地流动。

袋子装满后,我跳了起来。我通常会把手臂举过头顶几分钟,用棉球压着,但今天我没有时间这么做了,我用创可贴把棉球贴上,把袖子拉下来,说了声再见,然后就向出口走去。我到了外面,在马德里的大街上,沿着街道朝一辆出租车跑去,拖着我的行李袋走在鹅卵石路上,希望我不会迟到。大概在离他办公室两个街区的地方,我突然感到手上有一股奇怪的湿气,我低下头看到我的手沾满了鲜血,我的袖子都湿透了。我举起手,它看起来好像在红色颜料里蘸过一样,就像我刚刚杀了人一样。

很快,我把沾满血的手塞进夹克里,用力压着手臂上的针孔。我叫了一辆出租车,不想让司机知道我的状况,我悄悄用纸巾擦去手臂和手上的血液。当我到达机场时,我去了洗手间。我把衬衫扔进了垃圾桶,用纸巾盖住,然后走到一个水槽前,用水冲洗着我的手掌、手腕和指甲缝,把所有的血迹都冲干净。我擦了又擦,不仅是为了我自己,也是因为我想把它掩盖起来,不想让哈文看到,怕她为我难过。

当我回到家时,"拖船"开始闻我的手,躁动不安,它能看出发生了什么事。哈文问我去马德里怎么样。我说,很好。

回到赫罗纳后,家里的生活发生了变化。兰斯没有带着克里斯汀

第 12 章 孤注一掷

出现，而是带着他的新女友谢里尔·克罗一起。我们听说他和克里斯汀突然离婚了，但是没想到事情会这么快。谢里尔本分实在，也很友善，兰斯看起来很高兴，至少在我们看来是这样的。

兰斯和我不常碰面，除了偶尔在我们大楼的门口或马路对面的咖啡店前擦肩而过。但我们用不同的方式互相监视着。自行车媒体上充斥着兰斯和泰勒的故事，你一回头就能看到相关的网站或杂志封面，所有人都期待着我们在环法自行车赛上的对决。在公共场合，我还是一如既往地谦逊，说我希望能登上环法自行车赛的领奖台。但在私下里，和新队友们在一起时，我把目标定得更高。我的目标是赢得冠军。

我们的赛季起步很糟糕，但是表现慢慢好起来了。我在国际自行车赛中排第 12 名，在环巴斯克赛中排第 14 名，在列日—巴斯托涅—列日赛中排第 9 名，在列日赛前我使用了 BB。一场场比赛过去，我变得越来越有发言权，越来越果断。例如，当我们练习团队计时赛时，队员们没有保持很好的队形，我就没有耐心了。以前的我可能会开个玩笑或试图表现得温和一点。但现在，我毫不犹豫地告诉他们："该死的，伙计们，振作起来。"

在 4 月底的环罗曼蒂赛中，情况开始好转，我们有 3 名选手进入了总成绩排名的前 6 名，而且我赢了。比赛结束时，我们聚在一起拥抱，大笑，狂欢。这感觉棒极了：像邮政队一样高质量的胜利，是靠我们自己的本事，而且是带着微笑而不是苦着脸来完成的。

然而，我们在环法赛前的主要目标是环多菲内赛，这是环法赛前的最后一次大赛。大多数知名选手都会参加：兰斯、马约、萨斯特雷、莱菲海默。如果表现出色，就会传达出一条信息，那就是峰力车队是一支不可小觑的力量。

在环多菲内赛开始前，我和几个队友飞到马德里进行输血。我们一贯从简：住在机场附近的一家酒店，乌菲和尼克来找我们，到我们各自的房间给我们每人一个BB。大家一起做这些事情的感觉很奇怪，就像我们回到了费斯蒂纳事件之前的日子，回到了团队组织的兴奋剂时代。我不希望我的队友知道我做事情的细节，当然我也不想知道他们做了什么，那会让我觉得赤裸裸的，无所遁形。但我也希望大家都比赛顺利，所以我没有提出抗议。BB注入我们体内后，乌菲就离开了，那感觉棒极了。我们前往多菲内时，心里暗自激动，因为我们确信自己会做得很好。

人们通常可以通过看谁在序幕赛中表现出色，来猜测哪些车队已经为比赛做了准备。出于同样的原因，我们也可以猜测哪些车队在比赛前使用了BB，因为他们的表现受到了影响（就像我在2000年第一次输血后，在环南法赛上的表现就很有戏剧性）。我们队在序幕赛上表现非常出色，前8名中有5名峰力车手，而邮政队的车手分别排在第12、25、35、60名。在比赛的前几天，我注意到兰斯看起来很焦虑。他一般会在赛场上和我说话，像往常一样恐吓我，传达出一些针对性的信息。现在是沉默以待。

最重要的是第4赛段，我们的老朋友旺图山赛段的个人计时赛。这一天，我们所有人都将展示出参加环法赛的真正实力。那天早晨，

第12章 孤注一掷

在起点小镇贝端，现场气氛就像是环法赛，到处是旗帜、帐篷、三角旗，成百上千人在叽叽喳喳。有很多关于兰斯的传闻，其中大多数与戴维·沃尔什的一本新书有关，这本书将披露指控兰斯服用兴奋剂的新证据。邮政队那边的气氛很紧张，大家都低着头，没人说话，每个人都小心翼翼地绕着兰斯走。看到他们紧绷的表情和警惕的眼神，我感到一种极大的解脱，因为我已经不再是他们中的一员。

在我们的巴士周围，一切都很平静，都在我们的掌控之中；每个人都在做自己的工作。我当时正骑着一辆新的登山车，它像羽毛一样轻盈，车身乌黑，没有标志，就像是某种秘密的测试飞机。我在滚筒骑行台上热身。当你身体状态变好的时候，你能感觉到，我当时就感到我的腿富有弹性，反应灵敏。我们将按照排名的相反顺序开始，两分钟的间隔，依次离开，骑车上山。先是兰斯，然后是我，接着是马约。

旺图山低处的山坡永远没有尽头：这是一个穿过幽暗的松树林的陡峭山坡。前面，我能听到兰斯路过时的吼声。我又加速了一把，想把吼声拉近一点。我来到著名的月岩般的白色岩石路上，感觉就像刚刚醒来，像刚出生一样。我感觉很好，发挥到了极限并一直保持着，然后再多加速了一点。人群的吼声越来越近了，我看见兰斯就在前面。他站立着骑行，就像他在身体极限时通常做的那样。从他的肢体语言我可以看出他正在全力以赴，我在追赶他。在耳机中，我听到了时间差。在爬坡进行到 2/3 时，我比兰斯快了 40 秒。我试着放松了一下——现在还没有兴奋的感觉——只有更努力地前进。

在旺图山上骑车是一种奇特的经历，尤其是当你接近顶峰时。没有任何视角——没有树木，没有建筑物——距离会欺骗你。有时你会觉得自己跑得很快，有时候又感觉自己一动不动。现在我感觉就像在飞一样。我能看到兰斯在热气蒸腾中前行。一时间，我觉得我就要赶上并超过他。我几乎做到了。当我穿过旺图山的终点线，我比历史上任何人都更快。我在不到 1 个小时的时间里比兰斯快了 1 分 22 秒，这是一个很大的差距。更重要的是，我的峰力队友中有 5 个进入了前 13 名；除了兰斯，邮政队成员都处于主集团的中间位置。*

我在山顶看到了兰斯。他的脸绷得紧紧的，脖子上围着一条毛巾。他没有对我或任何人说一句话，我看见他骑着车向队车而去，看上去很害怕。他在旺图山骑的速度比以往任何时候都快，而我们遏制了他。环法赛就在 3 周后，一切都在不确定中：兰斯有可能取得创纪录的六连冠，他将成为有史以来最伟大的环法赛冠军，更不用说他将从耐克、奥克利、崔克和其他赞助商那里获得的数百万美元奖金。我知道他会进攻。我只是不知道他会怎么做。

那天晚上，在旺图赛段结束 3 小时后，我们峰力车队的管理层接到了 UCI 的电话，UCI 提出了一个非同寻常的要求：比赛一结束，我

---

* 参加比赛的乔纳森·沃特斯说："在爬坡之后，弗洛伊德·兰迪斯的脸色发白，看起来快死了。我问他怎么了，他告诉我在比赛前取出了一袋血。"据兰迪斯说，邮政队的环法赛选手在环多菲内赛前几天做了输血。

就要去他们位于瑞士艾格勒的总部,参加一个特别会议。我很困惑,也有点担心。我从来没有听说过UCI邀请哪个车手到他们总部去面谈。那感觉好像我被叫到校长办公室一样,"海因·维尔布鲁根要见你"。问题是为什么。

我很紧张,但是我有理由相信自己没有被查到。我知道有新的血液兴奋剂检测方法,被称为"分值检测"(off-score),检测的是总血红蛋白数与年轻网状红细胞数的比率。分值越高,发生输血的可能性就越大(因为接受输血会使你的成熟红细胞数量过多)。正常的分值应该是90,UCI规定分值超过133的任何车手都将被停赛。我知道我4月的数据为132.9。当然是就差一点,但我还在安全区域。

大多数时候,我很自信,因为我确定自己没有做任何我的对手没有做的事情。我没有一次注入5个BB,没有服用大量"埃德加",也没有去尝试全氟碳化合物或其他一些神奇的东西。我很专业,我的红细胞比容低于50。我是按规矩来的。

UCI总部所在地艾格勒镇,坐落在一个风景优美的山谷中,就在《音乐之声》拍摄地的旁边;可爱的高山小屋,农场,草地。UCI总部是该镇唯一有现代特色的建筑,一座玻璃钢结构的建筑,位于一个牧场旁边。奶牛就在旁边吃草,感觉很不协调。在那之前,我一直认为UCI是一个重要的、最先进的组织。实际上,它看起来更像是一个不错的办公园区。

UCI首席医疗官马里奥·佐尔佐利医生在门口迎接了我。佐尔佐利是一个体面的绅士,面带笑容,散发出医生般的关怀。他带我四处转了转,我们在海因·维尔布鲁根的办公室停了下来。维尔布鲁根似乎很高兴见到我,我们聊了几句。然后,佐尔佐利带我去了他的办公室。他关上了门。

"你的血液检查有点不对劲。"他说,"有什么原因吗?你生病了吗?"

我告诉他,那年春天早些时候我生病了,但现在我没事了。我确信自己的数据很快就会恢复正常。佐尔佐利给我看了血液检测的数据,他说这表明我可能从另一个人那里输了血。我的心怦怦直跳,但我努力保持镇定——主要是因为我知道我只输了自己的血。所以我告诉佐尔佐利,他的数据肯定是错误的、不可能的,佐尔佐利点点头说道,也许还有其他医学原因可以解释这个结果。他告诉我不要担心,像往常一样继续比赛。

然后佐尔佐利转移了话题,问了一些比赛之外的情况,主要是关于USADA进行的赛外检测。他很想知道他们是如何运作的,于是他开始问我:运动员是如何将他们的日程通知USADA?运动员如何更新变化?我们是用网站,还是发传真或短信?他说,他想知道,是因为UCI很快就会实施自己的赛外检测了。

整个会谈持续了40分钟,让我困惑不解。这是我职业生涯中的第一次,也是唯一的一次——据我所知,这是任何人职业生涯中的头一次——我的运动管理机构让我专程前往他们的总部,就好像发生了什么紧急情况一样。然而,当我到达那里时,什么也没发生。感觉很奇怪,很滑稽,好像UCI叫我来只是为了表明是他们打电话叫我来谈

第 12 章 孤注一掷

话的。

当我回到赫罗纳时,来自 UCI 的一封信正在等着我,信中重复了佐尔佐利的警告:他们会密切关注我。我注意到这封信的日期是 6 月 10 日,和旺图计时赛是同一天,过了几周后我才明白这一切是为什么。

随着 2004 年环法赛的临近,我的成绩一直很完美。我减掉了最后几盎司的体重:我的骑行服袖子开始快乐地拍打着。我骑得很轻松,很小心,不点燃过多的火柴。谢天谢地,赫罗纳的最后几天非常平静:兰斯和费拉里在比利牛斯山脉的某个地方,和一些队友在做常规的赛前准备。

我们在旺图赢了之后,面临最大的挑战是如何控制局面。不管你是否服用兴奋剂,你只有这么多天的好状态,而我不想浪费它们。由于大部分的爬坡是在第 3 周进行的,所以我想轻松一点:以 90% 的速度参加序幕赛,然后在关键时刻提升到 100%。乌菲和我制定了计划:3 个 BB,1 个在比赛前用,1 个在第 8 赛段之后的首个休息日,最后 1 个在第 13 赛段,在比利牛斯山和阿尔卑斯山之间。一切都安排好了。

在家里面,哈文和我正在处理一个令人悲伤的事情:我们心爱的"拖船"病了。它好像失去了所有的精气神,突然间就几乎爬不上楼梯，没法出去散步了。兽医告诉我们是内出血。最好的情况是溃疡，但即便如此，我们仍然很难过，感觉就像我们的孩子病了。我们尽力想让它感到舒服，医生开始给它治疗。看到它这样的变化真让人害怕：它一直都那么快乐，那么健康。当我离开去参加环法赛时，情况非常危急。我和"拖船"说了再见，让它等我回来。

我去了马德里输入BB，然后去了环法自行车赛，兰斯继续保持了他从环多菲内赛开始的那种沉默。但是，他并没有对其他车手保持沉默。我从主集团的几个朋友那里听说，兰斯谈论了很多关于我们峰力队的事情，抱怨我们的表现不正常，说我们被药物麻醉了，嗑了一点新的西班牙药。事实并非如此，我们所做的和他所做的一样，但当然没有办法证明这一点，也没有办法做任何事情，只能给他一个无声的抗议。他和我在一起比赛的头儿天有时相隔4英寸，指关节对指关节，彼此盯着对方看，一直往前走，一句话也不说。我们俩都很固执。感觉就像四年级的孩子一般幼稚。

环法赛的组织者喜欢给平淡的比赛增添一些挑战。今年，他们在第3赛段——比利时段——铺设了大量的鹅卵石。这是1999年古瓦堤道的再现，狭窄、令人讨厌的路段，注定会引起恐慌和摔车。像往常一样，保证安全的关键是让你的车队骑到最前面，并奋力保持在那里。在环法赛中早点取得前面的位置并不是一件容易的事。每个人都精力旺盛又雄心勃发，每个人都处于最佳状态。就像两百只饥饿的狗在为争夺一块骨头而赛跑；没有人退缩。在过去的几年里，邮政队一直把前面的位置视为私人领地，但现在情况要变了。在第3赛段之前，我召集了峰力的队友并告诉他们目标。所有人都要团结在一起,所有人都要骑在前面。

接近第一个大鹅卵石路段,比赛变得有些混乱。道路越变越窄,我们的速度越来越快,前面的车手数量正在成倍增加:我们队,邮政队,马约的巴斯克电信车队,乌尔里希的 T-Mobile 车队。离鹅卵石路段大约 9 公里的地方,我们决定行动,整个车队一起向前骑。邮政队也想骑到前面,他们队的本杰明·诺瓦碰到了别人的车把,结果摔车了。我们进行了盘点:我们的人都挺了过来,乌尔里奇和兰斯也挺过来了。但是马约没有。他摔车了,被甩在了后面。一天下来损失了将近 4 分钟,这给我们所有人上了一课。

兰斯很生气,但是他对此无能为力。我们队的实力和他们邮政队一样强大,第二天的团队计时赛就证明了这一点。邮政队的比赛进行得非常顺利,尽管我们有 4 个爆胎,1 个车把坏了,还有 3 个落在了后面,但我们仍然排名第二,只落后邮政队 1 分 7 秒。这是一个信号:即使我们状况不断,但我们仍然就在你们旁边。

接下来的一天,比赛刚刚开始,我和弗洛伊德·兰迪斯并肩骑行。我还挺喜欢弗洛伊德,我想他对我也有同样的感觉。我们闲聊了一会儿,然后弗洛伊德环顾了一下四周。

"你需要知道一些事情。"

我靠近了他。弗洛伊德的门诺派良心困扰着他。

"兰斯向 UCI 打电话举报了你。"他说,"在旺图赛段之后,他打电话给海因,说你们和马约在搞什么新玩意,叫海因来抓你们。他知道

UCI 已经叫你去问话。他一直在胡说八道。我认为你应该知道这个情况。"

有一瞬间,我很困惑:弗洛伊德是怎么知道 UCI 打电话给我的?关于这次会面,我没有告诉过任何人,只有哈文和峰力管理层中的几个人知道。但弗洛伊德知道了。我意识到,因为兰斯告诉过他。

我不经常生气。但是,当我真生气时,时间变慢了,我能感觉到自己从自己的身体里爬出来,就像我透过一层红色的薄雾俯视着另一个人一样。

现在这一切都说得通了:去艾格勒,与佐尔佐利医生的诡异会面,这一切都是因为兰斯。兰斯在 6 月 10 日给 UCI 打过电话,那天我在旺图打败了他,同一天 UCI 叫我去谈话,也是同一天他们寄了警告信去赫罗纳。兰斯向海因举报,海因才会叫我去。*

自行车比赛似乎消失了。我感到多年积压的愤怒在内心爆发。我感到热血在沸腾。

兰斯向 UCI 打电话举报了你。

叫海因来抓你们。

他一直在胡说八道。

我骑到兰斯旁边。再次相距几英寸。他看得出我很生气,所以他张开嘴想说些什么。他还没来得及说什么。

---

* 这不是阿姆斯特朗第一次向反兴奋剂机构举报他的竞争对手。2003 年,在环法自行车赛的前几天,他给 UCI、WADA 和环法自行车赛组委会各发了一封电子邮件,表达了对西班牙车手使用人造血红蛋白的担忧。

"闭上你的臭嘴,兰斯,该死的混蛋。我了解你。我知道你做了什么。我知道你一直在出卖我,说我们队的坏话。你还是担心你自己吧,因为我们会杀了你的。"

兰斯的眼睛睁得大大的。

"这不是真的。我一个字都没说。谁告诉你的?我可什么都没说过,谁说的?谁该死的说我干的?"

"别管是谁说的。你知道这是真的。"

我们周围的圈子慢慢扩大了。他快疯了。他坚持说自己是无辜的,想知道是谁告诉了我。

"我什么都没说。谁说我做了?谁?快该死的告诉我是谁。"

我什么也没说。

"谁?告诉我是谁?"

"去你的,兰斯。"

我觉得过去6年来我一直在等着说这句话。我骑着车加入了我的队友,走在前面。

我想我的命运就是好事与坏事接连发生。因为在那个赛段的后期,我摔车了。实际上,几乎所有人都摔车了。环法赛的组织者设计了一条专门为灾难而定制的路线。还剩1公里时,道路变窄还有转弯,然后再次变窄。我们都拼命地骑,以每小时65公里的速度,都到了瓶颈。接着砰的一声，就好像是一枚地雷爆炸了，选手们飞得到处都是，自行车撞弯了，刮擦着，现场杂乱无章，包括我在内。我径直冲进了那堆参差不齐的人群里，翻了车摔在地上，太硬了。

我在地上躺了一秒钟，喘不过气来，确信我的背部摔伤了。我感到四肢发麻，小心翼翼地移动着，检查自己。我的头盔裂了，自行车还可以骑。我爬起来，感觉麻木了。

在队友的帮助下，我成功越过了终点线。我看到了乌尔里希和兰斯，他们还被困在里面，但看上去毫发无损。我感觉到自己的背部可能受伤，很严重的损伤。我的下脊椎少了一块肉。

那天晚上，一切开始紧张起来。就像棘轮一样，越来越紧，直到我呼吸困难。在陌生的位置我感觉到一阵闪电般的刺痛。我打电话给哈文。这不是一次平常的摔车，这次很严重。车队理疗师克里斯托弗帮我做了检查。他开始说可能是神经损伤，也可能是器官损伤。我把他的话打断了。

"对我说实话，"我说，"我的背不行了吗？"

"你的后背很糟糕。"克里斯托弗说。

接下来的几天，感谢上帝我没有遇到大的山地赛段，一直成功撑到在利摩日的休息日。然后情况变得更糟。哈文打电话告诉我"拖船"快要死了，我们决定还是让它接受安乐死。怀着沉重的心情，哈文将"拖船"装到奥迪旅行车上，向北开到利摩日，这样我可以再见它最后一面。

以防万一，我决定继续注入 BB。乌菲原计划在下午 1 点进行输血,地点在利摩日北侧的康帕尼酒店,这是一家不错的酒店,不起眼,有点像假日酒店。碰巧,乌菲当时不在,所以就让峰力车队的队医做了输血,一切都很顺利,我回到酒店的房间,等着哈文和"拖船"的到来。但几分钟后,我开始感到难受,头疼得厉害,摸了摸额头,我在发烧。

我接着去小便,非常严重。我低头一看,以为能看到 BB 通常的轻微变色。但是当我往下看时,我的小便带血。黑红色,几乎是黑色。它不停地流,像恐怖电影一样充满了马桶。

我感到很恐慌。我告诉自己一切都会好起来的。也许袋子里只有 15% 是坏的。我还有剩下的 85%。我还是很好,对吧?我喝了点水,躺在床上,想休息一下。

我的体温越来越高,头痛也加剧了。我又起来小了一次便。尽管我不想看但还是忍不住看了一下。

纯红色。

我知道我有麻烦了。袋子坏了。在"西伯利亚"里或去利摩日的途中,可能发生了什么事,袋子温度高了,或损坏了。我输了一袋装满死血细胞的血。我的身体感觉中毒了,我开始浑身发抖,感到恶心。我记得去年曼扎诺生病时,被飞机紧急运送去了医院,差点死掉。我的头痛越来越厉害,感觉头骨都要裂开了,正从大脑上一块接一块地剥落。我拿起手机,把它放在床边,以防我随时需要叫救护车。

哈文赶来了,她能看出发生了严重的问题。我告诉她发生了什么事,但不是全部,我不想吓到她。我撒了谎,只是告诉她我有点尿血,但感觉好多了。她给我服用了阿司匹林,尽力让我舒服一点,我告诉她不要告诉任何人,包括医生、队友、车队总监。当时,我觉得这是一种策略性的否定,如果我不告诉他们,就可以当作什么都没有发生。但现在我明白了,我大多的时候都感到羞愧。我的背受伤了。我的血被污染了。我的整个环法赛——每个人的辛勤工作,我们的大好机会——变成了烂摊子。

我一整夜都烧得浑身发抖,但还是躺在了"拖船"身边,跟它道别。

你只能继续前进。这就是自行车比赛可怕而又美好的地方。你必须走下去。第二天早上,我骑着车艰难地完成了平路赛段,接着是环法自行车赛的第一次考验,第 10 赛段,穿越像阿巴拉契亚山脉一样的中央高原。我点燃了一整天的火柴,就为了能跟住前面的车群。当我们到达帕德佩罗尔山口,开始爬坡时,事情变得很严重,我掉队了。主要问题还是我的背部,当我用力的时候,我无法让自己不受伤害。我可以克服疾病,也可以忍受疼痛,但有些是无法去承受的痛苦,这真的太艰难了。

在那个赛段我损失了 7 秒钟。虽然时间很短,但这说明了一个事实:我跟不上了。后来,兰斯和我紧挨在一起。几天前我们的冲突好像烟消云散了。现在有了眼神交流,对话。

"去他的,太艰难了。"兰斯漫不经心地说。

"是的，我感觉糟透了。老实说，我最后很痛苦。"

兰斯转向我，我仔细地看了看他的脸。他看上去很健康：脸色呈粉红色，明亮的眼睛，没有任何痛苦的痕迹。他的眼睛里闪烁着光芒。那时我才明白，他的评论是对我的一种试探。他没有痛苦，但是他让我承认了。就好像他在给我打针，有点糟心。

我不是唯一在挣扎的人。虽然乌尔里希没有摔车，但他也处在艰难的时刻：一边爬坡一边喘着粗气，努力跟上。他并不是整个环法赛的主角；他的状态不错，但他一直在努力追赶，最终以第4名的成绩结束比赛，这是他第一次以低于第2名的成绩拿下比赛。后来我听到传言说，乌尔里希也有一袋变质的血。我不知道这是真的还是假的，但鉴于他的表现，这是有可能的。

马约的情况也好不到哪去，摔车没有伤到他，但看起来他似乎失去了马力。他情绪非常沮丧，有一次下了车想退出比赛。我们都快倒下了，兰斯是唯一还站着的人。

我的环法赛在第13赛段结束了，那是前往贝耶高原的比赛。碰巧的是，那天是我们基金会与户外生活网络、富豪娱乐集团联合举办募捐活动的日子，环法赛将在第19频道现场直播，我本来希望今天是我的好日子，观众却看到我向后退了，我的脸异常平静。我敢肯定他们想找人打架，但我没有任何斗志。我的腿抬不起来；我感觉不到疼痛；我的后背感觉像是夹在老虎钳里。

我继续前进。

我的车队总监阿尔瓦罗看到了发生的一切。那天早上，他指示我尽力骑,然后我们再看。我知道他暗示我:他想让我放弃。

我继续前进。

我的队友尼古拉·雅拉贝尔溜到我的旁边,我把尼克从CSC车队带过来,是因为我喜欢他随和的态度和勤奋的品格。他是法国世界冠军洛朗·雅拉贝尔的弟弟,也许正因为如此,他对这项运动疯狂的一面持怀疑态度。有一次,在2003年荷兰的一场比赛中,我们陷入了连环摔车,我的手被链子严重划伤,我一跃而起,开始追赶,拼命地追。我不顾一切地骑着,直到自己的极限,鲜血滴落到我的车轮上,四处飞溅。这时我感觉到尼克的手搭在我肩膀上,对我说:

"泰勒,这只是一场自行车赛。"

起初我听不懂。然后我看了看自己,发现尼克是对的。这只是一场自行车比赛。拿到第6名,第60名,第106名,真的重要吗?尽自己最大的努力,就行了。那天,我们放慢了脚步,一起骑到了终点。

现在,当我在贝耶高原挣扎着跟上主集团时,我感觉到尼克的手搭在了我肩膀上。他什么也没说,但我能理解他的意思:"泰勒,这只是一场自行车比赛。"

我放松下来,我的腿也停止了运动。我沿着一堵小石墙滑到路边,这是我职业生涯中的第一次,也是唯一的一次,在我还能骑自行车的时候停止了骑车。

事无小,事无难。

事实证明,没有什么事情是太难的。这件事情,突然看起来也没有那么重要了。

第 12 章 孤注一掷

那天晚上,我本应该从乌菲那里拿到第二个 BB。为了省得他跑一趟,我给他打了电话。我说得很小心,以防有人在听,我告诉他我刚刚退赛,我们不需要见面一起吃"晚餐"。但是在我说完这句话之前,他先脱口而出,声音激动,又滔滔不绝,说个没完。

"全都疯了。一切都完了,完了。很抱歉,伙计。"

"什么?"

"他被警察拦了下来,只好丢掉所有东西。我很抱歉,伙计。非常抱歉。我不敢相信,这太疯狂了……"

我很快就挂断了电话,对乌菲这么公开地谈话感到不安。后来他解释说,快递员被警察拦在路障里,惊慌失措,把血袋扔到路边的水沟里。当时我并不在乎,我只是难过失去了一个 BB,我们还有更多的来源。我没有怀疑任何犯规行为,后来,当一个朋友告诉我乌尔里希也发生了同样的事情时,我们才感到有点奇怪。

我回到家,身体慢慢康复了。我在电视上看了几分钟的环法赛,可以看到邮政队位置靠前,占据主导地位。所有的人都在一起,乔治、切丘、弗洛伊德,在大爬坡赛段带头领骑,实行爬坡进攻策略。就像费斯蒂纳事件之前的那些比赛一样,一支车队凭借其优势牢牢把握比赛的主动权。兰斯在最后 1 周的比赛中赢得了一系列的胜利,其中包括几个他不需要赢的赛段,以此来宣告:他仍然是老大。当一个名叫菲利波·西蒙尼的意大利车手挑战兰斯时(西蒙尼在法庭上作证指控了费拉里,并公开谈论兴奋剂问题),兰斯让西蒙尼付出了代价。当西蒙尼突围而出,试图赢得一个赛段时,身穿黄衫的兰斯单枪匹马追上了他，做了一个"闭嘴"的手势，把他逐回主集团。总之，一切都恢复了正常。*

---

* 据兰迪斯说，在 2004 年环法自行车赛中，整个邮政车队进行了两次输血，第一次是在首个休息日之后，在利摩日的一家酒店。车手们被分成几个小组带到一个房间，被告知不要说话。为了安全起见，在走廊的每一头都派驻了工作人员。为了防止隐藏摄像头的可能性，空调、电灯开关、烟雾探测器甚至卫生间都覆盖上了黑色塑料并用胶带粘好。据兰迪斯说，第二次输血发生在第 15 和第 16 赛段之间，当时邮政队指示他们的巴士司机在去酒店的路上伪造故障。当司机假装对发动机大惊小怪时，队员们躺在巴士的沙发上，接受了输血。有色玻璃和窗帘阻挡了路人的窥视。血袋用运动胶带粘在柜子上。阿姆斯特朗躺在巴士的地板上接受了输血。兰迪斯说，邮政队由团队助理用一辆露营车，把血袋装在狗窝里运了过来。"他们把袋子放在狗窝的地板上，用一块泡沫和毯子盖住，狗趴到上面，"兰迪斯说，"这很简单。一旦血袋从冰箱中取出后，需要 7—8 个小时预热。这样一来，他们就不必再用冷冻机或冰箱之类的东西了。那会引起警方的注意。他们可以开车去团队所在的酒店，把血袋放在纸箱或手提箱里，和团队的其他装备放在一起，没人会注意到。"兰迪斯说这只狗的名字叫"普利多"。

第 13 章 东窗事发

这是我这一代自行车选手的座右铭：或早或晚，每个人都会被曝光。

之所以这么说，是因为事实就是如此：

罗伯托·埃拉斯（Roberto Heras）：2005 年

扬·乌尔里希（Jan Ullrich）：2006 年

伊万·巴索（Ivan Basso）：2006 年

何塞巴·贝洛基（Joseba Beloki）：2006 年

弗洛伊德·兰迪斯（Floyd Landis）：2006 年

亚历山大·维诺库罗夫（Alexandre Vinokourov）：2007 年

伊万·马约（Iban Mayo）：2007 年

阿尔韦托·康塔多（Alberto Contador）：2010 年

还有其他选手，等等。这并不是说检测人员突然变成了爱因斯坦，尽管他们确实变得更厉害了，但我认为这与长期的概率有很大关系。你玩捉迷藏的时间越长，失手的可能性就越大，他们就越幸运。这是不可避免的问题，也许从一开始就是不可避免的，也许我早该预料到。但这就是命运的有趣之处:最后,总是出乎意料。

当我从摔车了的2004年环法赛返回赫罗纳时,我把目光投向了8月的雅典奥运会计时赛。奥运会将是挽救我这一年表现的机会。我在赫罗纳花了两个星期的时间休整,让自己的背早日痊愈,让我重新专注起来。可能因为我有一颗老滑雪选手的内心,奥运会对我来说一直意义重大(只是听到那首主题曲就会让我莫名兴奋到起鸡皮疙瘩)。

我投入惯常的训练中去。我训练得非常刻苦,每天都专注于计时赛自行车上。我使用了"埃德加",提高了自己的数值,尽管这将是一个世界级的领域,但我有竞争的优势,那些车手谁不是从疲惫不堪的环法赛下来的。

奥运会的比赛日像是一个大火炉:风力强劲,气温接近37.8摄氏度。像以往的计时赛一样,车手们一个接一个地出发,我与乌尔里希、叶基莫夫、鲍比·朱利奇以及澳大利亚人迈克尔·罗杰斯一起,是最后一批出发的。我们将沿着一个叫武利亚格迈尼的海滨小镇骑行两圈,每圈大约24公里。那里有小房子、狭窄的街道和帆船。如果我眯起眼睛,几乎可以假装自己回到了马布尔黑德的家。

我起步很顺利,开足了马力,顺着赛道而下。像往常一样,出了一些问题:高温让固定我无线电耳机的胶带松了,于是我将胶带从耳朵上撕下来。一会儿耳机线就在我的胸前晃来晃去,我想:哦,又来了。但这一次摔车之神站在了我这边。耳机线掉在了人行道上,没有造成什么事故。我安心了,把目光投向了我前面的3个人:叶基莫夫、朱利奇和罗杰斯(乌尔里希在我的后面,那天状态不怎么样,他获得了这次比赛的第 7 名)。我喜欢不戴耳机骑车,不知道时间差距。我喜欢听到耳边传来呼呼的风声和轮胎在灼热路面上的嘶嘶声。我觉得骑得很顺利——去他的,我知道自己的状态不错,但我不知道这是否足够让我夺冠。

当我越过终点线时,我隐约感觉到大批人群开始疯狂。然后我看到了哈文,看到她灿烂的笑容,正在一点点变大。

金牌。

我们的世界在欢乐的狂欢中爆炸了。我们的电话全是热情洋溢的祝贺和激动无比的喜悦;我听说我家乡的人们都疯了。我可以想象我的父母:我的爸爸拥抱着视线里的每一个人,我的妈妈安静端庄,但她的眼睛里闪烁着骄傲的光芒。

奥运会金牌得主泰勒·汉密尔顿。

那天晚上我不想把奖牌摘下来,这感觉很好,它看起来非常漂亮。我把奖牌放在床头柜上,半夜醒来,拿起奖牌看了又看,确认这不是在做梦。

我的经纪人开始不断地接到电话:赞助商,脱口秀,演讲邀请。在雅典,公司要付钱给我,只是为了让我在奥运会的接待帐篷里待上几个小时。站在那里,抱着手臂一两个小时就能拿到一笔钱,这感觉有点疯狂。但我收下了支票。虽然对此我感到有点内疚,但我会告诉自己这种事情很常见,就把这种感觉压下去了。这是一场公平的比赛。我训练最刻苦,而谁最刻苦谁就能赢。付出了这么多的努力,这是我应得的。

我不停地摸着奖牌，用指尖抚摸着它，感觉它在手中的重量。我舍不得放下它，我想我最喜欢的是那种永恒的感觉。获得金牌是没有任何人能拿走的东西。

当我正在接受按摩时，门铰链发出吱吱的响声。我睁开眼睛看到我的车队总监阿尔瓦罗·皮诺严肃的面庞。我对他笑了一下，但他似乎没有注意到。

"泰勒，你这做完之后就来找我。"他说。

那是奥运会结束后的第 29 天，我和峰力队在西班牙阿尔梅里亚省的一个小镇上。哈文回美国去参加一个朋友的婚礼，车队让我去参加环西班牙自行车赛。我的状态很好，现在我有机会用我的第一场大环赛胜利来宣告回归。比赛进行得很顺利，我赢得了一个赛段，但在山地损失了一些时间。我以为阿尔瓦罗想谈谈比赛策略。

按摩结束后，我起身穿好衣服，匆匆赶到阿尔瓦罗的房间。他让我坐下，用关切的大眼睛看着我。

"UCI 打电话来了。他们告诉我你因为输了另一个人的血液，所以检测结果呈阳性。"

我差点笑出声，这太离谱了，就像阿尔瓦罗知道的那样。他是在环多菲内赛前安排我们队输血的人。怎么会有人用别人的血？检测结果是错误的。不可能。

"我知道,泰勒,但是——"

"这完全不可能。他们确定是我吗?"

"他们确定。"

"他们确定检测结果呈阳性吗?"

"他们是这么告诉我的。A 样本阳性。下一步他们将检测 B 样本。"

"去他的,这不可能。"

阿尔瓦罗试图安慰我,但我爆发出一连串的问题:他们的证据在哪里?这是什么该死的检测?我该给谁打电话?这个实验室在哪里?我们通知了媒体,因为有胃病,所以我退出比赛。我们找到了车队老板安迪·里斯,他在比赛现场。他看着我的眼睛,问是不是我干的。我眼都没眨一下。我看着他的眼睛,告诉他我是清白的。

我回到酒店房间,深吸了一口气,打了个电话给哈文。我尽量把事情说得像是一个小故障,一段小插曲,很快就会解决的,但我能听到她的声音在颤抖,我相信她也能在我的声音中感知到我的紧张。哈文不是傻瓜。她清楚地知道这件事有多严重,她也知道我们现在正处于争分夺秒的时刻,我们必须在被媒体发现之前,处理好这件事。一旦被暴露在网络上,消息会满天飞,我会被大家唾弃。我告诉哈文一切都会好起来的,我也努力地说服自己。我挂断了电话,静静地坐着。

我现在就处在一个岔路口。每个被曝光的人都会有这样的经历:暴风雨来临前那令人毛骨悚然的平静,他们决定是否说出真相的那几个小时。我想告诉你,我考虑过坦白,但事实是我从没想过,一秒钟都没有。认罪不可能,那是一种不可思议的疯狂行为。不仅仅是因为我花了这么多年玩这个游戏,告诉自己我不是个骗子,每个人都这么做。不仅仅是因为这将意味着被曝光的耻辱,或者失去我的团队、合同和好名声,或者不得不告诉我的父母。不仅仅是因为坦白会牵扯到我的朋友们,可能会结束我的队友和工作人员的职业生涯——毕竟,这并不是我一个人在单打独斗。而更多的是因为这个指控对我而言毫无意义。UCI 声称在我的身体里有别人的血,我百分百确定自己没有。我是否应该为自己没做过的事去认罪,毁掉自己和别人的生活?对我来说,答案很明确:不能。*

安迪、阿尔瓦罗和我凑在一起,试图想出一条对策。我们都知道检测规则:检测人员抽取两个样本,一个 A 样本和一个 B 样本。我的 A 样本检测呈阳性。B 样本尚未检测。如果检测结果相符(几乎总是如此),那么结果将正式对外宣布,我将自动被停赛,并且必须与 USADA 抗争,USADA 对每一名美国职业自行车运动员都有管辖权。我们的想法立即转向了反驳输血检测。我们发现,输血检测是一种全新的检测。实际上,我是第一个被检测出阳性的人。里斯很支持我的想法,他说他会帮我找到最好的律师、最好的医生,甚至自己出钱资助来对该检测进行独立的科学调查。

接下来情况变得更糟。环西班牙赛检测呈阳性的两天后,国际奥

---

* 如果汉密尔顿立即承认,那将是第一次。在自行车运动史上,没有一个高水平选手在兴奋剂检测呈阳性后立即承认的例子。即使那些最终承认的人,例如前世界冠军大卫·米勒,也花了数个月的时间否认或声称自己只服用过一两次药物。部分原因是合法的,但大部分似乎是心理原因:他们不会觉得自己做错了什么,因此没什么可坦白的。

第13章 东窗事发

委会(IOC)通知我,我的奥运会药检 A 样本也呈阳性。我的心沉了下去。这不是检测的随机故障,而是一种模式。现在他们有了两个结果,两支阳性试管,有两场硬仗等着我去打。

生活成了一场噩梦。我飞往瑞士洛桑,到实验室观看对 B 样本的测试。当媒体蜂拥而至,对我的药检阳性结果感到震惊时,我和里斯在瑞士举行了一个新闻发布会,我们说了所有正确的话——我们会不惜一切代价来澄清我的名誉。我尽量不撒太多的谎。我知道这听起来很疯狂,我的意思是,这 8 年来我一直在使用兴奋剂,虽然自己不是清白的,但我本能地想让事情尽可能接近真相。我觉得自己像一个困在一出烂戏里的演员,除了前进,别无选择。

"我从小就是一个诚实的人。"我说,"从我小时候起,我的家人就教导我要做一个诚实的人。我一直相信公平竞争……我被指控从另一个人身上采血,如果有人认识我,就会知道那是完全不可能的……我可以向你们保证金牌会一直待在我家的客厅里,直到我一无所有。"

然而在我勇敢的外表之下,我的内心其实非常彷徨无助。我非常清楚,只要你有关系就能处理好这些问题。早在 1999 年,兰斯检测出可的松呈阳性时,比赛的官员就悄悄地处理了,用一张处方解决了问题。在 2001 年,兰斯在环瑞士赛中接受可疑的 EPO 测试时,发生了同样的事情:他在实验室与检测人员开了个会,一切都消失了。见鬼,兰斯就是体系。但是我能给谁打电话?谁能帮我?

没有一个人。

新闻发布会后,我查看了我的留言和短信。我希望从我的邮政或峰力队友那里听到一些消息，他们知道我正在经历什么。我想听到一些"坚持住"或"你会没事的"的信息，但没有。我的手机里满是记者的留言和短信。情况就是这样。哈文将在美国再待一周，我只能一个人。

我不知道还能做什么，就回到了赫罗纳。我觉得自己像个逃犯。我戴着墨镜，把球帽拉低，想象着大家指责的目光："看那个骗子，兴奋剂车手。"我走在狭窄的街道上，打开了通往我们共用庭院的大门。没有遇到兰斯我真是感激不尽。我走上楼回到我们的公寓，锁上了门。我坐在厨房柜台旁的一张凳子上，盯着地板。

我不知道我在那里坐了多久。一天？两天？我没吃饭也没睡觉，我没有哭，但我的内心已死，像个僵尸一样。我盯着地板看了几个小时，试图接受这发生的一切，努力为即将发生的事情做好准备。我盯着地板，尽力使自己的头脑冷静下来。

我不会让这些打败我的。我不会变成一个愤怒或怨恨的人。什么都不会改变。一切都不会改变。

我会挺过去的。可能需要一段时间，但我会搞定的。

我还是泰勒。我还是泰勒。我还是泰勒。

被曝光出来会让你有点疯狂。你的职业生涯都是在这个精英兄弟会、大家庭中度过的，与其他人一起玩游戏，突然你陷入了一个糟糕的世界，在头条上被贴上了"兴奋剂车手"的标签，被剥夺了收入，还有——这是最糟糕的部分——兄弟会里的每个人都假装你从未存在过。你意识到你是为了保护整个大家庭的继续运转而牺牲的；因为你，他们才能保持他们假装的清白。你孤身一人，唯一的办法就是花好几年时间，用数十万美元去聘请律师，这样，而且足够幸运的话，你就可以卑躬屈膝地回到那个世界，那个当初把你赶出家门的混乱世界。

当马尔科·潘塔尼在1999年和2001年被曝光出来时，他情绪很沮丧，最后于2004年过量服用可卡因去世了。约尔格·雅克什破产后患上了抑郁症；弗洛伊德·兰迪斯也是如此。扬·乌尔里希因患上"倦怠综合征"在一家诊所接受治疗。伊万·马约可能是反应最好的：当他被抓到时，他退出了自行车比赛，后来听说他成了一名长途卡车司机。在那段日子里，在我的药检阳性之后，我幻想做类似的工作，也许可以找份木匠的工作。

但我不能放弃，至少现在不行，哈文也不同意。因此，我们开始为自己正名。这是我们为参加一场大型比赛做准备的老习惯，但现在我们不得不面对堆积如山的法律条文和科学论文，试图在这场考验摧毁我之前摧毁它。

我们把全部精力都投入这件事。我们聘请了霍华德·雅各布斯，他是我们所能找到的体育界兴奋剂方面的最好律师，还在我们科罗拉多州的房子里设立了一个办公室。我们深入研究了兴奋剂检测的历史和可靠性，尤其是在误报方面。我们发现假阳性可能是由多种因素引起的，包括嵌合体，一种罕见的胎儿疾病，可能导致一个人拥有两种不同的血型，也被称为"消失的双胞胎"。尽管我们从来没有说过我是一个嵌合双胞胎，媒体利用这个机会就大开玩笑，好像我的"消失的双胞胎防御"是我们战略的核心。媒体不明白我们的工作是让大家对检测的准确性产生怀疑，从而对它的可信度产生怀疑。（我发现，法律的作用就像自行车比赛一样：尝试各种方法，谁知道万一哪个方法可行呢。）

早些时候，我们收到了一些好消息：我可以继续保留奥运会金牌。出于一个无法解释的原因，雅典实验室冻结了 B 样本，使其无法检测，因此无法确认 A 样本的阳性结果。这是个好消息，不仅仅是金牌，还因为这说明了实验室的检验草率。

我们还了解到一个叫克里斯蒂安·文森斯的瑞士人，以及一则关于他的令人不安的消息。根据瑞士媒体的报道，在阳性结果公布前，文森斯曾经想去敲诈我们峰力队的官方人员，声称知道包括我在内的哪些队员会检测出阳性；他要我们队的官方人员付给他一笔封口费，不然他就要爆料出去。虽然我们永远无法证明两者之间的因果关系——文森斯和兴奋剂检测，但这让我们觉得这个事件背后还有更多的隐情需要我们去发现。

与此同时，我们的朋友和家人百分百地支持我们。人们非常友好：他们写信、发送电子邮件，甚至捐款。一个高中时代的朋友创办了 believetyler.org 网站，销售标有"相信"字样的红色腕带。*

我的生活充满了各种各样的幻想，从表面上看，我非常感谢大家

---

* 金额总计约 2.5 万美元，据汉密尔顿说，这笔钱他从未用于他的辩护。"动用这笔钱令我感到不安，所以我们最终把它放入了泰勒·汉密尔顿基金会。"由于缺乏资金支持，该基金会于 2008 年关闭，账面余额出现了负数。

第13章 东窗事发

的支持。在这背后，我感到很不舒服，尤其是让我显得像圣人一样的标语"相信泰勒"。在此之下，我内心深知自己是有罪的——也许不是对这一特定的指控有罪，却因谎言而有罪。但是，我没有能力去启发我的支持者。（"嗯，听着，伙计们，谢谢你们所做的一切，但事实是，我不是完全无辜的……"）此外，我也没必要表现出我受到了迫害。我觉得自己是这项运动的受害者，我受到了来自UCI、检测人员、某些主集团选手、某些新闻界人士的伤害，最重要的是，这个世界很快就把我归类为"骗子""兴奋剂选手"和"撒谎的人"，而不看其他细节。因此，只要我的朋友们认为我是无辜的人，觉得我受到了不公平的对待，就足够了。

当我基金会的人想组织活动时，我答应了。我的父母满眼含泪地告诉我，他们相信我，会竭尽全力地帮助我，我发自内心地感谢他们，真的。

与此同时，我和哈文整天沉浸于各类法律文书之中。我们几乎不睡觉，每周工作7天，每天工作12个小时，处理着无穷无尽的问题和法律方案。我们聘请了麻省理工学院、哈佛医学院、普吉特桑德血液中心、乔治敦大学医院和福瑞德·哈金森癌症研究中心的专家们。我们发现了检测开发背后的细节，包括一大堆电子邮件，质疑它为什么会产生假阳性的情况。我去了雅典，搜集到了更多看似有用的材料——来自实验室技术人员的电子邮件，他们质疑检测的准确性。我们向UCI申请，公布我在7月环法赛期间进行血液检测的文件，但他们没能公布出来，我和霍华德·雅各布斯直接去了洛桑的实验室，像刑警一样深入调查，找到了我们需要的文书证据。

我更擅长向公众陈述我的观点。我很清楚，如果你能含糊不清地对付过去，就不必撒谎了。我说过诸如"我一直很努力""我 10 年来一直处于顶尖水平""我已经做过几十次的检测"之类的话。我知道，如果你重复某件事的次数足够多，你自己都会相信它。我甚至用了测谎仪来证明我的清白，最后确实证明我没有撒谎。（不过，在测谎之前，我们在谷歌上搜索了一些关于如何通过测试的建议。我记得，紧绷臀部就是其中之一。）

为了支付高达约 100 万美元的律师费，我们卖掉了马尔布黑德的房子和在荷兰的小房子，那是我刚成为新秀车手时买回来的。卖掉那栋小房子令人很痛心，但我们还是这样做了，因为我们相信自己最终将赢得胜利，正义会得到伸张。同时在愤怒情绪的刺激下，我继续进行训练，在博尔德周围的山上疯狂地长距离骑行。我要给那些混蛋看看，我一定会回来的。随着仲裁日期的临近，我感到自己越来越兴奋，想象着自己又回到了环法赛。这个检测是扯淡——我知道，他们也知道。我知道我们会赢的。我们必须赢。

但我们还是输了。

我们不是输了一次，而是两次。先是 2005 年 4 月的 USADA 听证会，接着是 2006 年 2 月在国际体育仲裁法庭（CAS）的上诉。对方辩称这项检测是可靠的，电子邮件以及我们发现的其他材料是"正常的科学辩论的证据"。我们感到非常震惊。我别无选择，只能表达我

第 13 章　东窗事发

的失望之情，接受两年禁赛的惩罚，并于 2006 年秋季重回大部队。*

失败是一种让你看得更清楚的方式。我们看到了自己是多么天真，如何把一切都投入无望的事业中。我看到了自行车界真正的系统运作。这不像陪审团的审判，在被证明有罪之前我们已经不是无辜的了。USADA 使用的基调是"比较满意"，他们查看了证据，然后做出了决定。尽管我们做了那么多的工作，但感觉好像从来都没有机会赢。

现在回想起来，我知道就是从那一刻起，我和哈文的关系开始出现了裂纹。在过去的几年里，我们的关系更像是一种商业伙伴关系；常常感觉我们好像是一对劳累过度的律师恰好睡在同一张床上。在判决之前，我们一直告诉自己这一切都是值得的，我们将被证明是无辜的，我们将抹去这一污点，然后更强大地回来。

现在，在判决出来后的几周里，我们感到很疲倦，厌倦了与体系的

---

* 最大的问题是：假设血液检测是准确的，那么别人的血液是如何进入汉密尔顿体内的呢？一些理论认为，汉密尔顿的血液与峰力队队友圣地亚哥·佩雷斯的血液混在了一起，后者在 2004 年赢得环西班牙赛后不久也被宣告药检呈阳性。(由于他们血型不同，这种可能性后来发现是不可能的。)澳大利亚科学家迈克尔·阿申登医生帮助开发了这项检测，并在汉密尔顿的 USADA 听证会上作证。他认为，富恩特斯的输血过程中可能出现了错误。冷冻血液是一个多步骤的过程，其中包括多次转移和混合，并使用一种称为 ACP-215 的混合仪器，使乙二醇的浓度逐渐增加。因为细胞是活的，所以你必须一次在这台仪器上放置几个小时，保持一切正常。在某种情况下，富恩特斯和他的助手何塞·巴特尔斯(代号"尼克")一起处理数十名车手的血液，可以想象汉密尔顿和另一名车手的血液被误贴标签或混合的可能性。此外，根据西班牙报纸在 2010 年的报道，巴特尔斯患有痴呆症。尽管汉密尔顿从未减少对该项测试的批评，他认为这技术"显然还没完全成熟"，但他逐渐接受了这样一种可能性，他的阳性结果可能是一次简单的事故造成的。"有时候尼克看起来确实有点糊涂，"他说，"我总是要提醒他我的代号。"有趣的是，在汉密尔顿、兰迪斯和其他人供认之后，阿申登医生逐渐从自行车运动员的角度开始理解了兴奋剂。"以前，我把他们视为弱者、坏人。"他说，"现在我看到他们陷入了一种不可能的境地。如果我处在他们的困境，我也会做出和他们一样的事情。"

斗争，厌倦了失败，厌倦了扮演永不言弃的自行车手和勤奋勇敢、乐于奉献的妻子的角色。我们如此努力奋斗，付出了我们的全部，但这一切都是徒劳的。我们想劝慰自己，让自己振作起来，告诉自己这只是前进道路上的又一个坎，我们可以像其他人一样坚强地渡过这一关。但实际上，我们发现我们之间的关系，也有它自己的极限。

当我的最后一次上诉被驳回时，兰斯已经退役了。他在 2005 年赢得了创纪录的环法赛七连冠，并在领奖台上向质疑他的人发表了讲话。他说："我为你感到难过。我很遗憾，你没有远大的理想，也很抱歉，你不相信奇迹。"说完这些，他就骑着车消失在夕阳里。*

然后，随着时间的推移，这项运动又爆出一个重大丑闻。不过，这一次牵涉到一个我非常熟悉的人，乌菲。

---

* 当然不完全是，因为阿姆斯特朗自己也在打一些法律官司，其中包括：

（1）起诉前私人助理迈克·安德森，他说自己曾因在阿姆斯特朗公寓里意外发现了兴奋剂而被解雇。阿姆斯特朗对安德森提起了诉讼。此案后来在庭外和解。

（2）诽谤诉讼的对象包括马蒂尼埃出版集团——戴维·沃尔什和皮埃尔·巴莱斯特所著《洛杉矶机密》一书的法国出版商，以及伦敦《星期日泰晤士报》。阿姆斯特朗最终放弃了对马蒂尼埃出版集团的诉讼，并赢得了《星期日泰晤士报》的道歉。

（3）针对 SCA Promotions 公司的诉讼，该保险公司与阿姆斯特朗签订合同，要支付他因赢得环法自行车赛而获得的奖金。2004 年，在 SCA 高管开始怀疑阿姆斯特朗可能使用兴奋剂后，该公司扣留了阿姆斯特朗 500 万美元的奖金。阿姆斯特朗提起诉讼，并于 2005 年秋天举行了一次仲裁听证会，其中阿姆斯特朗、格雷格·莱蒙德、弗兰基·安德鲁和贝齐·安德鲁等人宣誓作证。

（转下页）

第13章 东窗事发

2006年5月底，西班牙警方突袭检查了乌菲在马德里的办公室——我非常熟悉的那个办公室，以及附近的几栋公寓。他们搜出了大量震惊世界的证据：220个BB，20袋血浆，2台冰箱，1台冷冻机（我以为是老"西伯利亚"），装有至少105种不同药物的大塑料袋，包括百忧解、爱维治、胰岛素和EPO；账本；发票；价目表；日历；酒店列表（环意大利自行车赛和环法自行车赛）；客户赢得赛段冠军或赛事冠军，他应得的奖金。

我早就知道乌菲是个大忙人。我一直都知道他和其他车手合作，他告诉过我乌尔里希和巴索的事情。但是事实现在很清楚了：乌菲并不是一家为精英车手提供服务的精品店；他是一家个人经营的沃尔玛，为主集团半数以上的车手服务。警方宣称查出有41名车手与他有联系。私下里，他们说可能还会更多，包括网球运动员和足球运动员。据检察官计算，在2006年第1季度，乌菲就赚了47万欧元（约合56.4万美元）。

乔纳森·沃特斯：关于富恩特斯和所有这些人，我们要认

（接上页）由于法律只关注原始合同的条款，也就是说，如果阿姆斯特朗赢了，SCA不管有任何疑问都必须支付，SCA最终和解了，支付了500万美元，外加250万美元的利息和律师费。

不过，阿姆斯特朗不仅仅是在防守。2006年的秋天，据《华尔街日报》报道，阿姆斯特朗和他的经纪人比尔·斯特普尔顿开始与潜在的投资者洽谈，以15亿美元的价格从阿莫里体育组织（ASO）手中收购环法自行车赛。由于全球经济增长放缓等在内的各种因素，这项交易没有达成。阿姆斯特朗仍然对收购环法自行车赛的想法保持高度兴趣，这个想法在2011年被描述为"一个伟大的创意"，但很难执行。

识到，这些人当那种给运动员服用兴奋剂的医生是有原因的。他们没能力按照传统的方式行医，他们不是最有条理的人。所以当他们在酒吧再喝一杯的时候把一袋鲜血忘在阳光下那样的事情，几乎是可以预见的。泰勒、弗洛伊德、罗伯托和其他人在离开邮政队时犯下的致命错误是，以为他们会找到其他更专业的医生。但是当他们出去后，他们突然发现：哎呀！没有其他人了。

就像我担心被卷入这场不断发展的争议一样，一小部分的我有时也不得不佩服他的出色战术。乌菲，你这个狡猾的混蛋！你完全想明白了，你利用我们世界里阴暗的一面来打擦边球。即使是保守估计，乌菲也赚了几百万。你不仅是一个天才医生，你还是个天才骗子。更重要的是你一直都知道自己很安全，因为西班牙没有禁止运动兴奋剂的法律。*

就像 8 年前的费斯蒂纳事件一样，在 2006 年环法自行车赛前夕，西班牙警方的"港口行动"像原子弹一样震动了整个自行车界。一些涉案的车手像伊万·巴索和弗兰克·史莱克(承认向富恩特斯支付了 7000 欧元)可怜兮兮地声称他们没有服用兴奋剂。其他人，例如乌尔里希，很明智地选择了退役(这是个好主意，因为 DNA 检测显示，乌

---

* 富恩特斯的信心似乎得到了很好的证明。由于西班牙没有禁止使用兴奋剂的法律，因此"港口行动"的起诉在西班牙法庭上毫无进展。富恩特斯最终被指控危害公共健康罪；他的辩护律师指出，他监督下的所有输血都是在安全、合格人员的监督下，在卫生条件许可下进行的。

第 13 章 东窗事发

尔里希在乌菲那里拥有 9 个 BB)。环法赛继续进行,但情况并没有好转。环法赛结束后几天,最终的冠军弗洛伊德,这个我曾帮忙带到峰力队的好友,因服用睾酮而被抓。

我同情那年所有被抓到的人,但我最同情弗洛伊德的遭遇。他以惊人的反败为胜的方式赢得了环法自行车赛,资深观察家称这是环法自行车赛历史上最伟大的一次骑行,这是他在第 17 赛段的一次单飞,在最陡峭的山上摆脱了追击的主集团。这是我见过的最残酷的比赛,尤其是考虑到睾酮含量对比赛表现的影响微乎其微。*

他被爆料之后,我看了弗洛伊德的新闻发布会,还有他半真半假的否认(当问他是否服用兴奋剂时,弗洛伊德犹豫了一下,说"我会说不")。我感到弗洛伊德当时是多么困窘。我看得出他正在走我走过的路。他会反驳检测结果,但很可能会最终输掉。看着笔记本电脑上播放的画面,我真想穿过电脑屏幕,给他一个拥抱。我不知道独立、无所畏惧的弗洛伊德会如何接受这些。**

我没有太多时间去担心弗洛伊德,因为来自"港口行动"的调查结果也给我带来很大的麻烦。乌菲的一些日记和资料很快就在互联网上发布了。大部分都是用代码写的,但其中一个是传真给哈文的手

---

* 兰迪斯后来承认在环法赛期间使用了两个 BB 和微量 EPO,但他坚称没有服用睾酮。

** 兰迪斯说,在得知检测结果阳性后,他考虑过要坦白一切。但经过深思熟虑和与阿姆斯特朗的沟通之后,他决定反驳这些指控。他写了一本书《绝对错误:我赢得环法自行车赛的真实故事》(*Positively False*:*The Real Story of How I Won the Tour de France*),并通过弗洛伊德公平基金会筹集了数十万美元来帮助他打官司。"如果你要撒谎,你就必须撒个大谎,"兰迪斯说,"这就是兰斯教给我的。"

写账单，上面提到"西伯利亚"的那笔账单，显示我们已经支付了31200欧元，还欠11840欧元。任何人都能看出乌菲为我准备的2003年兴奋剂日程安排，那些日期与我的比赛日程相符，还有他潦草的注射和输血记录。我否认自己是骑手4142，并说我是无辜的，但是任何有头脑的人都可以联想到我。

后来，其他人质疑为什么只公布了我的比赛日程表，而没有发布其他年轻活跃的明星车手相关的类似材料，例如传闻是客户代号AC的阿尔韦托·康塔多。我对此没有答案，除了显而易见的一个答案：这项运动善于保护自己的资产。面对又一桩毁灭性的丑闻，它采取了一种由来已久的策略来回应：抛出几个替罪羊，保留其余大部分人，然后继续前进。

当我与"港口行动"联系在一起时，我就已经被放弃了。没有一支大车队回我的电话，我发现自己又回到了1994年的起点：一个人在局外，寻找一支车队。

2006年11月，我和一支叫京科夫信用系统的意大利小车队签了一份年薪20万美元的合约。车队老板是个俄罗斯人，餐饮大亨奥列格·京科夫。京科夫是一个很聪明的流氓，他发现一个商机，决定签下曾被爆料的那些车手，他们现在被其他车队回避了，比如我、达尼洛·洪多、约尔格·雅克什（他曾尝试签下乌尔里希，但乌尔里希目前

第 13 章 东窗事发

仍被停赛）。

2007年5月的环意大利赛，将是我复出后的第一场大型比赛。比赛开始前，我向大家展示了我因停赛而改变的态度：我从一个意大利车手朋友那里买到了一些EPO，并把自己提高到了一个像样的水平。我可能是个骗子，但我不是个白痴。没有BB，我当然没有机会赢得比赛；赢得一个赛段的胜利就足够了。

比赛开始的前一天，UCI采取了一项"让我们一起假装清理这项运动"的行动，向车队施加压力，要求他们不要让任何与"港口行动"相关的车手上场比赛。我和约尔格·雅克什被踢出了比赛，京科夫不再付钱给我，我只能开始寻找另一支车队。

那个秋天，我与摇滚赛车队签订了一份年薪10万美元的合同，这是一支由魅力十足的时尚巨头迈克尔·鲍尔创立的美国新车队。鲍尔的目标是创建一支具有摇滚乐氛围的车队，他知道如果包装得当，臭名昭著的人也可以大卖。他和我一起签下了"港口"难民圣地亚哥·博特罗和奥斯卡·塞维利亚。有了这样的名单，我们知道我们不会被邀请去参加环法自行车赛。但是我们很好，我们玩得很开心。实际上，我们是很喜欢这项运动的坏孩子。我们披着长发，穿着很酷的制服，参加鲍尔举办的大型派对，放松一下的感觉真好。

具有讽刺意味的是，在我的职业生涯中，我看上去像个磕了药的童子军；现在，在我复出的时候，我看上去像个干净的摇滚乐手，在没有"埃德加"的情况下，比赛基本上是干净的。（我确实服用过几次睾酮。)请放心,这不是某种道德立场。我敢肯定,如果有人给我"埃德加",我会毫不犹豫地接受。我知道这个世界并没有改变,尽管检测人员进行了更多的审查,但顶尖车手们仍然像以前一样玩游戏。我只是和他们不再有联系了,此外,我们在美国进行的比赛都是短距离的,竞争也没那么激烈。我确实感到很欣慰,我仍然可以依靠面包和水获得成绩,就像我还是一个新秀车手那样。

有一件事不太令人满意,那就是当我参加较大型的比赛、重新加入主集团,比如环加州赛时,一些车手的表现让我很失望。我在主集团一直有很多朋友;我一直为自己诚恳待人的方式感到自豪。我没想到现在会被视为洪水猛兽,但我希望车手们至少能打个招呼,表现得友好一点。有几个人很不错,我记得切丘·鲁维埃拉的热情欢迎。但总的来说,大家不怎么欢迎我回来。

在我复出的初期,我曾和詹斯·沃格特一起参加过比赛。詹斯是队伍中最受欢迎的人之一。他很有趣,性格开朗,我们一直相处得很好。我很高兴见到他,所以我骑到他旁边,准备和他聊聊天。我看到他瞥了我一眼,然后直视前方。我不知道该怎么办,我们这样骑了整整一分钟,相隔几英寸。

我想:也许他在开玩笑,也许只是个小玩笑,他正准备来个微笑。

不。

"嘿,詹斯,"我终于开口道,努力使自己听起来愉快些,"你今天怎么样?"

他没看我,只是面无表情地说道:"我只是想跟上我前面的人。"

我等了一会儿，也没能完全消化它。然后，我悲伤地摇了摇头，骑开了。我尽量不把它当回事，也许詹斯只是害怕与我扯上关系，也许我是一个不受欢迎的信号，提醒他如果被曝光了会有什么后果。也许这就是兄弟会的运作方式。你要么进入，要么退出，没有中间地带。

回到家，哈文和我还是没有在一起。在2007年的大部分时间里，我在意大利和切科一起训练，而哈文则留在博尔德，拿到了她的房地产执照，重新开始了自己的职业生涯。当我不在时，我们没什么话好说，当我回来时，我也没有多余的精力交流，同时也要面对复出带来的压力，我的情绪有点沮丧。另外，当你不得不向你妻子的父母解释为什么他们的姓氏出现在一个臭名昭著的西班牙医生的传真上时，这是很困难的。我们在阳光峡谷的房子开始像一座博物馆，充满了我们不再拥有的希望。我们像是僵尸，各自做着自己的事情，在某种程度上这就很明显了，我们不会再继续走下去了。到2008年秋天，我们离婚了。我们保持着简单友好的关系：请了一个律师，每件事都安排好了，没有一点混乱，没有情绪激动，彼此都有很多美好的祝愿。那感觉就像我们从废墟中爬出来，握个手，朝着各自的方向前进。

2008年初，摇滚赛车队被邀请参加环加州赛。这是一场盛大的比赛，一个让我展示自己能力的机会。就像环意赛一样，组织者将我们从名单上抽了出来，排除了所有和"港口行动"有关的车手。这不公平，我已经过了禁赛期，应该可以自由骑行了。还有博特罗和塞维利亚,他们俩都飞了几千英里到这里来参加比赛。为了抗议,我们决定留在比赛里,希望其他车手能为我们说话。可是没有人这么做。他们担心如果支持我们这些"知名的兴奋剂选手",会玷污自己的形象。

我通过赢得了几场大型比赛来发泄了自己的愤怒,包括中国的环青海湖赛以及 8 月的美国全国公路自行车锦标赛。这种有点复仇的感觉很不错,特别是在后一场比赛中,我打败了我的老室友乔治·辛卡皮和一大批美国顶级职业选手。

但这种满足感是短暂的。每一次胜利都被过去的阴影笼罩着,每一次采访都在重复地问我检测阳性的事,提醒着我无法摆脱过去。事实上,我就像一个残破不堪的物品,一个 37 岁的名声不好的自行车手,从一场比赛跳到另一场比赛,没有妻子,没有家,没有未来。我开始酗酒,喝了很多酒。我的抑郁症也越来越严重。

2008 年秋天,兰斯宣布再次复出,这震惊了全世界。他说他回来是为了帮助人们提高对癌症的认识,但是对我来说,真正的原因非常清楚:随着丑闻的爆料,他的财产正在遭受重创,他想回到游戏中,重新控制这个赛场。为什么不呢? 他可以通过各种检测,继续努力工作,玩着老游戏。他一如既往地渴望提高赌注。他需要一场巨大的胜利,让所有人都闭嘴。*

兰斯复出时,我正朝相反的方向走去。在2009年初,我再次检测呈阳性。我试图为我的抑郁症药物找到一种天然的替代品,在这一过程中我尝试了一种非处方草药抗抑郁药,它含有脱氢表雄酮(DHEA),这是一种不能增强表现的违禁物质。我非常清楚DHEA是被禁止的,但我非常需要这药的帮助,而且我想被查到的可能性很小。当然,那是我职业生涯中唯一一次标准的检测工作——他们让我措手不及(现在我一个人住,并没有通常的预警系统)。

我内心深处其实很想被抓住。当我早上6点半被叫去进行检测时,我甚至都不在乎是否要提前小便,那样会清理我的身体系统,稀释我的尿液样本。当我得知自己的检测结果呈阳性时,我有一种强烈的条件反射,想和检测部门抗议,证明他们是错的(有趣的是,习惯是多么强大)。但在与一些朋友交谈之后,我有了一个顿悟。我决定尝试一种奇怪的新策略:我要告诉人们事情的真相。

所以我马上做了一件事。我召开了一个新闻发布会,深吸了一口气,陈述了所有的事实。这是我有生以来第一次公开谈论自己的抑郁症。我说过我不想承认这种情况,因为我担心人们会把它视为一个弱

---

* 尽管阿姆斯特朗曾在2004年公开与费拉里断绝关系,此前这名医生因兴奋剂欺诈罪和非法冒充药剂师而被意大利法庭定罪(第一次判决后来因诉讼时效而被推翻,第二次又上诉)。但两人一直保持着联系。阿姆斯特朗说,这种联系纯粹是私人的,费拉里不再指导他。但是,一些邮政队员陈述,曾在2005年看到费拉里和阿姆斯特朗在赫罗纳一起训练。此外,据《米兰体育报》的报道,意大利调查人员发现,阿姆斯特朗于2006年向费拉里支付了46.5万美元,那是在阿姆斯特朗公开与费拉里断绝关系的两年后。

点。我谈到了我尝试停用我的处方药（最近这种药的效果越来越差，就像抗抑郁药一样），以及我是如何找到这种草药抗抑郁药的。我告诉大家，我服用了补充剂，是的，我知道里面含有 DHEA。

我还告诉他们，我马上就要退役了，立即生效。当我讲话时，我感到很振奋：我不需要聘请律师，也不需要制定策略，也不需要选择措辞，也不必随身携带秘密武器。我能告诉你发生了什么，和以前一样。在随后的日子里，我感到自己的某些部分被打开了，就像拳头开始松开一样。

我开始与家人重新联系上了。去年秋天，我母亲被诊断出患有乳腺癌，我开始花更多的时间帮助她康复。我开始在波士顿看心理医生，这些治疗对我帮助很大。心理医生帮助我开始放下过去，从新的角度看待生活，我放下一些负罪感，看看自己的生活有多疯狂。我和老朋友们保持着联系。我去观看红袜队的比赛。我和父母、兄弟姐妹及他们的家人共度美好时光。

2010年1月，我搬回博尔德，开了一家小型培训公司。我把事情变得简单化：我们没有使用很多基于计算机的训练；相反，在我朋友吉姆·卡普拉的帮助下，我们制定个人训练计划，帮助人们实现自己的目标，无论是参加奥运会还是减掉 50 磅体重。我们有几十个客户，从顶级选手到有潜力的新手。我继续和多发性硬化症患者一起做慈善工作；我父亲和我继续组织我们的年度募捐骑行，叫作 MS Global。

最棒的是，我正在和一个叫林赛·迪恩的好女人约会。林赛长得很漂亮，也很聪明伶俐，我对她的喜爱是发自内心的。我复出时，我们在意大利见过面，后来就一直保持联系。现在，我们正在安排我们的日程表，以便我们能在一起。她是真正的波士顿人，来自一个家庭关系紧密的意大利家庭，毕业于萨福克大学，拥有国际事务和伦理学硕士学位。她让我的生活焕然一新，感觉清爽而新鲜，每一天都有了新的可能性。为了好玩，我曾试着捕捉林赛在便笺上的个性，我想到了3个词：古怪，有趣，机敏。这是真的。有一次，她在eBay上看上了一辆1979年的老式吉普车，接下来我所知道的是，我们要飞到得克萨斯把它买下来，然后开回博尔德。我们称之为"绿色机器"，用它来探索城镇周围的群山。我想林赛对我的印象大概就像那辆卡车：行驶里程高，有几处凹痕，但值得一试。

这就是我的新生活。我试着低调地生活，我没有观看任何环法赛，只和朋友们待在一起，和我的新金毛犬"油轮"一起在山里长途跋涉，当它开足马力时，可以和"拖船"相媲美。我踢室内足球，经营自己的公司，避开了博尔德竞争激烈的自行车赛场。我真的看不清未来，但我会继续努力拥有更多美好的日子，向前看，做一个正常的人。

我以为这就是结局。我以为和兰斯的闹剧都结束了，被埋葬了。但是，正如我即将发现的那样，过去并没有结束，甚至还没有过去。

第 14 章 诺维茨基的推土机

2010 年 6 月中旬，一个安静的夜晚，我在博尔德的家中。我正躺在床上看一部警匪片《银行大劫案》，看了一半，我的手机嗡嗡作响，收到一条短信。

> 我是 FDA 调查员杰夫·诺维茨基。我想和你谈谈；请打这个电话给我。

我的心咯噔一下。我当然听过这个名字，诺维茨基将巴里·邦兹（美国著名棒球手）告上了法庭，并把其他服用兴奋剂的选手关进了监狱，包括奥运会金牌得主马里昂·琼斯。人们经常将他比作艾略特·内斯，那个在禁酒令期间打击腐败的正直警察，他外貌看上去也挺像：高大瘦削的身材，剃光了的头，犀利的目光。我一直在期待——也担心——他会和我联系。

事情的源头发生在几周前，当时弗洛伊德·兰迪斯投下了一枚炸弹：他通过电子邮件向美国自行车协会提交了一份认罪书，其中有日期、姓名以及非常确切的细节，是关于兰斯和邮政车队的。很快这个消息就传遍了全世界。兰斯正在参加环加州赛，他站在车队巴士的旁边,还是他一贯的操作:(1) 表现得毫不惊讶;(2) 打电话给弗洛伊德,暗示他有心理问题;(3) 悄悄地开始雇用昂贵的律师。直到《纽约时报》记者朱丽叶·马库尔提到了诺维茨基的名字,兰斯才开始紧张起来。"为什么……杰夫·诺维茨基为什么会关心一个运动员在欧洲的所作所为?"他结结巴巴地说。

兰斯的紧张是有道理的。几天后,一个由联邦检察官道格·米勒控制的大陪审团在洛杉矶成立了,米勒曾与诺维茨基合作审理过巴尔科实验室案。证人被传唤出庭作证,他们必须说真话,否则可能会因作伪证而坐牢。简而言之,这是兰斯最可怕的噩梦——一场就他如何赢得环法自行车赛的有力而尖锐的法律调查。

这是因果报应,也许也是不可避免的,最终是由弗洛伊德吹响了哨子:那个门诺派小子,在永不言败的坚韧方面,和兰斯不相上下。困扰弗洛伊德的不是兴奋剂。他痛恨的——他的灵魂怒不可遏——是不公平,是滥用权力。兰斯凭自己的想法就故意剥夺了弗洛伊德参赛的机会。

这就是弗洛伊德想要的公平竞争。当他的停赛期结束,弗洛伊德想复出,回到主集团。但兰斯和自行车界无视他,诋毁他,弗洛伊德只能独自一人去参加一些小比赛。兰斯本可以轻而易举地安排弗洛伊德进入自己的车队或其他车队,只需要花 30 秒打个电话。如果兰斯能够把弗洛伊德当成朋友,伸出援手,也许这一切就可以避免,但若让兰斯这样做,你还不如叫兰斯去月球。对兰斯来说,友谊是不可想象的。弗洛伊德是敌人,敌人必须被消灭。这种方法适用于大多数人。

而对于一个坚强的门诺派孩子来说却不是这样的,他能牢记詹姆斯钦定版《圣经》,尤其是第32章23节"要确保你会遭到报应"。2010年4月,弗洛伊德联系了USADA首席执行官特拉维斯·泰格特,开始告诉他关于自己在邮政队的真实经历。

诺维茨基早在几个月前就开始了调查,他发现在加州卡拉巴萨斯一间出租公寓的冰箱里有兴奋剂药品,这种药品才开始上市,公寓的租赁者是一个名叫凯勒·莱奥格兰德的前摇滚赛车队车手,当发现这些药品后,房东就联系了FDA(美国食品药品监督管理局),诺维茨基近期就在FDA工作。诺维茨基联系了USADA的泰格特,他们早就开始合作了。所有这些都意味着,当弗洛伊德开始和USADA对话,不久之后他也会和诺维茨基进行对话。

弗洛伊德对泰格特和诺维茨基说出了真相,显然他也做了法律方面的功课。《虚假申告法》是一项旨在保护政府免受欺诈的民事法规,规定举报人有权获得追回资金的15%—30%。考虑到美国邮政署已向顺风体育公司(兰斯拥有这个公司的部分股权)支付了3000多万美元来赞助邮政车队,该法规可能会适用,尤其是如果能够证明顺风公司组织运营着一个兴奋剂项目,违反了其合同中的反兴奋剂条款。据报道,弗洛伊德在开始与USADA和诺维茨基谈过话后,针对顺风公司提起了一场虚假索赔法案诉讼。有趣的是,如果兰斯和顺风公司被证明欺骗了政府,弗洛伊德也许有权得到该有的回报。

弗洛伊德的最终决定是在今年5月的环加州赛前几周做出的,这是今年美国最大的比赛。他发了电子邮件给赛事总监安德鲁·梅西

第 14 章 诺维茨基的推土机

克,告诉他自己一直在和 USADA 讲述他在邮政车队的经历。(弗洛伊德甚至邀请兰斯参加他与 USADA 的会议。)当弗洛伊德看到兰斯和梅西克继续排斥他时,他向美国自行车协会写了认罪的邮件,导火索就点燃了。

从本质上讲,诺维茨基和米勒是像开着推土机般进入了自行车赛的世界。不久之后,每个人都充满了恐惧,同时也有期待。他们与很多证人联系了,有辛卡皮、利文斯顿、克里斯汀·阿姆斯特朗、弗兰基·安德鲁、贝齐·安德鲁、格雷格·莱蒙德等等。我听说列维·莱菲海默在海关收到了他的传票,那时他刚从环法赛回来。阿姆斯特朗的队友雅罗斯拉夫·波波维奇被传讯的方式更为戏剧化:在一个黑人住宅区,当时他正在奥斯汀参加阿姆斯特朗的抗癌宣传活动,一名特工拦住了他。

当晚,诺维茨基的推土机以短信的形式轰隆隆地开到我家门口。我让诺维茨基联系了我的律师克里斯·曼德森。当诺维茨基问克里斯我是否愿意配合他的调查时,我干脆地拒绝了。遵循以往的逻辑:为什么我要在否认了这么长时间后出面作证?我为什么要冒着毁掉我名誉的风险?我想继续我的生活,而不是回到过去。几天后,诺维茨基发了传票给我,通知我于 2010 年 7 月 21 日上午 9 点在洛杉矶法庭出庭作证。

随着 7 月 21 日的临近,我越来越焦虑。我整夜躺在床上无法入睡,想搞清楚自己该怎么做。有时我会想,不管了我要继续撒谎,我愿意承担作伪证的风险。有时我又想,干脆采用"我不记得"的方法,就像我在电视上看到的一些企业和政府官员那样。同时我的律师也收到了兰斯律师打来的一系列紧急电话,他们愿意免费为我服务,这是典型的兰斯行为。6年来,他没有给我任何帮助。现在,当情况变得很严峻时,他希望我们再次站在同一条战线上。不用了,谢谢。

在出庭的前一天,我飞到洛杉矶,会见了曼德森和布伦特·巴特勒,巴特勒是他的同事,曾为联邦检察官工作过。我们坐在一间小会议室里,他们建议我提前把证词过一遍,这样可能会有用。他们从最简单的问题开始:"告诉我们你在邮政队的早期经历。"

一连串的影像和记忆如河流般涌进我的脑海。在环杜邦赛上与兰斯会面,托马斯·韦塞尔沙哑的声音,白袋子,红蛋,"摩托人",费拉里,乌菲,切科。我深吸了一口气,尽我所能地从头开始叙述。我看到曼德森和巴特勒坐在那里,一动不动。他们不再问我问题,只是听我说,眼睛看着我。好像是1个小时,但当我抬头一看,已经过去了4个小时。

这听起来很奇怪,但我从来没有这样告诉过别人,所有的一切,从头到尾。13年之后说出真相的感觉不太好,事实上很痛苦;我的心激荡起伏,久久不能平静。但即使在那种痛苦中,我仍能感觉到这是向前迈出的第一步,这是正确的做法。我知道没有回头路了。我明白了弗洛伊德说的话是什么意思,他说讲真话让他感觉干净。现在我感觉整个人很干净,犹如新生一般。

第二天,我和曼德森、巴特勒一起去了洛杉矶市中心的联邦法庭。我们到得很早,诺维茨基在门口迎接了我们。他身材魁梧(6英尺7

英寸），外表整洁，光头使他看上去很吓人。但在外表下面，他更像是一个郊区的运动员爸爸：随意的肢体语言，随和的声音，白色袖口下方的皮手镯，还有他的西装。在他的嘴唇下面，有一小撮胡子。他的举止让人放心，有安全感，整体给人的感觉就是"稳重"。我能理解为什么贝齐·安德鲁称他为"诺维茨基神父"了，他有一种只在牧师和老人身上见过的镇定。我们聊了一会儿篮球和红袜队。我注意到，诺维茨基的控制力和自信让我想起了兰斯，但他们有一点不同：兰斯像挥舞着棍棒一样挥舞他的权力，而诺维茨基则是举重若轻。

随着我的询问时间的临近，诺维茨基轻松的微笑被一种事务性的举止取代了，我想这就是调查员应有的面孔。他解释了接下来会发生的事情：我如何宣誓作证，并接受检察官道格·米勒的询问。诺维茨基没有指导我或以任何方式引导我，他没有提到兰斯或调查的情况，实际上，他是不允许进入大陪审团的。他告诉我，我唯一的工作就是尽可能如实地回答问题。我深吸了一口气，沉思着走了进去，心里只有一个念头：没有任何问题能阻止我说出真相。

询问开始了，我全部都回答了。我不想说一半留一半，我还告诉他们发生的背景，补充了一些细节。当他们要我指证兰斯时，我总是先指证自己。我不只是想说出事实，我想让他们感受到作为我们选手的切身体会。我想他们能换位思考，如果他们处在我们的状态下会怎么做。我希望他们能理解我们的做法。

米勒尽量不表露出任何情绪，但我偶尔瞥了一眼，他的眼睛睁得有些大。4个小时过去了，我的故事才讲了一半，但已经到了法庭规定结束的时间；大陪审团就休庭了。但是，我想继续，米勒也是如此。在和我的律师交流后，我决定把我剩下的证词作为一个提议，一个标准的合作证人的法律安排，以确保我不会因可能承认的罪行而受到起诉——确切地说这不是豁免权，但是受法律保护。我在一间会议室中，又作了3个小时的证词，诺维茨基和我的律师都一直在场，我前后总共作了7个小时的证词。事情结束后，诺维茨基和米勒向我表示感谢。他们努力表现出客观和事务性，但我可以从他们的表情中看出，他们欣赏我的诚实。他们说会再联系我的，然后我就走了。我虽然精疲力尽，大脑一片空白，但这感觉真的很好。

即便如此，兰斯似乎从未离我远去。在我作证后的第二天早上，我正在奥兰治县曼德森家门前的大街上，教克里斯的儿子骑自行车。这时一辆灰色SUV从我们身边驶过，突然刹车停了下来。车窗嗡嗡地降了下来，我惊讶地看到一张熟悉的面孔：奥克利公司的代表斯蒂芬妮·麦克文，过去在邮政队她是我的朋友。1996年兰斯做出所谓的坦白时，斯蒂芬妮就在那间印第安纳州的医院病房里。巧合的是，她住在曼德森家附近。

我立刻警觉起来，因为我不确定斯蒂芬妮是谁的人。她在公开场合宣誓作证说自己没有听到兰斯在那间病房里承认服用兴奋剂的事。但私下里，她讲了一个不同的故事：她承认自己确实听到了兰斯的供认，而且兰斯向她施加压力，让她保持沉默。*

斯蒂芬妮似乎很想和我谈谈。她问我要电话号码，我就告诉了她。1 小时后，她开始给我发短信，催促我过去，这样我们就可以仔细聊聊。我客气地说我很忙。斯蒂芬妮又接二连三地发了几条短信。她告诉我，另一个老朋友托西·科贝特过来了，他曾在头盔公司吉罗工作，我应该见见他。

这让我更加警惕。我以为托西是坚定地站在兰斯那一边的。我开始怀疑斯蒂芬妮和托西让我过去，是想从我这儿收集一些情报，好向兰斯报告。

所以我没有给斯蒂芬妮回短信。忽视她，我感觉不好，但我更不想冒任何风险。我不想让兰斯知道我的证词。第二天，我回到博尔德，感觉好像被人监视了。

我现在处于困境之中，夹在诺维茨基和兰斯之间，夹在猎人和猎物之间。我没有一天不在想他们，想象着他们的脸庞，感受着他们在

---

* 在 2005 年 SCA Promotions 公司的听证会上，麦克文宣誓作证说她从未听过阿姆斯特朗承认服用兴奋剂。而在去年格雷格·莱蒙德秘密录制的录音带中麦克文说，她听到阿姆斯特朗在病房里承认服用兴奋剂。她说："有很多人保护〔阿姆斯特朗〕，这让人感到恶心。"

2010 年 9 月，麦克文在大陪审团面前作了 7 个小时的证词。之后，她的律师汤姆·比纳特说她度过了"非常激动的一天"，她作证说，自己从来没有见过或听说过阿姆斯特朗使用兴奋剂药物。这是否属实还有待观察，正如《自行车》(Bicycling) 专栏记者乔·林赛提出的一个显而易见的问题：如果这只是一个简单的否认，为什么要花 7 个小时呢？

我生命中的存在。他们在下棋，我感觉自己就是其中的一枚棋子。

2010年11月，诺维茨基和他的团队前往欧洲收集证据。他们在里昂的国际刑事警察组织（ICPO）总部会见了来自法国、意大利、比利时和西班牙的自行车和兴奋剂官员。这些官员答应会协助调查。为了结案，诺维茨基显然是在寻找1999年环法赛中的原始样本，这些样本仍被冻结在法国的一个实验室里。对我来说，这是难以置信的：诺维茨基正在搜寻我们在1999年使用过的EPO，由"摩托人"传递着穿越法国的、我所共享过的那一批EPO。这让所有人都明白，这不是一场普通的调查，而诺维茨基也不是一名普通的调查员。前联邦检察官马修·罗森加特说："如果没有极端严肃的目标，司法部通常不会花费（这样级别的）时间和金钱。"

兰斯收到了消息。他还拿出支票簿，开始组建自己的团队，聘请了被称为"灾难大师"的马克·法比亚尼，他曾在白水事件中为比尔·克林顿总统辩护，在美国证券交易委员会欺诈案中为高盛集团辩护。他还聘请了律师约翰·凯克和埃利奥特·彼得斯，他们曾在棒球大联盟兴奋剂案件中与政府抗衡，他们加入了一个由蒂姆·赫尔曼等人组成的团队，成员有布莱恩·戴利和罗伯特·拉斯金，拉斯金曾在瓦莱丽·普拉姆泄密案中为乔治·布什总统的顾问卡尔·罗夫辩护。简而言之，兰斯请来了最昂贵的、最好的律师。

这是兰斯的新邮政车队，看来他在努力地给他们施加压力，就像对我们一样。他们发表声明，质疑美国政府为什么要关心法国10年前举行的自行车比赛，并抱怨这是浪费纳税人的钱。与此同时，兰斯调动了媒体及他的各种关系,他和比尔·克林顿一起打高尔夫球,从不错过与国家元首、名人或首席执行官见面的机会。他邀请有影响力的自行车媒体记者到他家进行私人对话,并不断向他的 300 多万粉丝发送乐观的推文。这项策略被媒体称为"厚颜无耻":你只要继续作秀,假装调查不存在。

不过,有时候兰斯的老习惯会出来作祟。当诺维茨基去欧洲时,兰斯发出了一条推特:"嘿,杰夫,飞机上的四星级酒店和商务舱怎么样?你还需要什么?"这是经典的兰斯风格:有点搞笑,但是有点过于趾高气扬,尤其是考虑到诺维茨基坐的是经济舱,住的是廉价酒店,以至于他的一名同事都是穿着西装睡觉,只是为了不让床虫叮咬到。

各种消息不断冒出来。1 月,《体育画报》的赛琳娜·罗伯茨和大卫·爱坡斯坦就这一次调查写了一篇来源充分的报道,其中有一些有趣的新材料,包括:

- 摩托罗拉车队的队友史蒂芬·斯沃特讲述了兰斯如何敦促车队在 1995 年开始使用 EPO。斯沃特还回忆说,在 1995 年 7 月 17 日,那是环法自行车赛夺冠前 4 天,当时兰斯的红细胞比容为 54% 或 56%。

- 2003 年在圣莫里茨机场发生了一起事件,当时兰斯和弗洛伊德意外遭到瑞士海关人员的搜查。(报道指出,私人飞机的好处之一就是无须进行严格的海关检查。)在一个垃圾袋里,海关人员发现了一批用西班牙语标注的注射器和药品。他们解释说这些药物是维生素，注射器是用来注射维生素的，这才被允许通过。

• 在费拉里的记账本里有弗洛伊德的留言，他担心类固醇是导致兰斯患上睾丸癌的源头。

• 一个来自政府内部调查的消息来源称，兰斯在20世纪90年代末获得了一种名为HemAssist的血液增强剂，该药物当时正在临床试验中。"如果有人想设计出比EPO更好的产品，这将是理想的产品。"罗伯特·普兹贝尔斯基医生说，他是研制这种药物的巴克斯特医疗公司的血红蛋白疗法主管。

兰斯通过推特以一贯的方式回应了这篇报道：先是漫不经心地耸耸肩（他在推特账户上这样写道："就是这样吗？"），然后是一副厚颜无耻的样子，"很高兴听到@usada正在调查@si（《体育画报》）的一些说法。我期待着得到公正的审判"。

我偶尔会和诺维茨基联系一下，他没有告诉我这些事情，他很小心地保持着职业操守。但是几个月过去了，我们彼此相处得很融洽。他总是那么温暖、轻松和乐于助人；我们谈的不仅仅是这个案子，还谈到了他女儿的排球比赛，他自己的运动生涯（他曾是一名跳高运动员，跳过7英尺的高度）。他的口头禅是"废话"，还叫我"哥们儿"。

你可能以为诺维茨基讨厌兰斯，但每当我们谈到兰斯时，诺维茨基就变成了很酷的专业人士。他从没有情绪波动，也没有对兰斯的性格发表过意见，从没有骂过他，也没有诅咒过他。我知道诺维茨基对兴奋剂选手通常都很同情。他认识了我们很多人，意识到我们大多数都不是坏人，他对我的处境很是同情。但这种同情心是否延伸到兰斯身上？我不这么认为。当兰斯的名字出现时，诺维茨基是冷静的、事务性的、专注的。我想他不喜欢兰斯所代表的行为：一个人可以利用自己的势力来藐视规则，欺骗全世界，赚很多黑心钱，逍遥法外。

到了3月，《60分钟》节目的制片人联系到我，他们正在撰写一篇有关调查阿姆斯特朗的重要新闻。据他们的消息来源说，很快就会提出起诉。制片人说，《60分钟》将是一个绝好的机会来讲述我的故事。经过几个星期的犹豫，我同意在4月中旬飞往加利福尼亚，接受《60分钟》记者和哥伦比亚广播公司（CBS）新闻主播斯科特·佩利的采访。但是，在我做这些事之前，我必须先做一件事，一件我一直在害怕的事情：告诉我妈妈事情的真相。

我早先告诉过我父亲，那年早些时候的一个晚上，当我回家探亲时对他脱口而出。一开始他并不相信我，后来他马上就相信了。他试图用汉密尔顿家最好的传统去努力地抬起下巴，但我能看到他脸上的痛苦；我觉得我一刀扎在了他的肚子上。在讨论了这件事之后（在听到了有关调查和即将到来的起诉之后），他明白了整个事件的缘由。理解了我的难处后，他感觉好多了。尽管如此，爸爸还是建议我们暂时不要告诉妈妈，我也同意了。

但现在我不能再拖延了，我的新闻采访还有几天就要播放了。在我父母马布尔黑德的家中举行家庭聚会的时候，我情绪很紧张，几乎快要发抖，想要选个合适的时间。感觉就像坠机的那一瞬间，你就要摔死了,但你无能为力。于是,我只能这样安排:我闭上眼睛,准备好迎接冲击。聚会快结束时,每个人都在吃巧克力蛋糕,谈话暂停了一下。我深吸了一口气,就是现在了。

我有件事想告诉大家。一件大事。

他们的第一反应是微笑:林赛怀孕了吗?可是他们看到了我脸上的表情,就愣住了。

这件事我很久以前就应该告诉你们的。

我想他们心里知道即将发生什么。他们可能一直在潜意识里知道,但这并没有让事情变得更简单。事实是,这些年来他们都一直支持我,保护我,爱着我,也相信着我。

我开始告诉他们整个事情的经过,当我看到妈妈充满泪水的眼睛时,我崩溃了。我深吸了一口气,移开了视线。我尽可能迅速而坦率地告诉他们调查、审判的事情以及所有的秘密是如何泄露的。我告诉他们,为了我自己,为了这项运动,我需要说出真相。我告诉他们,有时候你在前进之前,必须先退后一步。我告诉他们我有很多黑历史,我知道他们现在还无法真正理解,但我希望有一天他们能够理解。然后妈妈就给了我一个拥抱。

我感觉到了妈妈温暖的怀抱,我意识到:她从来都不在乎我是赢得了环法赛还是最后一名。她关心的只有一个问题。她直接问我:"你还好吗?"

我的微笑告诉了她答案。我很好。

几天后,我飞往加利福尼亚。接受《60分钟》的采访是一种奢侈与折磨的结合。你被带到一家五星级酒店,坐在一张舒适的椅子上,周围都是超棒的制作人员,他们会尽量使你放松和舒适,然后,"咔嗒",灯亮了,他们开始对你的生活抽丝剥茧,佩利问了很多让人难以回答的问题,我尽可能地告诉他真相。他很专注地倾听。他就像激光照射在兰斯身上一样那么专注,我尽量把他引向更宏观的大局,告诉他兰斯所做的,我们其他人也都在做,向他展示了我们骑手的世界。

有一刻,我们谈论到我在1997年是如何决定服用兴奋剂的。我告诉佩利,我已经离我参加环法赛的目标如此之近,被队医请去服用兴奋剂是一种荣耀,我觉得我的选择是要么退出,要么加入。我问佩利:"如果是你,你会怎么做?"

我很高兴问他这个问题,因为我认为每个想要评判兴奋剂选手的人都应该思考一下,哪怕是一会儿。你花费毕生的精力去努力,就快抵达成功的边缘,然后你面临着一个选择:要么加入,要么退出,然后回家。你会甘心吗?

第 15 章　猫捉老鼠

2011年5月22日,《60分钟》节目在电视上播出了。除了我的采访,还包括乔治·辛卡皮提供的详细证词,据称他告诉调查人员他和兰斯一起使用过 EPO。(乔治没有否认这一报道。)弗兰基·安德鲁出现了,他讲述了以 EPO 为燃料的自行车选手是如何提速的,他说:"如果你不使用 EPO,那你就不会获胜。"《60分钟》还详细介绍了兰斯可疑的 EPO 背后的细节,揭露了 2001 年环瑞士赛中的检测内幕,当时 UCI 负责整个检测,兰斯和约翰在实验室主任的协助下合谋掩盖了检测结果。兰斯有一个机会,可以在连线中陈述他的立场,但他拒绝了。在节目播出的前几天,我把奥运金牌还给了 USADA,直到他们能决定它的归属。

我和家人还有林赛在马布尔黑德一起看了这期采访节目。当然,我的家人非常支持我,但我不知道整个世界会如何看待它。多年来人们一直都相信兰斯,生我的气是很自然的,因为我说出了残酷的事实。当弗洛伊德站出来说出真相时,有些人在比赛中挥舞着标语,上面印有老鼠图片。这种情况会发生在我身上吗?

在接下来的几天里,我能感觉到有人在看我,认出我来。当我在波士顿机场排队候机的时候,一名乘客走到我面前,握了握我的手,祝贺我说了实话。然后在飞机上，过道对面有人给我递了一张纸条："感谢你的诚实。你做了正确的事情。"在脸书上，人们留下了很多支持我的信息。几天后，我父母给我寄了一个2英寸厚的包裹，里面都是他们收到的邮件和信件。他们保持了汉密尔顿家的诚实品格，并没有过滤信件。有人攻击我，说我肯定在说谎，因为我以前撒过谎。但绝大多数人都持肯定态度。他们用了"勇气"和"胆量"之类的词，虽然我认为自己根本不配，但是读起来感觉很好。

兰斯和他的团队也做出了回应。法比亚尼说我欺骗了《60分钟》，指责我"为了钱乱说话"，要求CBS撤回这一节目（这一要求遭到了断然拒绝），还老调重弹，说我在浪费纳税人的钱。他们还建立了一个名为Facts4Lance的网站，试图在该网站上攻击我和弗兰基的可信度（尽管没有乔治）。但总的来说都是很薄弱的东西，一方面是因为他们没有太多的事实依据，另一方面是因为他们没有保留Facts4Lance的推特用户名，这个名字很快就被弗洛伊德·兰迪斯的朋友抢走了，然后他的朋友用自己独特的语言占领了这个地方。过了很长一段时间，Facts4Lance网站就被查封并关闭了。我发现自己有点吃惊，我以为兰斯会攻击我，可兰斯安静得让我纳闷：他放弃了吗？他失去了战斗的欲望吗？

我早该知道的。

那年春天的早些时候，我接受了《户外》杂志的邀请，参加6月11

日在科罗拉多州阿斯彭举办的活动。我很高兴有机会推广我的培训业务，也有机会见到一些老朋友。随着日期的临近，我变得紧张起来。我知道兰斯与女友安娜·汉森在阿斯彭的家里待了很长时间。但就在活动开始前，一个朋友查到了兰斯的行程，告诉我他将于6月11日去田纳西州参加100英里募捐活动。

我想：太好了，这样我们就不会碰上了。

那是美好的一天。我带领着同事吉姆·卡普拉，一起在山上骑了一个下午的车。它是专为中级到高级的骑手设计的，但我们之中加入了一个雄心勃勃的初学者，一个名叫凯特·克里斯曼的年轻女性，她穿着网球鞋，骑着一辆带锁鞋的旧自行车出现了。她和大家一起骑着车，尽管她担心会拖慢我们的速度，但她骑得很好。

骑车回来后，吉姆、我与其他工作人员一起在天空酒店闲逛，享受傍晚的阳光。我遇到了我的高中室友、博尔德的邻居埃里克·凯特。我们没有什么吃晚餐的计划，但我有一个性格外向的朋友叫伊恩·麦克伦登，他问我们是否愿意和他以及其他几个朋友一起吃饭，我们答应了。到晚上8点15分，我们的聚会就有十几个人了，他们都住在阿斯彭，其中两个是真人秀明星，瑞安·萨特和他的妻子特里斯塔，出演过《单身女郎》和《单身汉》，还有他们的两个孩子。伊恩选了一家小餐厅，店名在法语里是"捉迷藏"的意思。

我们谁也不知道这家餐厅是兰斯最喜欢的餐厅，是他常去的地方。我们一进门，店主乔迪·拉纳这个女人就认出了我，她给兰斯打电话，告诉他我在那里。后来，拉纳想把她的这通电话解释为对居住

第 15 章 猫捉老鼠

在阿斯彭的离婚夫妇的一种礼貌：如果其中一方在餐厅，她就通知另一方，这样可以避免尴尬的相遇。

但是，她的电话产生了完全相反的效果，因为兰斯刚刚从田纳西州回到阿斯彭，在接到拉纳的电话后，就直奔我而来。

后来我想起来兰斯接到拉纳电话的那一刻，我敢肯定兰斯以为我是故意去那家餐厅的，我既然敢去，那他就会用他唯一的回应方式来应对，那就是与我见面。但即便如此，我还是很惊讶兰斯会选择马上到餐厅来。因为你即使不是律师也知道，如果你是联邦重大调查的目标，和潜在证人联系或许不是个好主意。

在我们不注意的时候，兰斯与他的女友安娜·汉森走了进来，和几个认识的人在拥挤的 U 形吧台左侧的凳子上坐了下来。他大概离我们的桌子有 30 英尺远，当我们一起吃喝玩乐的时候，他可以清楚地看到我的后脑勺。大约 10 点钟，瑞安和特里斯塔决定带孩子们回家睡觉，我们其余的人还在吃饭，讨论是否应该去别的地方喝一杯。大约 10 点 15 分，我起身去了洗手间，洗手间在吧台的对面，正好路过兰斯坐的地方。

从洗手间出来，我回到了桌子旁。从眼角余光里，我看到吧台区有人向我招手——是凯特·克里斯曼，她是下午我们一起骑车的同伴。我决定去打个招呼，就开始慢慢地穿过人群向她走去。

当我经过吧台时，感觉有东西压在我的肚子上，像闸门一样挡住我，一毫米都不让。一开始我以为是我的一个朋友在开玩笑，但这太咄咄逼人了，不可能是偶然的，所以我微笑着转过身，期待看到一张友好的面孔。

原来是兰斯。

"嘿,泰勒,"他讽刺地说,"最近怎么样?"

我的心都快跳到嗓子眼了,我的大脑已经记不清发生了什么事情。兰斯没有移开他的手,一直在用力推着我的腹部,他看到我被吓呆了,这让他很开心。我向后退了一步,让我们之间保持一点距离。

"嘿,兰斯。"我傻乎乎地说。

"你今晚在做什么,老兄?"他轻蔑地轻声问道。

"我,嗯,只是和一些朋友吃个晚饭,"我回答道,"你好吗?"

兰斯的眼睛闪闪发光,脸颊通红,呼吸中带着一股酒精味。他看起来更高大,身材更结实,脸上的皱纹更深了。我看见一个金发女人坐在他旁边,我想那应该是他的女朋友,还有其他几个人,从他们兴奋的表情可以看出,似乎是兰斯的朋友。

"嘿,我对这一切感到很抱歉。"我说。

兰斯好像没听见。他指着我的胸膛,说道:"《60 分钟》给了你多少钱?"

"别这样,兰斯。他们没有——"

"他们付给你多少钱?"兰斯重复了一遍,声音越来越高。这和他过去在邮政车队巴士上经常发出的声音一模一样,就是"大家都必须听我说"的声音。

"你知道他们没有付钱给我,兰斯。"我平静地说。

"他们该死的给你多少钱?"

第 15 章 猫捉老鼠

"算了吧,兰斯。我们都知道他们不会付钱给我。"我努力使自己的声音保持平稳。

兰斯的鼻孔完全张开了,脸越来越红。穿过人群,我看到凯特·克里斯曼脸上带着关切的神情看着我。* 我觉得事情已经失控了,我想要化解它。

"兰斯,我很抱歉。"我说。

"你该死的有什么好抱歉的?"

"你和你的家人一定都很难过,"我说,"发生了这么多的事。"

兰斯看上去还是很不相信的样子。"伙计,我因为你没有一分钟睡着过。我就想知道他们该死的给了你多少钱。"

我指了指我的左边,餐厅的大门。

我说:"我们何不出去谈谈呢? 一对一地交谈。"

兰斯轻蔑地说了一句:"去他的。那更像一场戏。"

我向右看去,发现吧台旁有个小房间,里面没人。我指了指那里,说道:"好吧,如果我们要谈,就去那里吧。"

我心里在想:兰斯,你这个混蛋,如果你真的想开诚布公地谈一谈,那就让我们两人,真正地谈谈真相。我再次指着房间。

兰斯压低了声音,用手指着我。

"当你站在证人席上的时候,我要把你撕成碎片。"他说,"你看起

---

* 坐在 10 英尺外的克里斯曼说:"我听不清(阿姆斯特朗和汉密尔顿)在说什么,但你能看出气氛非常难堪又紧张。兰斯作为进攻的人,身体向前倾,泰勒有点退缩,好像马上就要逃跑。我记得当时感觉有点害怕,兰斯·阿姆斯特朗好像马上就要发飙了。"

来像个白痴。"

我什么也没说。兰斯现在发疯了。"我要让你的生活……变成地狱……该死的。"

我站在那里,整个人僵住了。后来,一个律师朋友告诉我,我当时就应该明智地大声说:"大家都听到了吗?兰斯·阿姆斯特朗刚刚在威胁我。"但我没想过要这么做,一方面我不相信他会愚蠢到在公共场合威胁我,另一方面我却想让他继续这样,继续骂我,继续威胁我,这也是我最好的机会。这是我们俩的旧动力系统:他挑衅,我就跟他对峙。"还在这儿,伙计。"

在兰斯的右肩上方,出现了一张50岁黑发女人的小圆脸:这家餐厅的合伙人乔迪·拉纳。因为是她打电话给兰斯引起了这次的冲突,所以她认为是时候扮演自己的角色了。她靠过来,用手指着我的胸口。

"这家餐厅不再欢迎你了,"拉纳说,"你永远不要再踏进这家餐厅一步,你……的……余……生!"她瞥了一眼兰斯,想得到他的认可。他点了点头。她看上去简直满足得要命。

我的脑子在翻腾着,意识到:我需要记录下这次的会面,所以我向拉纳要了她的名片。我们给餐厅造成了困扰,我深表歉意。我一直在努力保持着礼貌。然后我转向兰斯。

"听着,如果你想继续这个对话,我要请一个朋友加入我们。他一句话也不会说。"

"去他的,"兰斯说,"没人在乎。"

兰斯做完了这一切。他传达了他的信息,给我留下了深刻的印象，让我感到不安——他任务完成了。他不打算与我合作，所以没必要再努力。我转身走回我的桌子。但在我走之前，我向左边走了一步，兰斯的女友安娜坐在那里。她面对着吧台，身体略微转向兰斯，眼睛直视着前方。她看起来很难过，好像她希望这一切都会消失。

我说："嘿，我为此感到非常抱歉。"安娜微微点了点头。我看得出她听到了我的话。

当我回到我们那桌时，我的内心在颤抖。我的朋友吉姆后来告诉我，我的脸像鬼一样苍白。我告诉他发生了什么事，吉姆以为我在开玩笑，然后我把发生的事情也告诉了在座的其他人。我们把剩余的晚餐吃完，还点了咖啡和甜点，但我们并没有朝吧台看一眼。我知道我们不走，兰斯就不会走；如果有必要，他会整夜待在那里。毕竟，他必须赢。我们待了 45 分钟。伊恩买了单，我们就各自回家了。

9 天后，我走进丹佛联邦政府大楼，通过电话会议向检察官道格·米勒和两名联邦调查员作证讲述了这次遭遇。我告诉他们发生了什么事，还提供给他们当晚餐厅里目击者的名字。调查人员对此很感兴趣，他们有很多疑问，关于谁发起了联系，兰斯说了什么，以及他是怎么说的。他们说会和我保持联系。

几个星期过去了，几个月过去了，我努力对外表现得很冷静，但实际上我希望能提出起诉。餐厅事件发生后，我希望人们（尤其是我的家人)能了解真相,自己的选择是正确的。诺维茨基告诉我很快会有结果。但是随着时间一天天过去,一切都平静了下来。

其实这期间并不是什么都没有发生,恰恰相反,调查正在顺利进行。诺维茨基和米勒在推土机上挥舞着推杆,更多的证人被传唤到大陪审团面前,更多的证据被揭开。据我所知,他们面临的挑战不是潜在证据太少,而是太多了。证据包含:队友的证词,车队管理人员的证词,税务资料,尿液样本,可能转移给费拉里账户的款项,等等。我无法想象需要花多长时间(巴里·邦兹案,仅仅是一个简单的伪证案,到目前已花了 6 年时间)。

我继续过着自己的生活。今年 8 月,在《60 分钟》节目播出 3 个月后,我做了一件很久没做过的事情:我以观众的身份参加了一场自行车比赛。那是美国职业自行车挑战赛,地点在博尔德附近,许多顶尖的美国职业选手都会参加。站在镜子另一边的感觉真的很奇怪。

我站在路边,看着主集团经过。当他们从我身边疾驰而过时,就像一阵微风吹过。我看到他们有多厉害,瘦得像刀刃一样,身体在空中嗡嗡作响,几乎像是在飞翔。赛后我看到他们,看起来完全垮了。我以前也是那样的。

人们认出了我,大多数人都很友好。我大概签了 30 个名。大家告诉我,他们为我的诚实感到骄傲。一个父亲告诉我,他已经让孩子们看了 4 遍《60 分钟》节目。(我开玩笑说:"我为你的孩子们感到难过。")

通常,当我看到某个行业产品方面的人时,事情变得很奇怪。他们态度犹豫,结结巴巴,拒绝和我交流。有些人只是态度冷淡,他们几乎不看我的眼睛。我明白这是为什么。这些人可惹不起兰斯,他们的收入取决于维持这个神话的存在。但这并没有让事情变得简单,我仍然是一个被抛弃的人,在我自己的领域中还是一个陌生人。

但最有意义的相遇发生在比赛结束后,当时我看到列维·莱菲海默准备去做兴奋剂检查,他骑着车从我身边经过。我说:"嗨,列维,我是泰勒!"

列维听出了我的声音,停了下来,和我聊了两分钟。列维知道实际情况:他被传唤了,他知道很多我所知道的事情,我想他说了实话。表面上我们谈得并不多,但能和他联系上确实很棒。他态度友好,好几次问我过得怎么样,祝我一切都好。我很高兴,至少在列维的眼里,我们的兄弟情谊依然深厚。

当我们等待起诉书的公布时,生活仍在继续。我和林赛已经订婚,我们决定在她完成硕士学位后,在波士顿度过这个秋天。我和"油轮"搬进了她在剑桥的小公寓,离我的家乡马布尔黑德只有一个小时的车程。回到家乡的感觉真好。我们可以支持红袜队,见见老朋友,和我们两个的家人一起欢度美好时光。只有一件事很烦人:越来越感觉我们被监视了。

起初只是小事,我们注意到有人在杂货店门口或大街上看着我们。有一次,有两个人开着一辆棕褐色的福特面包车,停在我家门前的大街上好几个小时,第二天又换了一辆车继续停在那里。一些信件从我们的前厅消失了,包括一些税单。

更令人不安的是,我们的电脑和手机开始出现了异常情况:我们在谷歌邮箱上阅读电子邮件时,突然间发现自己退出了,就好像有别人登录了一样。我们在手机里听到奇怪的哔哔声,我们会发送短信,接着查找时发现发送了两条短信,而不是一条。我们修改了密码,告诉自己这没什么。但随着时间的流逝,这种情况还在继续。如果是黑客,他们很有幽默感:我们开始在各网站看到兰斯·阿姆斯特朗基金会的弹出窗口,甚至在那些与兰斯或基金会毫无关联的网站上。我在电话里把我的担忧告诉了我的父亲,告诉他我们的电话被窃听了,我父亲是这样破解的,他在我们通话结束前加了一句:"……顺便说一句,去你的,兰斯。"

几个星期后,我打电话给诺维茨基告诉他这些情况,他一点都不惊讶。事实上,听起来好像他一直在期待着。诺维茨基说,在巴里·邦兹案中,所有的证人都经历了类似的事情。雇用私家侦探跟踪潜在证人显然很常见。在这些案件中,辩方的通常程序是:他们在我身上找到越多信息,就越容易在审判中攻击我的可信度。诺维茨基答应会给我们支持,如果我们感觉受到威胁,就马上联系他。他给了我一个特殊的电话号码,全天 24 小时在紧急情况下可以拨打。他的支持很专业,但操作很简单,很友好,我们都很感激他,他甚至在短信的结尾发了一个笑脸给我。我和林赛都感到很有趣:强硬而严肃的政府调查员，竟然使用表情包。

秋天让我想起为什么波士顿是我最喜欢的城市。不仅仅是颜色，而是一种生命从缝隙中迸发出来的感觉，一些东西消失了，一些新的惊喜即将出现。当林赛专心学习的时候，我和"油轮"就到处探索。我们遇到了一个名叫詹姆斯的社区少年，他在一所特殊学校上学。詹姆斯和"油轮"之间的感情像野火一般燃烧起来，詹姆斯开始过来带"油轮"去散步。

没过多久，我和詹姆斯就开始一起骑自行车，而"油轮"就跟在旁边跑。我们骑上了波士顿马拉松比赛圣地——心碎山，詹姆斯表现出色，他很坚强也很有决心。当我们到达山顶时，詹姆斯就兴奋得像刚爬上阿尔卑斯山一样。我也很兴奋。

我一直在看心理医生，他叫韦尔奇，我们的谈话很愉快。随着时间的推移，我对他越来越敞开心扉。几周过去了，我意识到自己正在经历一种奇怪的感觉。我感到奇异的轻盈，几乎要飘起来。我发现自己会和遇到的人聊天，或者只是站在路边与詹姆斯聊天，还有"油轮"，享受阳光照在我皮肤上的感觉。就在那时，我意识到了一种陌生的感觉：我很快乐，真正的、发自内心的快乐。

这就是我学到的：秘密就是毒药。它们夺走了你的生命，窃取了你活在当下的能力，在你和你爱的人之间筑起了高墙。既然我说出了真相，我又开始回归正常的生活了。我可以和某人交谈，不必担心或猜测他们的动机，这感觉棒极了。我觉得自己仿佛回到了1995年，那时所有的谎言都还没有开始。回到我在科罗拉多州尼德兰的那所小房子，只有我和我的狗、我的自行车以及广阔的世界。

林赛住的地方到处都是书——哲学、心理学和社会学的书，我开始阅读这些书，很长一段时间以来我第一次感到自己的大脑在伸展。我们看电视少了，喝茶多了起来，还练练瑜伽。一天晚上，当我弯腰捡东西时，我的腹部出现了一个奇怪的现象—— 一小块脂肪，这是多年来第一次。我捏了一下，感觉很好。很正常。

有时我会想如果兰斯上了法庭会怎么样。我一直认为这最终将变成一场审判，兰斯似乎不想认罪。以我对他的了解，他会继续加大赌注，而不是和解。就算知道诺维茨基，他也不会松口，整个事情最终都会闹上法庭。它会是一个动物园，一场有史以来最大规模的体育犯罪审判。媒体将有机会大做文章；这会使邦兹和克莱门斯的审判看起来像小案子。人们会知道我们这项运动的真相，可以自己做出判断。他们可以原谅兰斯，也可以恨他撒谎、滥用权力。但不管他们怎么做，至少他们都有机会了解真相，并自己做出决定。

一天下午，我在网上做一些商业调查，查看培训网站。正如以前时有发生的那样，一则带有兰斯照片的广告突然跳了出来。一般看到他的脸会让我退缩，我会马上关闭这个窗口。但这一次，不知为什么，我发现自己盯着他的脸，注意到兰斯笑得很灿烂、很温暖。这让我想起了他过去的样子，他是多么擅长逗人发笑。是的，兰斯可能是个大混蛋,一个运动机器。但他也有一颗赤子之心。

我仔细研究了这张照片,试图重新找回那种感觉,令我惊讶的是,我发现自己为兰斯感到难过。不是后悔说出一切,因为那些都是他自己做过的事,只是现在曝光了,兰斯只能面对这些后果。但我为他这个人感到难过,因为他被所有秘密和谎言困住了,囚禁了。我想:兰斯宁死也不愿意承认,但被迫说出真相也许是他这辈子最好的选择。

第 16 章　天网恢恢

2011 年感恩节前夕，林赛和我在波士顿结婚了。我们开始计划搬回博尔德。我们不确定是否要永远待在博尔德，因为我在那里已经经历了太多的事情，竞技运动的场面是如此激烈——只有在博尔德才有退役的自行车明星——这有时会让人感到窒息。我们决定先试着住一段时间，林赛和往常一样，把这当作一次体验。12 月下旬，我们把一辆拖车挂在 SUV 车上，车上装着我们仅有的几件东西，就这样出了波士顿，向西驶去。我们沿着南部路线，穿过夏洛茨维尔和诺克斯维尔以及查塔努加，听着约翰尼·卡什热情洋溢的歌声，诸如《蒙特塔格尔山》《橙花特色曲》《福尔松监狱蓝调》《我走在队伍前面》。我们看着一座座乡村从眼前飞逝，打开车窗，感觉到温暖的空气吹拂在脸上。我们觉得自己正走向一个崭新的生活。

我们在 1 月初到达博尔德，搬进了梅普顿大道上的一间平房里，我着手创建新的培训公司，把林赛介绍给我的朋友，开始新的生活，或者我应该说，我的主要精力都放在这些事情上了。但我总会不时地分心，关注着起诉的消息。此外，我们开始又有一种被人跟踪监视的感觉：电脑和手机出现了问题，还有陌生人蹲守在我们屋外的汽车里。我们尽量忽略这些事件，但是，在餐厅事件发生后，我们感到很脆弱，

第 16 章 天网恢恢

尤其是离兰斯所在的阿斯彭只有几个小时的路程。以防万一,我们在前门放了一根棒球棍。

2月3日,星期五,天气晴朗,林赛和我期待有一个安静的周末。我们将和"油轮"一起远足,与一些朋友聚会,还要为我们新英格兰爱国者队加油,他们将在"超级碗"上与纽约巨人队进行比赛。那天下午我们游玩回来时,我收到一条短信,是一篇文章的链接。

联邦调查局撤销对阿姆斯特朗的调查

我觉得自己快要喘不过气了。

我用颤抖的手指轻敲着手机,想着这一定是恶作剧。然后我看到了其他头条新闻,内容都是一致的。这竟然是真的。我写了一条推文:"你是在开玩笑吗?"然后我删除了它。我现在最好保持冷静,直到发现更多的新情况。

我开车回到家,感觉快疯了。我打开电脑看到更多的消息,都说了相同的内容:案件结案,没有任何解释。我打电话给诺维茨基,没有人接。我看了兰斯表达感激之情的简短讲话。我浏览了所有的报道,内容都是这样写的:美国东部时间下午4时45分,一个名叫安德烈·比罗特的联邦检察官发布了一份新闻稿。这是一个确保尽可能少地引起公众关注的理想时间,此时体育记者正在关注"超级碗"的比赛。

美国联邦检察官安德烈·比罗特今天宣布,他的办公室将结束对职业自行车赛成员及其同伙的犯罪行为指控的调查,该车队由兰斯·阿姆斯特朗部分拥有。

联邦检察官裁定,鉴于全球媒体对这项调查的众多报道,有必要宣布调查的结束。

这条新闻我读了3遍。然后我走进厨房,一拳头打在了冰箱上。兰斯找到了办法。兰斯的朋友们找到了击败诺维茨基的方法。

我不知道该怎么办,觉得自己的大脑已经短路了,到处火花四溅,噼啪作响。这就像最严重的自行车摔车事故,只是没有造成身体上的疼痛。我在公寓里走来走去,试图想明白这对我、对林赛、对我的父母来说意味着什么。林赛想用一个拥抱来安慰我,但我躲开了。"油轮"开始紧张地吠叫。我像一只被困住的动物一样,不停地在房间里踱来踱去。就这样过了几个小时,我倒在沙发上睡着了。

星期一,我和诺维茨基通了电话。他的声音又紧又短。他竭力保持职业形象,但我能感觉到他内心的愤怒和沮丧。

"上周末,我想过辞职。"诺维茨基说。

"我想过离开这个国家。"我说。

"我也是。"诺维茨基苦笑了一声。

所有的新闻报道都说了同样的内容:这是一种迂回战术,一个出人意料的举动——联邦检察官比罗特在没有征求任何人意见的情况下,私自决定停止了调查。比罗特在新闻稿发布前15分钟通过电子邮件通知了所有人,没有询问道格·米勒和诺维茨基对证据的看法,没有询问他们对案件真实性的看法。20 个月的调查,数千个小时,数百页大陪审团的证词和其他证据全被塞进一个盒子里,然后归档,就像它们从未存在过一样。*

接下来的几周很是煎熬。有时候,我发现自己根本不想起床,有时候我突然感到难以抑制的愤怒和不耐烦,就像吃了火药一样,很不容易相处。林赛待我非常有耐心。有一个好的现象:一夜之间,我们不再有被监视的感觉了,我们的手机和电脑也不再有异常情况。神秘人不再把车停在我家外面,也不在杂货店里盯着我们。

我大多数时间都待在家里睡觉,避开了珍珠街上的咖啡馆和餐

---

* 据报道,美国联邦调查局(FBI)、美国食品药品监督管理局(FDA)和美国邮政署的内部消息人士对这没有理由的结案结果表示"震惊、惊讶和愤怒"。一名消息人士称,"此案没有任何疑点"。美国娱乐与体育节目电视网(ESPN)报道说,检察官已经准备了一份起诉阿姆斯特朗和其他人的书面建议。一名知情人士说,谢里尔·克罗在结案前几周被传唤,她是"主要证人"。克罗没有回应采访请求。

比罗特决定结案背后可能有 4 个原因:

1. 比罗特在 11 个月前刚刚被任命,他想保护奥巴马总统,避免在选举年出现起诉一个美国英雄的丑闻。

2. 对政府来说,体育运动的兴奋剂案件进展并不顺利。邦兹案和克莱门斯案至今未取得任何有意义的结果,对政府而言,它们更接近于失败而不是胜利。阿姆斯特朗案牵涉范围巨大,索赔高昂,为什么要冒损失的风险呢?

3. 比罗特对癌症游说团体持谨慎态度。最近,爆发了一场争论,苏珊·科曼基金会撤回了 70 万美元的计划生育基金,原因是该计划似乎受到了来自政治右翼的压力(他们反对计划生育组织支持堕胎)。2 月 3 日(星期五),案件撤销的同一天,兰斯·阿姆斯特朗基金会向计划生育基金会捐赠了 10 万美元来填补资金缺口,这清楚地表明了兰斯·阿姆斯特朗基金会支持奥巴马政府在生育权问题上的立场,并且与反对科曼基金会决定的数百万妇女建立了联系。

4. 比罗特可能已收到内部泄密调查的结果,如果调查结果显示政府雇员向媒体泄密,那么这些结果可能会让司法部感到难堪。

尽管有些人倾向于阴谋论,但比罗特做出的政治判断更为合理,因为刑事起诉的风险大于回报。

厅，那里经常有很多自行车运动员。我没刮胡子，也不想上网；我知道兰斯那边的人会把这看成一场胜利，得意扬扬。我看到手机里塞满了各种留言，有来自朋友的，有来自寻求评论的记者的。我无视这些留言，把世界拒之门外。我还能说什么呢？

兰斯知道该怎么说。在接受《男性杂志》采访时，他说调查结案后感到如释重负，并说他不再战斗了。"在我看来，我的确做到了。"兰斯说，还提到如果 USADA 想剥夺他一个或多个环法赛冠军的头衔，他也不会反抗的，"这些已经不重要了。我不会到处吹牛，认为我必须成为 7 届环法自行车赛冠军。我为此付出了很多努力，我赢了 7 次，这就很好。但现在一切都结束了。"

兰斯在接受前旧金山市长加文·纽森的采访时强调了这一点。"如果有人走到我面前说'你知道因为你作弊才赢了 7 次环法自行车赛吗'，我根本不会理睬，只会问一句：好吧。还有别的事吗？因为我不会再浪费时间来谈论它，所以你们也不必要再浪费时间了。让我们向前看。"

我怀着复杂的心情看了他的采访。我有点同情兰斯，我从没想过让他坐牢。我从不认为他是个罪犯。但同时，我也确实希望真相大白。那真是毁灭性的打击：徒劳无功的感觉，所有的一切——我的证词，诺维茨基的调查，我和其他人冒着风险说出的证词——都变得毫无意义。

当我再次出门的时候，博尔德感觉越来越小。每次我们走进咖啡店，我都会看到有趣的表情，或者看到一条黄色的腕带，或者看到一些穿着自行车骑行服的人，衣服上写着"兴奋剂选手烂透了"。我感到窒息，林赛也不喜欢生活在我过去的世界里。

我们决定离开博尔德。我们有这个想法已经有一段时间了，现在看起来比以往任何时候都更具吸引力。我们需要去一个新的地方开始。一个没有过去、没有认识的人、没有历史拖累的地方，在那个地方，我们可以建立新的家园。我们把目光瞄准了蒙大拿州的米苏拉。林赛有个叔叔在蒙大拿州做钓鱼装备工。她一直梦想住在那里。她在《大河恋》中找到了一句话，用黑色记号笔在一张大纸上写了下来，然后贴在冰箱上。"世界上到处都是混蛋，越是离蒙大拿的米苏拉越远，混蛋的数量就会增加得越快。"

就这样决定了。我们开车过去，把这里的一切抛在脑后，重新开始。与过去彻底划清界限。再见，自行车；再见，诺维茨基；再见，兰斯。

2012 年春天，我和林赛搬到了米苏拉。我们把东西装进了租来的 U 形货车里，然后像两个拓荒者一样，带着"油轮"开着越野车向西北驶去。我们租了一间简陋的平房，离米苏拉市中心有一段自行车路程，有一个大院子给"油轮"住，还有一间备用卧室作为我们培训业务的家用办公室，还有很多互相追逐的松鼠（更不用说偶尔出现的灰熊了）。

很快生活就变得不一样了。更轻松,更自然,节奏更慢。我们开始花时间来享受一些简单的事情:在一个随意的星期二,吃着火腿蛋松饼,来一次清晨的远足,去冰川国家公园的公路之旅,在比特鲁特一边喝着葡萄酒,一边欣赏着落日。林赛和我偶尔会互相看一眼,就突然大笑起来,并疯狂喊着:我们住在蒙大拿!

这个世界以奇怪的方式运转着。我听过一句老话,当上帝关上一扇门,他就会为你打开一扇窗。我认为这句话实际上是在谈论真理的生命力。我开始了解到真理是有生命的东西。它有一种内在的力量,一种内在的弹性。

真相无法否认或隐藏的,因为这种情况一旦发生,压力就会越来越大。当一扇门关上了,真相就会找到一扇窗户,然后把玻璃炸飞得干干净净。

在我们搬家的时候,我的手机开始响了。来电显示这些电话来自华盛顿特区和USADA总部科罗拉多斯普林斯。一开始我没有理会它们,一部分是因为我受够了这一切,还有一部分是因为我知道他们想要什么。

我听说华盛顿的司法部民事司曾参与过弗洛伊德的案子,想查明兰斯和邮政车队的老板是否欺骗了政府,谎称邮政队是清白的。民事案件的证据标准不同于刑事案件,这对调查人员来说帮助很大。在刑事案件中,它不是"排除合理怀疑",而是"证据占优势"。

USADA正在跟进自己的案子。与民事和刑事检察官不同,USADA并不关心法律,只关心这项运动的规则。USADA的首席执行官特拉维斯·泰格特从一开始就知道联邦调查,参加了一些会议并向诺维茨基和米勒提供了背景资料。尽管 USADA 和司法部的民事部门都无法获得大陪审团的证词，但他们可能获得刑事调查所提供的供词和其他材料。

总之，显而易见的是，诺维茨基的推土机又开始运转了。我的电话一直响着，每响一次，信息就多一条：游戏还在继续。USADA 和司法部想知道：我是否愿意合作？我会去宣誓作证吗？

我想了一会儿。然后我给他们回了电话，并告诉他们当然可以。我知道放下这一切，继续生活下去会更容易。但是我做不到。我已经开始了这场比赛，就应该有始有终。

4 月，在为期两天的单独对话中，我对 USADA 和司法部的调查人员讲述了我在邮政车队和兰斯共事时所发生的一切。我尽可能提供完整而精确的信息。我说的都是事实，全部都是事实，没有一句假话。

我不是唯一的一个。USADA 的调查人员也对阿姆斯特朗的其他 9 名前队友进行了类似的调查，结果差不多。USADA 联系到的每一个邮政队员都同意开诚布公地谈话。USADA 没有告诉我其他队友是谁，但我能猜得出来。我们所有人再次站在了一起，就像过去在尼斯和赫罗纳一样，这感觉很奇怪。和调查人员交流后，我知道其他人也在讲他们的故事。我发现自己想起了那些往事，那是我们刚起步的时候，在"天空豪华公寓"中的那些日子，在所有疯狂开始之前的纯真时刻。我不知道他们是否也有这种感觉。

2012 年 6 月 12 日，USADA 递交了一封长达 15 页的信函，指控兰斯、佩德罗·塞拉亚、约翰·布鲁内尔、路易斯·德尔莫拉尔、佩佩·马蒂和米凯莱·费拉里违反了反兴奋剂条例，指控他们为了提高运动成绩，严重违法使用兴奋剂，指控兰斯使用、持有、贩卖、管理、协助和掩盖等一系列违法行为。USADA 还表示，2009 年至 2010 年期间从兰斯身上采集的血液数据与血液检测"完全一致"。此外，兰斯立即被禁止参加铁人三项赛，这是他退役后又重新开始的运动。

USADA 的指控改变了一切。虽然兰斯可能会失去一两个环法赛冠军，但他显然不准备失去全部的 7 个冠军，以及他未来在铁人三项赛中的成绩。兰斯的"我不会反击"的立场发生了 180 度的大转变。他的律师提高了攻击能力，把矛头对准了 USADA，想把它描绘成痛苦的、报复的、自以为是的和非理性的等等。通过推特和他的律师，兰斯称这一程序"违反宪法"，抱怨证据的可信度，并发布了有史以来最具讽刺的推文之一，"是时候按规则行事了"。

虽然兰斯在法律和公关方面具有相当大的优势，但他有一个劣势：USADA 不是法庭，因此只关注一个简单的问题，就是兰斯和其他人是否违反了这项运动的规则。兰斯将面临的不是联邦审判，而是仲裁听证会；他将不再受到"排除合理怀疑"的法律标准的保护，而是面临"听证会的满意程度"这低得多的标准。*

---

* 如果阿姆斯特朗失去了冠军头衔或因服用兴奋剂而受到制裁，他将可能面临其他各方对他采取行动的可能性。SCA Promotions 公司曾在 2005 年与阿姆斯特朗就赢得 2004 年环法自行车赛要支付 500 万美元奖金的问题展开了较量，但未能胜诉。该公司表示正计划提起诉讼来收回这笔奖金。SCA 的律师杰夫·雷·蒂洛森告诉《纽约时报》："我们大致地告诉他，我们将密切关注这起案件，如果他被剥夺了冠军头衔，我们将竭力追回奖金。"兰斯他们回答说："很难，不可能发生。我从来没有作弊过。"这就是像往常一样的兰斯：我是百分之百正确的，你是百分之百错误的。

第16章 天网恢恢

在写作本书期间，结果尚不确定，但可以肯定的是不会太美好。我相信兰斯会竭尽所能地来攻击我，以及其他说真话的队友们的信誉。在USADA指控正式生效的当天，兰斯出手了，他泄露了先前匿名的USADA审查委员会成员的身份，以及该成员最近因被指控猥亵而被捕的情况。此外，USADA官员告诉美国ABC新闻，他们认为兰斯已经雇用了私家侦探来跟踪他们。据《华尔街日报》报道，兰斯基金会派了一名说客去拜访美国众议院拨款委员会委员约瑟·赛拉诺（纽约州），目的是讨论USADA及其对阿姆斯特朗的调查。我明白兰斯为什么要用这种策略，毕竟，这种策略过去奏效了，目前他没有太多其他的选择。或许这次它还会再次起作用；或许公众会继续相信他；或许他们只是厌倦了这一切，希望一切都消失。

但有一件事是肯定的，真相会不断浮出水面。随着事件的升级，越来越多的前赛车手会站出来，因为他们意识到继续活在谎言中是没有意义的。他们会体会到诚实的感觉有多好。他们会意识到敞开自己的心扉，让人们看到所有的事实，然后决定是否相信这一切，这是可以接受的。同时，我将继续讲述自己的故事——无论是通过这本书一样的大叙述，还是在于我的日常生活之中。

就在我们搬到蒙大拿州之前，我和我的朋友帕特·布朗一起骑车穿过博尔德。我穿着牛仔裤和运动鞋，骑着我的城市自行车，一辆笨拙、破旧的代步车，带有直立的车把和粗壮的轮胎。帕特和我在路灯旁等车的时候，两个穿着深色莱卡服的车手，骑着价值上千美元的赛车从我们身边疾驰而过。他们肯定认出我来了，因为其中一个人在经过我身边时,特意转过身,意味深长地看了我一眼。当他骑过去时,我可以看到他的骑行服上用白色的大字写着:兴奋剂选手烂透了。我感到身体里的肾上腺素激增,脑子里突然涌上一种简单的冲动:我想抓住那个家伙。

我告诉帕特,追上他们,然后就跟着他们骑了过去。这不是一场公平的战斗:他们比我们领先了 100 码,而且他们也很卖力,我骑着一辆重 30 磅的重型旧自行车,那看起来一定很好笑:我拼命骑着,穿着我的网球鞋,踩着粗壮的轮子,像一台蒸汽机。他们回头看了几次,他们知道我们就在后面跟着。但他们无法摆脱。大约追了 1 英里,我赶上了他们。

我们在红灯处赶上了他们,我滑行着向他们靠近,直到靠在了一起。我把粗壮的前轮放在他们昂贵的自行车中间。他们回头看着我,我也看着他们。我在他们的眼中看出了一点害怕。然后我伸出手,拉住那个穿白色标语衣服的家伙的手,握了握。我对他友好地笑了笑。

"嘿,我曾经服用过兴奋剂,"我说,"但我水平不烂。伙计,祝你们骑行愉快。"

他们骑车走了,帕特和我也回家了,我的内心充满了幸福。因为,我意识到,这就是我的故事。这不是一个超级英雄的光辉灿烂的神话,而是一个普通人在混乱的世界中努力竞争并尽力而为的真实人性故事,他犯了大错误,却幸免于难。这就是我想讲的故事,我会继续讲下去,一部分原因是这会帮助体育运动向前发展,另一部分原因是它可以帮助我前进。

第 16 章 天网恢恢

我想告诉那些认为兴奋剂运动员是不可救药的坏人的人,你们的看法不一定是对的。我想告诫所有人,你们可以把精力集中在真正的挑战上——创造一种让人们远离兴奋剂的竞争环境。我想要讲出来,是因为现在我需要告诉大家,这都是为了生存。

在我们去蒙大拿州之前,我还得处理一些最后的琐事。我在车库里有 9 个大塑料手提袋,这里面装着我的过去,有照片、文件、信件、比赛号码、奖杯、杂志、T 恤衫。我喜欢保存有意义的东西,这几乎是我职业生涯中得到的所有东西(我甚至还保存了一家法国酒店的火柴盒)。当我检查这些袋子时,我惊讶地发现里面装了这么多东西。

我拿出了一些有纪念意义的:我的比赛号码牌,42 号,这是我 1994 年参加环杜邦赛时的号码,那是我第一次参加大型比赛,也是我爆发的那一天。2003 年在马布尔黑德游行的 T 恤,上面写着"泰勒是我们的英雄"。一个亮橙色的麦片盒子,盒子正面是穿着黄色领骑衫的兰斯。上面印有我们照片的棒球式卡片,我们看上去都像超级英雄。别在我骑行服上皱巴巴的号码牌。一个装满了粉丝们的来信的大鞋盒,还有给"拖船"的吊唁信,还有多发性硬化症患者写来的信,告诉我他们自己的故事。

最重要的是照片。一张张脸庞。凯文狂野的笑容,弗兰基冷酷的眼神,叶基莫夫举起一杯香槟,脸上露出难以置信的俄罗斯式笑容。乔治和我手挽着手,在环法赛后喝着啤酒,克里斯蒂安狡猾地笑着。整个团队沐浴着阳光一起站在香榭丽舍大道上。我的父母骄傲地站在路边,举着一个牌子,上面写着"加油,泰勒"。

我以为我会讨厌看那些东西,我以为我会退缩,想把它们埋了。我是对的,回忆确实很痛苦。但是我一直在寻找,努力,直到我明白一个简单的事实:所有这些都是我的生活。所有这些疯狂、混乱、惊人、可怕、真实的东西,就是我曾经的生活。

我很高兴看到我从事的运动在过去几年中得到了良好的发展。虽然没有达到100%的干净——我认为这是不可能的,只要你面对的是想赢的人类——但它会变得更好,也更慢。在2011年环法赛中,阿尔普迪埃的获胜时间为41分21秒;早在2001年,这个成绩只能排在第40名。*这主要归功于更好的检测、更好的执法以及"生物护照"计划,在该计划中,骑手的血液值受到更严密地监控。BB仍然无法检测,如果你相信谣言(我相信),决心使用兴奋剂的车手只能求助于规模较小、效果较差的BB。

总体而言,事情正在朝着正确的方向发展。你不会像以前那样看到一支车队统治整场比赛。更重要的是,每个车手的状态都有起有落;你会看到,好的成绩是需要付出代价的,这是理所应当的。我喜欢这种比赛,一部分是因为它更刺激,更多的是因为这些成绩都是真实的。毕竟,这是我们在比赛中所热爱的人性。每一天都会带来风险和回报。你可能会赢,也可能会输。这才是关键点。

现在,我花时间训练队员,帮助他们走上这条道路,看到他们的努力得到回报。无论他们是奥运会级别的运动员还是想减肥的普通人,我都

---

* UCI的内部测试数据反映了这一变化。2001年,有13%的车手被归类为有异常高或低水平的网状红细胞或新形成的红细胞(使用EPO或输血的迹象)。到2011年,这一数字已经下降到了2%。

一视同仁。在这过程中，我会告诉他们一些我的故事，告诉他们我学到的东西：落在后面的人往往比获胜的人更勇敢。我觉得自己又回到了骑自行车的早期时代，找回了以前的那个我。我对我的后半生感到兴奋。

最后一个故事。事情发生在《60 分钟》采访的前一天晚上，地点在南加州。当时我正在酒店的阳台餐厅闲逛，有几个客人走过来想和我聊聊。他们是自行车比赛的狂热爱好者，每年都热切地观看环法赛。他们了解我的职业生涯，自家的墙上贴着我的海报，他们说他们会支持我，对此我很感动。当然，他们根本不知道在几小时后，我将接受《60 分钟》的采访，并将真相告诉全世界。然后其中一个客人，一个 40 多岁、身材健壮的男人，他名字叫乔伊，有话要对我说。

"你能在那儿等一分钟吗？"乔伊问，"有个人非常想见见你。"

乔伊走了不一会儿，又回来了，身后跟着一个黑发男孩，穿着童子军的衬衫，显然是他的儿子。这个男孩大约 10 岁，很骄傲地站着。他的袖子上装饰着功勋徽章。

"嗨，我是泰勒。"我握着男孩的手说道。

"我叫兰斯。"孩子说。

我看上去一定很困惑。乔伊碰了碰我的胳膊。"他出生于 2001 年。"他很有礼貌地补充道。

"哦。"我说，依然关注于这个名字，依然盯着这个看向我的孩子，好像他知道发生了什么事。我不知道该说些什么,也不知道该做什么,只知道把手放在孩子的肩膀上,给他一个微笑。他笑了笑。

我们聊了几句,但我一直感觉很糟糕。我在想,对不起,孩子。很抱歉,再过几个小时,我会伤害到你和你的家人,破坏你对自己名字的美好感觉。对不起,事实就是事实。我希望你能够理解。

我们谈了一会儿。小兰斯和我聊了童子军、功勋徽章、鹈鹕和天文学等话题。这个孩子知道星座,他给我展示了一下它们离我们有多远,距离我们多少光年。当我们交谈时,这个孩子让我感到很安慰。我喜欢他有条不紊地思考问题、解决问题,以及他父亲在他生活中所扮演的角色,一直引导着他。他强壮又聪明;他会没事的。

我想我应该留给小兰斯一句睿智的话,等真相大白时,他就能明白了。但是,当我们告别的时候,我的大脑一片空白,什么都想不起来。直到后来,我才想到我要告诉他的话,就像我父母很久以前告诉我的那样。

真相会让你自由。

他们如今在哪里？

弗兰基·安德鲁（Frankie Andreu）：曾担任美国建大/5小时能源（Kenda/5-Hour Energy）车队总监，这是一支总部设在美国的车队，他同时也是 Bicycling.com 网站的环法自行车赛视频评论员。他和妻子贝齐以及他们的3个儿子住在密歇根州迪尔伯恩。

约翰·布鲁内尔（Johan Bruyneel）：在 USADA 发布调查结果后于2012年10月在睿侠-尼桑-崔克（RadioShack-Nissan-Trek）车队总监位置上被解职。他否认了 USADA 的兴奋剂指控，并试图指出 USADA 对他并无管辖权。如果布鲁内尔在管辖权问题上败诉，他将面临如下选择：要么出席 USADA 证据仲裁听证会，要么接受终身禁令。有传言说他正在写一本书。

路易吉·切奇尼医生（Dr. Luigi Cecchini）：住在意大利的卢卡，至今仍在那里训练职业自行车运动员。

佩德罗·塞拉亚医生（Dr. Pedro Celaya）：否认了 USADA 的兴奋剂指控，并试图指出 USADA 对他并无管辖权。如果塞拉亚在管辖权问题上败诉，他将面临如下选择：要么出席 USADA 证据仲裁听证会，要么接受终身禁令。

路易斯·德尔莫拉尔医生（Dr. Luis Del Moral）：选择不反驳 USADA 的兴奋剂指控，被终身禁止参加在 WADA 规定范围内的自行车及其他任何体育项目。

米凯莱·费拉里医生（Dr. Michele Ferrari）：选择不反驳 USADA 的兴奋剂指控，被终身禁止参加在 WADA 规定范围内的自行车及其他任何体育项目（2002 年增加了一条规定，他被终身禁止与意大利自行车手合作）。

2011 年 4 月，《米兰体育报》报道称，调查人员发现了一个由费拉里组织的资金转移网络，价值 1500 万欧元。费拉里仍在接受调查。

尤费米亚诺·富恩特斯医生（Dr. Eufemiano Fuentes）：2010 年 12 月，富恩特斯被捕，并被指控操控一个包括田径运动员和山地自行车运动员在内的兴奋剂组织。警方缴获了 EPO、类固醇、激素和输血设备，以及各种各样的血袋。该案件后来因电话窃听和搜查证据被裁定无效，而被驳回。富恩特斯就在西班牙格兰加那利群岛拉斯帕尔马斯的家附近行医。

2013 年 2 月，富恩特斯因涉及 2006 年"港口行动"而在马德里接受庭审，面临的指控是危害公众健康。几名运动员，包括泰勒·汉密尔顿，出庭作证。富恩特斯为自己辩护，承认实施输血，但陈述说警察在他办公室发现的 EPO 是给他女儿使用的，她患有癌症。富恩特斯说他的目的是帮助运动员治疗贫血，而且输血都是在卫生许可的条件下进行的。本书出版时，陪审团还没有给出最终判决。

乔治·辛卡皮（George Hincapie）：在 2012 年 9 月给 USADA 作证之后被禁赛 6 个月，并从这项运动退役。他和妻子梅兰妮以及两个孩子住在南卡罗来纳州的格林维尔。

马蒂·杰米森（Marty Jemison）：和妻子吉尔住在西班牙赫罗纳，在那里他们经营着杰米森自行车俱乐部。

鲍比·朱利奇（Bobby Julich）：在服用兴奋剂风波中从天空车队的助理总监位置离职，现在运营一家教练与训练咨询服务公司。

弗洛伊德·兰迪斯（Floyd Landis）：兰迪斯是对阿姆斯特朗和布鲁内尔的民事欺诈案的原告，美国司法部也于 2013 年 2 月加入诉讼。他住在康涅狄格州。

凯文·利文斯顿（Kevin Livingston）：他拥有并经营着踏板训练中心，该培训中心位于得克萨斯州奥斯汀的梅洛约翰尼自行车店的下层，自行车店是阿姆斯特朗的。他和妻子贝基一起住在奥斯汀。

佩佩·马蒂（Pepe Martí）：否认了USADA的兴奋剂指控，并试图指出USADA对他并无管辖权。如果马蒂在管辖权问题上败诉，他将面临如下选择：要么出席USADA证据仲裁听证会，要么接受终身禁令。

斯科特·默西埃（Scott Mercier）：在科罗拉多州的大章克申担任投资顾问，同时在科罗拉多梅萨大学教骑车。

哈文·帕钦斯基（Haven Parchinski）：居住在犹他州的帕克城，在那里从事物业管理工作。

比亚内·里斯（Bjarne Riis）：多年来里斯一直否认自己曾服用过兴奋剂，后来前电信车队后勤人员热夫·东特撰写了一本书，叫《一名后勤人员的回忆》（*Memories of a Soigneur*）。这本书出版后，里斯只能选择承认。根据这本书的记载，里斯在赢得1996年环法自行车赛冠军的时候，服用了4000个单位的EPO，每隔一天用一次，加上2个单位的人体生长激素，他在1996年环法赛中的红细胞比容高达64%。

里斯于2007年5月召开了新闻发布会，承认在1992年至1998年间服用了EPO、可的松和生长激素。"我道歉，"他说，"尽管如此，我还是希望当时比赛能给你们带来一些好的体验。我已经尽力了。"里斯在他的自传《里斯：光明与黑暗的赛段》（*Riis：Stages of Light and*

Dark，2012 年出版）中讨论了他过去服用兴奋剂的情况。他目前是盛宝银行-京科夫银行（Saxo Bank-Tinkoff Bank）车队总监兼合伙人。

扬·乌尔里希（Jan Ullrich）：2006 年因服用兴奋剂被禁赛后，乌尔里希宣称自己无罪，并进入了一场漫长的法律战。2008 年，乌尔里希与德国检方达成庭外和解协议，在协议中，德国检察官撤销了欺诈指控，以具体数额不详的 6 位数罚款取代。2012 年，国际体育仲裁法庭（CAS）判定乌尔里希禁赛两年，并取消他从 2005 年 5 月起的比赛成绩。

在 2012 年 6 月的一份声明中，乌尔里希承认他曾与富恩特斯合作，对此表示遗憾，并说希望自己在案件开始时更加诚实。现在，他靠经营一家自行车训练营为生，还为欧倍青防脱发洗发水做推广，口号是"给头发用兴奋剂"。

克里斯蒂安·范德·维尔德（Christian Vande Velde）：向 USADA 承认服用兴奋剂后被禁赛 6 个月，直至 2013 年 3 月结束禁赛期。现在为佳明-夏普（Garmin-Sharp）车队效力，和妻子利亚以及两个孩子住在西班牙赫罗纳和美国伊利诺伊州的芝加哥。

乔纳森·沃特斯（Jonathan Vaughters）：担任佳明-夏普车队总监，并担任"现在改变自行车运动"组织（Change Cycling Now）管理委员会成员。

海因·维尔布鲁根（Hein Verbruggen）：担任国际自行车联盟（UCI）主席直至2005年，接着出任国际奥委会第29届奥运会协调委员会主席。2008年，英国广播公司（BBC）的一项调查发现，UCI接受了日本赛事组织者的300万美元不道德付款；维尔布鲁根否认有任何不当行为。

托马斯·韦塞尔（Thomas Weisel）：他和第四任妻子住在旧金山，不再从事职业自行车运动。2010年，他的公司托马斯·韦塞尔合作伙伴公司（Thomas Weisel Partners，TWP）被指控证券欺诈，因为他们非法操纵了客户的账户，为其高管获得巨额奖金。2011年，一个监管小组做出了对TWP公司基本有利的裁决，对该公司处以20万美元的罚款，并斥责TWP未能监管其固定收益部门的行为是"令人震惊"的。

后 记

在过去的几个月里,我想了很多关于雪崩的情况。

我和林赛住在蒙大拿,我们有的时候从窗户就可以看到雪崩,或者去滑雪的时候。但我晚上做梦也会梦到雪崩。我想到它是因为直到它发生的那一刻之前,雪崩是看不见的。整个世界看起来宁静又和谐。然后——没有人可以预测何时——多一片雪花落下,或者温度升高半摄氏度,整个世界就开始移动。

丹和我在2012年8月15日写完了这本书,终稿被发送到打印机并装订成书。出版商的律师们都高度紧张,他们预计会招来阿姆斯特朗的惯常反应:官司、恐吓、威胁、媒体攻击,谁知道还有什么别的。当时,这看起来会是一场旷日持久的战斗。兰斯会在他熟悉的位置,被逼到墙角,做所有可能的努力来让USADA停止调查。他和有势力的盟友们——其中最有名的是UCI主席帕特·麦奎德——在得克萨斯州的联邦法庭发起了一项诉讼,来挑战USADA对他的案件有无管辖权。这看起来好像有用,麦奎德表现得好像兰斯法律团队的一员,写信对兰斯的观点表示赞同:"毫无根据的指控……不公正……USADA没有管辖权。"Livestrong基金会的游说人也向国会提出同样的观点,而国会正是给USADA提供资金的部门。

当我和林赛在米苏拉的家里看着这一切发生的时候，一切都那么似曾相识：兰斯和他全明星阵容般的律师团队掌控着所有有利的资源，控制着整个事件的走向。没有理由去相信事情会搞砸，他们一直都很成功。毕竟 6 个月前检察官安德烈·比罗特在毫无预兆的情况下直接终止了对阿姆斯特朗和其他人的联邦犯罪行为调查，现在类似的事件完全可能再发生。

但在 8 月 20 日，山姆·斯帕克斯，一名直截了当的得克萨斯州联邦法庭法官，叫停了案件相关活动。他判定兰斯败诉，认为兰斯对 USADA 程序的抗议"没有法律依据"，并且 USADA 的规则"足以"保护兰斯的宪法权利。

大概率，兰斯在这种情形下没有别的选择，只能接受 USADA 仲裁委员会的聆讯，就像我 2004 年被查出来服用兴奋剂一样。我以为这意味着和巨人搏斗：阿姆斯特朗对泰格特，我和其他骑手会被一个一个叫上去，在三人委员会前作证，同时也被兰斯的律师团盘问。事实是我们错了。

3 天后，兰斯让全世界都震惊了。他宣布不再继续了；他不会去接受聆讯而是接受 USADA 的指控，不过仍然否认服用兴奋剂。在一份书面声明中，他称此为"作假游戏"，并说他"已经受够了这些胡言乱语"。"今天我翻篇了，"他写道，"我不会再对此做出任何回应。"

回想起来，这是最经典的兰斯：这个出人意料的让步旨在改变战场的势力，分散大众注意力，而且试图将证据搁在一边。然而，USADA 和泰格特可没有翻篇。相反，他们发布了一篇简短又如手榴弹般有爆炸力的公告:兰斯将被立即取消 7 次环法自行车赛冠军头衔,并被终身禁止参与 WADA 监管的所有体育项目,包括铁人三项。

记得读到这里,我想:我的天啊。

我想象过 USADA 可能会收回兰斯的几个环法赛冠军头衔。我也想象过他们会让他禁赛几年。但这个?这是原子弹版的:USADA 好像用图像处理软件般把兰斯从自行车竞赛历史中抹去了,也断了他将来的体育之路。如果兰斯在等着泰格特态度软化,那可真是失算了。*

我越思考 USADA 的决定,越觉得这个决定有道理。泰格特看起来可能像个头脑冷静的律师,但内心是个热忱的捍卫者,致力于维护运动员保持干净的权利,倡导改变自行车竞赛那种为了赢而无所不用其极的文化。让阿姆斯特朗逃脱该有的惩罚,无疑是在发出一种信号:一切都没变,你还是可以通过欺骗的手段到达顶峰。对泰格特而言,阿姆斯特朗这个案件关乎的是一种最简单的想法:每个人都应该

---

* 阿姆斯特朗在接受调查期间和泰格特见过两次面,而且也被提供了和解的机会:合作并坦白一切,则可以保留 5 个环法赛冠军头衔,在短期禁赛后可以继续从事铁人三项的运动。但阿姆斯特朗拒绝了泰格特的提议,并使用了一贯的手段:否认和反击。后来在与奥普拉·温弗瑞的访谈中,阿姆斯特朗反思了他的决定,说:"他们来对我说:'好吧,现在你准备怎么办?'如果重回那个时刻,我会说:'伙计们,给我三天时间,我会打电话来。'——当然,这只是后话,我希望我可以那样去做,但我不能了。'让我打几个电话。让我打电话给我的家人。让我打电话给我的母亲。让我打电话给我的赞助商。让我打电话给我的基金会,让他们知道我准备怎么做,我会马上回来。'我真希望我可以那样做,但不能了。"

遵从相同的规则，没有例外。*

　　整个世界都为之惊叹了。我们早已见惯这些大牌高调的运动员摆脱兴奋剂指控，就像最近发生的巴里·邦兹案和罗杰·克莱门斯案。但现在兰斯，这个比任何其他运动员都强烈否认自己服用兴奋剂的人，接受了最严厉的惩罚——一个相当于给运动员判了死刑的决定——好像都没正眼看一下。公众的脑海里的问题是：为什么？这背后有什么真相让兰斯宁愿接受失去所有冠军头衔、终身禁赛的处罚，也不去仲裁委员会接受聆讯？这真是个特别的时刻，暴风雨来临前的安静。人们想要真正的答案，而没有人——不是USADA，不是媒体，更不是兰斯——来提供答案。

　　这正是我们这本书面世的时候。

　　我的生活迅速地被摄像机、麦克风和采访淹没，每个人都急切地想了解我，想了解我要说什么，想了解我为什么站出来。这感觉很奇怪，在被放逐了这么久之后又回到了风暴中心。

　　如果你刚巧在电视上看到我，你就会知道我并不适合被采访。事实是，当我还是一个骑手的时候，我在镜头前就不那么自在，现在也没改变多少。我不像演员一样可以一遍一遍说着一句聪明的台词。我只能尽力说出真相。

　　＊　即便如此，事情不可遏制地牵扯到了私人情感，尤其是考虑到泰格特在调查阿姆斯特朗案件时收到了多次死亡威胁。"最糟糕的是说，在我脑袋里放颗子弹。"泰格特在接受《60分钟体育》采访时说。

后记

这本书面世的那天造成了一点点轰动,当时我正在《今日秀》节目和马特·劳尔进行访谈。劳尔指出,阿姆斯特朗和 UCI 激烈地否认服用兴奋剂,我回应说:"他们否认,我一点也不觉得奇怪;我自己就否认了这么多年。过了一阵子,否认就信手拈来。我曾经对你撒过谎,就在你面前。"劳尔给了一个惊讶的眨眼,整个推特上都是难以置信——汉密尔顿承认撒谎了!看到他们的反应,我知道这不是最聪明的公关举动,但是我很高兴我说出来了,因为这才是故事最重要的部分:直面真相,尤其是我自己。毫无隐瞒,即便那样让人不舒服。尤其是在让人不舒服的时候。

被媒体包围几天后,我逃回了马布尔黑德,我儿时的家。来自爸爸妈妈的问候是我从来没有过的拥抱:用力的、久久的熊抱,好像我刚刚爬完珠穆朗玛峰回来。我们没有多说什么。我们就是看着彼此,感受着世界在我们脚下变化。

与此一样让人满足的是来自朋友和家人看了书以后发来的信息。几天之内,我收到了成百的邮件、短信、信件,还有脸书、推特的消息。几乎每个人都很温暖友善——尽管我不会责怪有限的几个还不能原谅我的人,他们还想抓住我的脚去被火烤,问我为什么不第一次就痛快说出真相。不过总的来说,读那些消息让我意识到这个秘密是我和我的朋友之间的一堵墙,也让我感恩可以有重新开始的机会。

我很担心我曾经的队友们会恨我写这样一本书,担心他们会觉得我打破了一些不成文的规定或者逼迫他们在他们还没有准备好的时候走到聚光灯下。但那些我交流过的队友都非常好。弗兰基·安德鲁发了一张很有趣的照片，照片上他正在读我的书，手指捂着嘴，好像他很震惊一样；弗洛伊德·兰迪斯也和我互发了友好的短信。我也听说一些年轻骑手感谢我的开诚布公。真相是，一些人震惊了，尤其是我后来的队友们。他们知道梗概，并不知道所有这些细节。我猜，这也是对那个时代有多疯狂和不正常的一种衡量：你可以和某人并肩骑行，一起生活，一起吃饭，但是你要 10 年后才知道关起房门以后的真相。

这本书也触发了一些人开始讨论：迈克尔·瑞欧，法国反兴奋剂机构（AFLD）的科学顾问，告诉《世界报》，兰斯会提前得到药检通知。我曾经的队友乔纳森·沃特斯也站了出来。在一次自行车论坛上，他提到他在佳明车队的几名队友，包括克里斯蒂安·范德·维尔德、戴夫·扎布里斯基（Dave Zabriskie）和汤姆·丹尼尔森（Tom Danielson），在他们的职业生涯早期曾经服用兴奋剂，而成功打败其他人。不管是个意外也好，是精心计算的一步棋也罢，重要的是，它并不那么重要。雪崩已然开始。

当然，最大的问题是 USADA 什么时候发布他们"深思熟虑后的决定"，这是此类兴奋剂案件的标准程序。通常情况下，会有一份有板有眼的法律文件，总结了 USADA 所做决定和惩罚措施背后的证据和逻辑。就兰斯的案件，很明显事情更大。问题是：这份文件会包括什么内容呢？

10 月公布结果之前的那些日子就像一阵无休无止的鼓声。一个接一个地，那些配合调查的骑手们开始发表声明，基本的意思是，对，他们使用了兴奋剂。其中,乔治·辛卡皮的坦白是最重要的,因为他一直被认为和兰斯最亲近,是忠诚的战士,而且从未被发现服用兴奋剂。但是,仅仅几句话,一切都改变了:

> 在我职业生涯的早期,我就清楚地认识到,在顶尖职业车手大范围使用表现增强药物的情况下,一名运动员不可能在不使用药物的情况下参与高水平竞技。我对我当时做出的决定深感后悔,我真诚地向我的家人、队友和车迷们道歉。

当我读着那些声明的时候,我对乔治和其他人都感同身受。我知道写下那些文字有多困难,看着信任自己的家人和朋友的脸来说出真相有多困难。我很高兴我们可以一起做这件事,像一个团体,因为这是唯一可行的做法:每个人都同时迈出这一步。这是反向的缄默法则。

10月10日下午,USADA发布了其深思熟虑后的决定。所有人都以为这会是一份大文件,但大家都错了:它是一份超大的文件。文件包含长达千页的毁灭性证据,带着详尽注释的、让人无可辩驳的证明,表明阿姆斯特朗是"体育界有史以来最复杂、最专业、最成功的兴奋剂计划"的关键人物。这里的关键信息实在是太多了,无法一一详述,关键点大致如下:

- 26人作证,包括11名队友

- 关于兰斯使用输血、EPO、人体生长激素、可的松和睾酮的大量描述
- 由1998年开始的详细记载,兰斯曾在1998年世界锦标赛期间使用生理盐水注射稀释血液以逃避检测
- 详细的财务记录,列出了兰斯向费拉里医生支付的超过100万美元的款项,其中包括费拉里2004年被定罪后,兰斯公开表示他们不再合作的时期
- 关于兰斯威胁和恐吓他人以保守秘密的大量描述
- 对兰斯在2009—2010年复出期间的血液科学分析,显示他曾服用过血液兴奋剂

对我来说,最令人信服的部分不是证据,而是我前队友的宣誓书。

戴夫·扎布里斯基讲述了他困难的成长环境:他的父亲是如何嗑药,逼着年轻的戴夫进入这项运动,并使他对各种药物产生了深深的厌恶;他是如何坚持做一个干净的骑手,随着成绩的不断提高进入了国家队,并于2001年签约邮政队;然后,他是如何受到约翰·布鲁内尔的压力而使用了EPO和睾酮,后者在某天下午在赫罗纳的一家咖啡馆提供了这些药物。戴夫担心地问了很多问题:这些药物会改变他的身体吗?他还能有孩子吗?第一次使用EPO后,戴夫回到他的公寓,情绪崩溃了。

列维·莱菲海默讲述了布鲁内尔和路易斯·德尔莫拉尔是如何帮助他完善自己的训练方案,以便在重要比赛中达到巅峰状态;他是

如何在 2007 年回到探索频道车队时,问布鲁内尔车队是否在为环法自行车赛组织血液兴奋剂计划,布鲁内尔的回答是"你是专业运动员,你应该自己做";他是如何在两年后,谈到使用媒体上讨论的一种新药物的可能性,兰斯回答说"你知道我一直是愿意的";又是如何在 2010 年秋天,他向大陪审团作证后,兰斯给他的妻子发了一条威胁短信,上面写着"最好跑,不要走"。

克里斯蒂安·范德·维尔德讲述了克里斯汀·阿姆斯特朗是如何在 1998 年世界锦标赛上将可的松药片包在锡纸里分发给车队成员;他是如何在 1998 年环西班牙赛期间向兰斯送达可的松,帮助他完成一个赛段;他是如何被召到兰斯的公寓,在那里兰斯告诉他"如果我(克里斯蒂安)想继续为邮政车队骑行,我必须使用费拉里医生告诉我使用的东西,并严格按照费拉里医生的计划行事"。

一个接一个的故事,实际上说的都是同一个故事:像我这样的年轻人为了在一个由兰斯法则管控的世界中保持竞争力,会做任何必要的事情——不惜一切代价赢得胜利。

USADA 深思的决定改变了这个局面,让数百万人了解了真相。具有讽刺意味的是,这也是我们看到帕特·麦奎德和 UCI 领导层真面目的时候。当记者问及 USADA 报告时,麦奎德试图回避他先前对兰斯的支持——180 度大转弯——说兰斯"应该被自行车界遗忘"。但随后麦奎德继续坚决否认 UCI 从阿姆斯特朗那里收到的捐款是不正当的,逃避承担有关自行车运动兴奋剂问题的任何责任。然后他谈到了弗洛伊德和我,攻击弗洛伊德的发声,攻击我写了这本书。他称我们为"败类",并说:"他们所做的一切都是在破坏这项运动。"

我很少生气。但当 UCI——这个为了自身利益多年来一直坚持缄默法则并保护兰斯的组织——的主席攻击那些说出真相的人时,我忍不住要站出来发声。我坐在电脑前,打出了一份声明:

> 帕特·麦奎德的言论暴露了他领导力的虚伪,并证明了他没有能力进行任何有意义的改变。他没有抓住机会为下一代自行车手带来希望,而是继续指责、推卸责任和攻击那些敢于发声的人,这些策略已不再有效。帕特·麦奎德在自行车界已没有立足之地。*

UCI 或许一直视而不见,但其他人没有——尤其是那些在所有争议中始终忠实支持兰斯的公司。在裁决发布后的短短几个小时内,他们全都消失了——耐克、欧克利、崔克、安海斯-布希等等,7500 万

---

* 在 USADA 报告发布后,UCI 试图采取一种熟悉的举措:它任命了一个三人委员会,来调查问题并撰写一份报告。对此,USADA 给予了坦率的回应,对 UCI 进行全面调查的承诺表示"严重担忧",并表示将拒绝接受该委员会,同时再次呼吁给运动员们公开真相与促进和解的机会。1 月下旬,UCI 妥协并放弃了该委员会。

2013 年 1 月,在一再否认 UCI 曾告知阿姆斯特朗他的可疑药检结果后,UCI 前主席海因·维尔布鲁根承认,UCI 曾警告包括阿姆斯特朗在内的一些车手他们的血液指标异常。维尔布鲁根继续否认对那个时代盛行的兴奋剂问题负有任何责任,他在接受荷兰杂志《穆尔》(*De Muur*)采访时说:"我完全不理解这场风波。如果你测试一个人 215 次,他每次都呈阴性,那么问题出在测试本身。嗯,这不是我的责任。"

此外,《华尔街日报》报道称,维尔布鲁根在阿姆斯特朗时代曾为邮政车队老板托马斯·韦塞尔处拥有个人投资账户。维尔布鲁根再次否认有任何不当行为,但正如 USADA 主席泰格特所说,"一个负责执行反兴奋剂规定的体育运动负责人,与赢得 7 次环法冠军、违反这些规则的车队老板有生意往来——尤其在现在曝光了他任职期间发生的事情后,这显然非常不妥"。

美元烟消云散。虽然这是正确的做法，但他们转变的速度令我感到不安。毕竟，这些公司曾用尽所有力量来帮助打造阿姆斯特朗神话，无视多年来对他表现的正当质疑，为他和他们自己赚取了数百万美元。

但这才只是开始。为兰斯奖金承保的 SCA 保险公司准备提起索赔 1200 万美元的诉讼；伦敦《泰晤士报》也开始准备索赔 100 万美元的诉讼。兰斯还需要偿还自 1998 年以来赢得的所有奖金。更不用说那个大案件了：由弗洛伊德·兰迪斯提起的举报人诉讼，指控顺风体育公司（其所有者包括兰斯、比尔·斯特普尔顿、托马斯·韦塞尔和约翰·布鲁内尔）违反合同中的禁药条款，欺诈美国邮政署，这一案件的总潜在责任达 9000 万美元。总的来说，潜在损失约为 1 亿美元。

看着这场雪崩落下时，我的情绪很复杂。我感到巨大的宽慰，秘密终于曝光，人们有机会看到真相，并做出自己的判断。我为那些被兰斯霸凌的受害者感到高兴，也为那些不得不离开这项运动的清白骑手感到难过。我也有一点为兰斯感到难过。我知道被剥夺一切、被抛入荒野是什么感觉。我知道被公众羞辱的痛苦。我不禁想知道，他会做些什么来试图恢复，来反击。

11 月，丹和我得到了一个好消息：本书被提名为英国威廉·希尔年度体育图书奖。我们出席了在皮卡迪利的水石书店（Waterstone's）举行的颁奖典礼。现场挤满了英国体育写作界的权威人物；我们周围都是历届获奖作品的巨幅海报（包括 2000 年兰斯的回忆录《不只是自行车》）。当评委宣布我们获奖时，我们简直不敢相信。

直到后来，在香槟酒庆祝后，我才意识到一件事。由于我之前的比赛成绩几乎全部被从纪录册中剥夺，这个奖项现在是我很长一段时间以来唯一一次干净的胜利。

推特上的照片显示，兰斯懒洋洋地躺在奥斯汀家中一张巨大的组合沙发上，沙发背后是7件装裱的黄色领骑衫。他在下面写道："回到奥斯汀，放松一下。"

看起来正如他所要表达的那样，向全世界竖中指。事实是，他并没有放松休息，而是在做相反的事情：与他的智囊团聚在一起，策划他的下一步行动，试图找出办法减轻他的禁赛。我听说他打电话给记者和朋友，为他的案件游说，发泄他的愤怒，因为他认为自己受到了USADA的不公平对待。为什么其他人只被禁赛6个月，而他却被终身禁赛？为什么他被单独挑出来？

晚秋时节，兰斯开始推动他的律师安排与泰格特的会面。12月中旬，他飞往丹佛，两人在机场附近的一间会议室见面。根据《华尔街日报》对这次会面的描述，兰斯公开谈论了他对兴奋剂的使用。他抱怨自己被单独挑出来，并指出美国国家橄榄球联盟（NFL）和其他运动中也充斥着作弊行为。泰格特不为所动，提醒兰斯他曾有机会坦白，而且他被指控的罪行远不止使用兴奋剂，还包括掩盖、威胁和合谋隐瞒欺诈行为。泰格特告诉他，如果他在宣誓作证时全力配合，他所能期望的最好结果就是有机会将禁赛期减至8年。

"你没有救赎我的钥匙，"根据报道，兰斯说，"只有一个人掌握救赎我的钥匙，那就是我自己。"然后他就离开了。

在那之后，我认为兰斯做出大动作只是时间问题。他控制不住，这是他的本性。他生气了，他需要做出回应。他需要让别人闭嘴并控制局面。他必须向全世界证明他依然是兰斯·阿姆斯特朗。

所以他打电话给了奥普拉。

事后，评论员们纷纷谈论这一决定是经过深思熟虑的，它一定是某项更大的重整旗鼓的计划的一部分。然而，在我看来，真实情况可能恰恰相反：这是一次本能的、情绪化的赌博行为。兰斯决定打电话给奥普拉，就像他1999年决定使用"摩托人"，2000年在旺图山向马尔科·潘塔尼发动进攻，或像他多年来做出的无数次其他激进举动一样。大风险，大回报——至少他希望如此。

在采访前几天，兰斯开始道歉。他联系了莱蒙德夫妇、弗洛伊德和艾玛·奥赖利；他向Livestrong基金会的工作人员道歉。有人告诉我他给我发了一封道歉邮件，但我从未收到。安德鲁夫妇和他谈过，但细节保密。其他人，包括弗洛伊德、莱蒙德夫妇，选择不与兰斯交谈，而是表达了难以置信：他怎么能在攻击他们这么多年后，在与奥普拉谈话前夕试图用一个电话来弥补一切？

采访当晚我在纽约，感觉就像是一次奇怪的同学聚会：沃特斯和我还有林赛住在同一家酒店，他的房间就在我们的楼上；贝齐·安德鲁在同一条街上住；弗洛伊德在几英里外的康涅狄格。全世界的人们都在问同样的问题：兰斯真的会坦白吗？他会表现出悔意吗？奥普拉一开始就火力全开,提了一连串"是/否"问题。

  奥普拉:你是否服用过违禁药物以提升你的骑行成绩?
  兰斯:是。
  奥普拉:这些违禁药物中是否有EPO?
  兰斯:是。
  奥普拉:你是否使用过血液兴奋剂或违规输血以提升你的骑行成绩?
  兰斯:是。
  奥普拉:你是否使用过其他违禁药物,如睾酮、可的松或人体生长激素?
  兰斯:是。
  奥普拉:在你赢得的7次环法自行车赛中,你是否使用过违禁药物或血液兴奋剂?
  兰斯:是。

  这只是5个字。5次不带感情的点头。但对我来说,这5个字就像一颗颗惊雷一一炸响,摧毁了那个精心构建、存在多年的谎言世界。所有的争斗,所有不择手段的计划,所有的谎言、威胁和霸凌——那个我曾经生活在其中并逃脱出来的疯狂世界,瞬间消失了。只剩下兰斯呆坐在椅子上,眼神惊恐,看起来那么渺小,那么像普通人。
  "是"。
  大多数人关注的是兰斯看起来有多么精于算计和犹豫不决。他

后记

们注意到他是如何毫无困难地准备把他在 UCI 的忠实支持者们拉下马("我不是 UCI 的粉丝。"他提到过两次)。他们关注的是他看起来多么不思悔改和傲慢自大,特别是当他试图拿自己对贝齐·安德鲁的攻击开玩笑时,"我骂过你是疯子,我骂过你是贱人,"他直接对贝齐说,"我说过这些,但我从没骂过你胖。"更重要的是——也更令人好奇的是——他拒绝确认她关于 1996 年医院病房事件的宣誓证词,当时她和其他人作证说阿姆斯特朗向医生承认他使用了表现增强药物。[*]

此外,兰斯声称他在 2009—2010 年复出时是清白的(尽管测试显示,他的血液分析结果是自然发生的概率不到百万分之一)[**],而且他声称没有鼓励过邮政车队使用兴奋剂药物(这差点儿让我笑出声来,我敢打赌其他邮政车队队员也一样)。他还否认了最近《60 分钟体育》报道中,关于他的代理人曾试图向 USADA 提供 6 位数"礼物"的说法。[***]

---

[*] 阿姆斯特朗为什么在承认了那么多事之后还不愿承认医院病房事件的真相?可能有两个原因:(1)他在保护那些曾在法庭上宣誓作证说事情没有发生的人;(2)他只是固执己见。不管怎样,这都让贝齐·安德鲁感到非常不满。"你欠我一个解释,兰斯,你搞砸了,"她在接受 CNN 采访时抑制不住情绪,激动地说,"在你对我做了这么多事,对我的家人做了这么多事之后,你竟然连这一点都不愿意承认。现在我们还要相信你吗?"

[**] 阿姆斯特朗的策略背后可能的逻辑是:如果他能成功说服 USADA,认可他在 2005 年后停止了兴奋剂的使用,USADA 有可能将他的终身禁赛期限缩短至 8 年,这样他就可能在 2013 年重返 WADA 管辖的体育赛事。鉴于截至 2013 年 2 月,阿姆斯特朗未表现出任何配合 USADA 调查的迹象,这看起来不太可能发生。

[***] USADA 前主席特里·马登后来证实,在 2004 年,阿姆斯特朗的"最亲近的代表"中的一人曾向 USADA 提供了一笔 25 万美元的"捐款"。USADA 迅速做出了反应。"特拉维斯·泰格特的办公室离我的办公室只有 5 秒钟的路程,"马登告诉 ESPN,"他告诉了我,我们立即拒绝了这个提议。我告诉他去联系那个代表,告知他根据我们的规章制度,我们不能接受来自任何我们正在检测(表现增强药物和技术)的个人或未来会接受检测的个人的捐款。"

奥普拉做得很好。她显然做足了功课,她对兰斯的许多回答都表现出了交织着愤怒与难以置信的反应。看着他们紧张的对话,就像在旁观历史上最不成功的心理治疗,真相、回避、算计和彻头彻尾的谎言交织在一起,从头至尾毫无真情实感,让人心惊。一次真正的忏悔(经过过去几年的经历,我认为自己算是这方面的专家)需要百分之百的坦诚,袒露自己的真实感受,并且真诚、深刻地感到歉意。关键不在于你做什么,而在于你感受到什么。现在,全世界都看到了我们之中的一些人早就知道的事实:兰斯并不擅长情感。

不过,也还是有一些真情的瞬间,比如当奥普拉播放了一段2005年兰斯宣誓作证否认使用禁药的片段,然后问他如何看待那个过去的自己。

"那种蔑视,那种态度,那种自大,"他厌恶地摇了摇头说道,"你无法否认。当你看到那个片段,那是一个如此傲慢的人。'看看那个傲慢的混蛋。'今天我会这样说,这很不好。"

我发现自己竟对他产生了一丝同情,因为我知道对他来说,说出这些话有多么难。尽管按正常标准来看,兰斯显得毫无悔意,但他的这些表现已经令我足够震惊。对兰斯来说,这已经算是低声下气了。他说了一些我从未听过他说的话,比如"对不起"和"我很抱歉"。他看上去惊慌失措、脆弱而憔悴。

一时间评论蜂拥而来,而且都是负面的。即使是兰斯以前的支持者,比如里克·赖利和巴兹·比辛格,现在也在带头抨击他。赖利在8月USADA剥夺了兰斯环法自行车赛冠军头衔时,曾号召全国穿黄色衣服来支持兰斯。现在,他将兰斯的影响比作"在国会作证的职业杀手"。比辛格曾在 8 月的《新闻周刊》封面故事中为兰斯辩护,现在称他为"一个不道德的、善于操纵的骗子,不值得任何人浪费哪怕一秒钟的时间"。反兴奋剂机构的态度也差不多。

"阿姆斯特朗所做的一切都是出于他自己的个人目的,"WADA 主任大卫·豪曼说,"他可以这么做,没有人会批评这一点,但如果有人认为这会对他的终身禁赛的判罚产生任何影响,那绝对是痴心妄想。"

两周后,兰斯的状况变得更加糟糕,联邦官员正在积极展开对他的刑事调查,指控包括干扰证人、妨碍司法和恐吓。我猜其中包括他在 2011 年 6 月在阿斯彭试图恐吓我,老实说,我也说不清自己此刻的感受。一方面,他确实说过要在证人席上把我撕成碎片,让我的生活"变成地狱",而且我不认为有任何人可以凌驾于法律之上。但另一方面,我也不想看到兰斯入狱。到一个合适的程度,就够了。

在奥普拉的所有访谈内容中,我最高兴听到的是兰斯说他正在接受治疗。在我看来,这是必不可少的过程:大量的努力、时间和真正的反思。所有我们这些坦白认罪过的人都经历过黑暗的时期;我们大多数人都有过不同程度的抑郁症,我相信兰斯也不例外。我希望他有朋友和家人为他提供足够的支持。

兰斯会改变吗?我不知道,只能说他显然已经迈出了第一步,说出了真相,尽管只是部分的真相。我确实知道,由于谎言牵扯的范围是如此巨大,真相只可能逐步呈现。他不可能按下一个开关,就让一切变得完全透明;这更像是挖掘一座被埋葬的城市。这需要大量的铲土工作、时间和努力,而且更重要的是要有承受痛苦的意愿和耐心。

这并不美好。但我可以说这一切是值得的。

⊙

无论是在采访中、在路边或是在咖啡馆里,我常常听到这个问题:这项运动还能恢复吗?我认为,一方面,这项运动正在恢复——从我所处的那个"西部拓荒者"时代以来,已经取得了很大进展。另一方面,很明显,如果要继续取得进展,必须做到以下5件事:

1. 设立一个真相与和解委员会,在规定的时间内,所有车手可以无惧报复或处罚地公开他们职业生涯中的全部真相。如果没有信任,就什么都不会发生。*

2. 更换现有的 UCI 领导层,由完全致力于支持纯洁体育的新领导层取而代之。

3. 动用执法部门来帮助监督这项运动并提供执法,同时增加国际合作,以帮助追踪表现增强药物(PED)供应链和揭露非法金融网络。

4. 改变车队赞助模式(目前车队由赞助商公司提供资金),

---

* 在12月,USADA 起草了关于真相与和解委员会如何运作的8点提案,建议由 WADA 来领导该委员会,并提供为期1个月的赦免窗口,在此期间车手、工作人员和车队所有者可以站出来。那些提供完整书面声明、讲述自己和其他人的兴奋剂使用情况的人将有资格获得赦免。他们还会签署一份协议,如有任何进一步的反兴奋剂违规行为,将受到终身禁赛的惩罚。

转向更稳定的私人拥有车队模式,就像美国国家橄榄球联盟或美国职业棒球大联盟(MLF)一样。赞助商的问题在于他们要求投资的即时回报,创造了一种以胜利为唯一目标的氛围,这种氛围渗透到管理层和车手身上。团队越稳定,使用兴奋剂的压力就越小。

5. 不断完善生物护照系统,它就像任何系统一样存在可以被利用的漏洞,必须确保由独立的实体负责管理和执行。

深刻的变革通常发展缓慢,在我们的运动中尤为如此。虽然雪崩已经开始,但缄默法则不会一夜之间消失。我们应该鼓励坦白和真相,而不是遵循旧的模式:否认、回避、假装一切安好,并批评敢于发声的人。

尽管如此,还是有一些鼓舞人心的迹象,比如"现在改变自行车运动"组织。这是一个由保罗·金马奇、戴维·沃尔什和格雷格·莱蒙德等反兴奋剂领域的知名活动家组成的民间组织(莱蒙德主动提出担任UCI的临时领导人)。我的老队友斯科特·默西埃也为纯洁自行车运动发声,甚至在科罗拉多梅萨大学前任教练承认给车手使用兴奋剂被解雇后,他主动在科罗拉多梅萨大学担任教练。现在说这些不同的努力是否会带来长期的成功还为时过早,但它们证明了改变是可以发生的,也证明了自行车运动与其他许多运动不同,正在试图面对问题,而不仅仅是回避问题(是的,美国四大职业体育联盟,我就是在说你们呢)。

至于我,我现在不怎么骑车了,只是用它在小镇里代步。至于锻炼,我更喜欢去远足或慢跑,因为这个速度适合我和林赛,而且我们还可以带上"油轮"。从我们家出发几分钟后就可以到达哨兵山周围的山丘,迷路也好,让"油轮"去追逐花栗鼠也好。但"油轮"并不是唯一在寻找东西的。我也是,我在寻找木材。

这是我最后的坦白:我对木工活上瘾。我知道,这听起来像一个老年人的爱好,但我非常喜欢。所以,当我们出去远足时,我会捡起一大堆树枝和枯木,带回家后开始削木、切割和雕刻。当地的艾斯五金商店的工作人员看到我进门都会很兴奋,因为他们知道我会带着一些新的工具离开。我大概已经启动了 20 个不同的项目——一把椅子,一张小桌子,沙拉叉——而我几乎没有完成任何一个。但我喜欢的不是完成,而是制作的过程。我喜欢看到隐藏在木材中的某种形状,并尝试把它展现出来。

前几天,林赛和我开车越过边界进入爱达荷州的杰瑞·约翰逊温泉,那里发生过一场大火。曾经美丽的杉树林现在变成了一处伤感的月球景观,满是烧得焦黑的树桩。我们四处看了看,从碎石里捡起了一些木块,包括一截小树桩。它看起来已经完全被毁了。但是,当我切刻掉黑色的部分时,我发现火焰让木材变得更坚硬、更好。

我把这截树桩带回家,放到车库里开始处理它。我喜欢那种气味,喜欢那种皮革般的触感;我喜欢抚摸那些年轮的圆圈。我想,我希望自己也像那块木头:被烧焦损坏,但也变得更强,将自己打造成为新目标做准备的人——某种只有时间才能揭示的新目标。

谢谢你的阅读。

泰勒·汉密尔顿

蒙大拿州米苏拉

2013 年 2 月

致　谢

泰勒·汉密尔顿

没有丹尼尔·科伊尔，这本书就不会存在。最初一封简单的电子邮件，已经发展成一段深厚的友谊。这本书完成后，我如释重负，但我会怀念我们有时痛苦，有时开心，总是很有趣的长达 10 个小时的 Skype 对话。（顺便问一下：我们现在还能这么做吗？）说真的，感谢你，丹。

我要感谢安迪·沃德和兰登书屋的工作人员，感谢他们早期对这个项目的信任与支持，感谢他们在特殊情况下的辛勤工作和无私奉献。

致大卫·布莱克（又名"斗牛犬"）：你是我的第一个，最好的，也是最后一个文学经纪人。非常感谢，加油，红袜队！

我要特别感谢梅琳达·特拉维斯，她始终支持着我。

衷心感谢我了不起的父母洛娜和比尔，是你们让我懂得了优雅和谦逊的真谛。你们告诉我，真相会让我自由，这无疑是正确的。我的眼睛睁开了，心中的负担也减轻了。我找不到比这些更好的支持了。同样由衷感谢我的哥哥和姐姐，杰夫和珍妮弗，非常感谢你们在本书创作过程中给予的支持和鼓励。

我职业生涯的起起落落也影响着我们的家庭，但多亏有你们无条件的爱与支持。你们是最棒的。

感谢哈文·帕钦斯基长久的友谊，感谢史蒂夫·普奇的信任，感谢菲尔佩克的智慧，感谢克里斯·曼德森的热情和慷慨，感谢查尔斯·韦尔奇医生的理解和指导，特别要感谢罗伯特·弗罗斯特、埃里克·凯特、帕特里克·布朗、吉尔·阿方德、马蒂·奥基夫和盖伊·切尔普，为你们特殊的友谊。

感谢我在蒙哥马利车队、美国邮政车队、CSC 车队、峰力车队和摇滚赛车队的每一名老队友，我们一起度过的美好时光，我们永远都不会忘记。

特别向吉姆·卡普拉致敬，因为你是我的坚强后盾。当我再也不能掌舵了，你却帮我经营好了公司业务。没有你就没有泰勒·汉密尔顿培训公司。

吉米·休加，愿你安息。因为有你，我的生活才变得更好。

感谢我的朋友切科、安娜、安扎诺和斯特凡诺，我的欧洲大家庭，谢谢你们。

感谢"油轮"一直陪在我身边。

丹尼尔·科伊尔

我要感谢林赛·汉密尔顿、迈克·帕特尼蒂、汤姆·基齐亚、玛丽·特纳、马克·布莱恩特、约翰·吉吉奥、保罗·考克斯、特伦特·

麦克纳马拉、凯拉·迈尔斯、艾里森·亨菲尔、吉姆·卡普拉、罗伯特·弗罗斯特、吉姆·艾克曼、肯·沃罗布、金·霍维、辛迪·默里、本杰明·德雷尔、史蒂夫·梅西拿、比尔·亚当斯、珍妮弗·赫尔希和利比·麦奎尔。我还要对戴维·沃尔什、皮埃尔·巴莱斯特和保罗·金麦吉的工作表示感谢。我要特别感谢我出色的经纪人大卫·布莱克、杰出的编辑安迪·沃德和我的弟弟莫里斯·科伊尔,他们对本书的帮助(以及我写的其他每本书)都是不可估量的。我要感谢我的父母,莫里斯和艾格尼丝;我的兄弟,乔恩;我的孩子们,艾丹、凯蒂、莉亚和佐伊;还有我的妻子简,她负责打理一切琐事。当然我最要感谢的是泰勒·汉密尔顿的诚实、勇气和友谊。

延伸阅读

《不诚实的(诚实)真相》(*The (Honest) Truth About Dishonesty*),作者丹·艾瑞利(Dan Ariely)。

《艰难骑行》(*Rough Ride*),作者保罗·金麦吉(Paul Kimmage)。

《穿越黑暗的比赛》(*Racing Through the Dark*),作者大卫·米勒(David Millar)。

《马尔科·潘塔尼之死》(*The Death of Marco Pantani*),作者马特·伦德尔(Matt Rendell)。

《里斯:光明与黑暗的赛段》(*Riis: Stages of Light and Dark, by Bjarne Riis*),作者比亚内·里斯(Bjarne Riis)。

《破坏链条》(*Breaking the Chain*),作者威利·沃特(Willy Voet)。

《从兰斯到兰迪斯》(*From Lance to Landis*),作者戴维·沃尔什(David Walsh)。

《坏血》(*Bad Blood*),作者杰里米·惠特尔(Jeremy Whittle)。

《胜利的曲折之路》(*The Crooked Path to Victory*),作者莱斯·伍德兰德(Les Woodland)。

《促红细胞生成素对成绩的影响:谁不想使用它?》("The Effect of EPO on Performance: Who Wouldn't Want to Use It?"),作者罗

斯·塔克（Ross Tucker），见 http://www.sportsscientists.com/2007/11/effect-of-epo-on-performance-who.html。

迈克尔·阿申登医生关于阿姆斯特朗在1999年环法自行车赛期间可能使用 EPO 的访谈，见 http://nyvelocity.com/content/interviews/2009/michael-ashenden。

兰斯·阿姆斯特朗2005年对前助理迈克·安德森的诉讼法庭记录，见 http://alt.coxnewsweb.com/statesman/sports/040105_lance.pdf。

兰斯·阿姆斯特朗2005年SCA Promotions公司仲裁案中的宣誓证词记录，见 http://www.scribd.com/doc/31833754/Lance-Armstrong-Testimony。

此外，兰斯·阿姆斯特朗的SCA证词的视频，可见于 http://nyvelocity.com/content/features/2011/armstrong-sca-deposition-videos。